胡 刃 著

成吉思汗子孙秘传
之佳人三嫁

中国国际广播出版社

人 物 表

1. 阿拉坦：北元蒙古帝国土默特万户可汗
2. 银英：阿拉坦长哈屯（夫人）
3. 钟金：阿拉坦三哈屯
4. 花丹：钟金女仆
5. 布塔失里：钟金之子
6. 素囊：钟金之孙
7. 把汉那吉：阿拉坦之孙
8. 辛爱黄：阿拉坦长子
9. 扯力克：辛爱黄长子
10. 晃兔：扯力克长子
11. 卜石兔：扯力克长孙
12. 达云恰：阿拉坦义子
13. 塔娜：达云恰长女
14. 五兰：塔娜双胞胎妹妹
15. 丘富：阿拉坦汉臣
16. 赵全：阿拉坦汉臣
17. 吕明镇：阿拉坦汉臣
18. 鲍崇德：明廷官员，阿拉坦同母异父的弟弟

19. 刘四：阿拉坦侍卫
20. 切尽：阿拉坦侄孙
21. 庄秃赖：部落首领
22. 额登：瓦剌厄鲁特部后裔
23. 铁木尔：额登三子，后出家为满珠喇嘛
24. 阿兴：钟金哈屯和铁木尔之师
25. 舒哈：蒙古兵主帅
26. 火落赤：舒哈帐下大将
27. 炒花：舒哈帐下大将
28. 哱承恩：蒙古人，明廷宁夏副总兵哱拜之子

第一章

　　黑衣人一步步靠近榻前，寒光一闪，"刷"一把弯刀剁向沉睡的阿拉坦汗。"咣"钟金的脚踢在黑衣人的胳膊上。黑衣人只是一愣，他并不逃，而是再次举刀砍向阿拉坦汗。

　　呼和浩特亦称库库和屯，意为青色的城，四百年前，明朝万历皇帝赐名归化城。然而，长城内外的汉人却习惯称之为三娘子城。这是为什么呢？

　　史料记载，三娘子名钟金，是蒙古土尔扈特部人，因为她是北元蒙古帝国右翼土默特万户之主阿拉坦汗的第三位夫人，汉人亲切地称她为三娘子。三娘子和阿拉坦汗共同建造了呼和浩特，她长期居住在城中。人们称呼和浩特为三娘子城，就是出于对她的敬仰。

　　打人没好手，骂人没好口。明朝和北元蒙古帝国打了二百多年，中原通常骂当时蒙古人为北虏，而对钟金竟如此爱戴，这太不可思议了。要知道其中的缘由，且听我慢慢道来——

　　书接《成吉思汗子孙秘传之忽必烈再生》。

　　瓦剌归服，阿拉坦汗和钟金喜结良缘。这天，阿拉坦汗携钟金哈屯，带大队人马，踏上了回丰州滩的道路。

哈屯就是后妃的意思。丰州滩的地理位置大致是今天的土默特平原，其中心位于呼和浩特、包头之间。

一路上，阿拉坦汗详细地向钟金介绍他这几十年来的艰辛历程。提及与明廷通商，阿拉坦汗摇头叹息；说起开发丰州滩，阿拉坦汗滔滔不绝；讲到明蒙之间的战争，阿拉坦汗痛心疾首。

天黑了下来，大军支起蒙古包，燃起篝火。

阿拉坦汗和钟金哈屯躺在帐中，钟金问："可汗，明蒙通商是对两国都有利的好事，嘉靖皇帝为什么不愿意？"

阿拉坦汗嗤笑："嘉靖皇帝把我们蒙古人看成是最大的威胁，就怕我们在通商中强盛起来，他宁可牺牲沿边百姓的利益，也不让我们得到一分好处。"

明朝嘉靖刚愎自用，昏庸无道，他每天炼丹修道，不理朝政，致使国家贫弱，倭寇在东南沿海杀人放火，甚至几十个武士就能打到南京，在南京大肆抢劫。但对北方的蒙古人他却防之如虎，修长城，积钱粮，扩军备。没有钱，就拼命压榨百姓，税粮一提再提，居然一亩地增加到两担七升。一担约一百斤，一升约五斤，二十升为一担。当时土地贫瘠，生产力低，一亩地一般也就能收四五担粮。老百姓一大半交了税粮，再去掉种子，所剩无几。如果遇到灾年，那就只能卖儿卖女。

钟金哈屯试探地问："可汗，那你就没想过辅佐大汗重振圣主成吉思汗的伟业吗？"

阿拉坦汗是成吉思汗的十七世孙，这个问题他不可能不想，可他只是北元蒙古帝国的一个万户首领，他的上面有济农，济农上面还有大汗，虽然阿拉坦汗在北元帝国中最为强大，可就是因为他的强大，大汗才不敢信任他，大汗不可能把军队交给一个自己不信任的人。这是说北元的内部矛盾。再说成吉思汗创业，那时，金、宋、夏各国纷争，中原四分五裂，蒙古人可以联夏抗金，也可以联宋灭金。现在不是那个时代，长城以南全是明朝的领土，就连辽东的女真各部也都向明廷俯首称臣，何况明廷还有徐阶、高拱、张居正这样的能臣，明朝腐而未朽。阿拉坦汗认为，一双手可以折断树枝，可推不倒参天大树。

阿拉坦汗怆然道:"其实,我已经厌倦了战争。我们蒙古人退到草原已经二百多年了,二百多年来,我们大半时间都在打仗。战争太残酷了,我希望有生之年,再也看不到战争,也希望我的子孙后代再也不要打仗。"

钟金哈屯抱过阿拉坦汗的一条胳膊,慨叹道:"蒙汉百姓都说可汗顺应正义,顺应人心,顺应历史潮流,顺应天地万物之理。可汗当之无愧呀!"

夜色朦胧,银河暗淡,飘荡的云在草原上留下片片黑影。月牙如一把刀,尽管不停地挥舞,却切不开,割不断。

蒙古包内,钟金哈屯还不适应阿拉坦汗的鼾声,她睡不着,母亲、师父、哥哥……一张张面容浮现在眼前。

钟金哈屯正在胡思乱想,突然,帐外传来脚步声,步子很轻,越来越近。钟金的眼睛一下子睁开了。

呀!帐帘的一角被撩起,一个黑衣人摸了进来。黑衣人一步步靠近榻前,寒光一闪,"刷"一把弯刀剁向沉睡的阿拉坦汗。"咣"钟金的脚踢在黑衣人的胳膊上。黑衣人只是一愣,他并不逃,而是再次举刀砍向阿拉坦汗。钟金哈屯一个"鲤鱼打挺"站了起来,"啪"架住黑衣人的腕子。

钟金哈屯喝道:"什么人?竟敢行刺可汗?"

黑衣人愣愣地看着钟金哈屯,他低声道:"你是钟金吗……"

阿拉坦汗从梦中惊醒,他翻身拽出佩刀:"来人!有刺客!"

黑衣人顾不上再问钟金,刀又奔阿拉坦汗而去。钟金哈屯抓起桌上的瓷水壶,照黑衣人的头顶就砸,黑衣人一低头,"啪"水壶落地,摔得粉碎。

黑衣人还不走,手中的刀再次奔阿拉坦汗的要害。阿拉坦汗一侧身,挥刀向黑衣人的腕子削去,黑衣人手往回一缩,阿拉坦汗的刀走空了。钟金哈屯持刀上前,两个人夹击黑衣人。

帐外传来杂乱的脚步声,众侍卫冲进蒙古包,灯光之下,侍卫各举刀枪,杀向黑衣人。

黑衣人力敌阿拉坦汗和钟金哈屯已很吃力,现在又来这么多人,他被逼得连连后退。虽然如此,可黑衣人毫无惧色。这时,阿拉坦汗直刺黑衣人的咽喉,黑衣人往旁边一闪,飞起右脚,踢向阿拉坦汗的腕子。阿拉坦汗手中的刀往回一撤,左手一抬,"啪"抓住黑衣人的右脚。黑衣人一看不好,身子凌空一旋,左腿踢向阿拉坦汗的脸。阿拉坦汗只得松手,黑衣人逃脱了。

帐外的军兵越来越多,黑衣人骂了一句:"老山羊,先记下你的人头!"

黑衣人转身就走,几个侍卫想拦住他,黑衣人用单刀一划拉,"喀嚓""喀嚓","扑通""扑通",两个侍卫当即毙命。黑衣人身形一纵,飞出帐外。

太阳如同没睡醒一般,懒懒地在空中爬行。大队人马拔营起寨,钟金哈屯和阿拉坦汗并马而行。

回想昨晚的黑衣人,钟金哈屯疑惑不解:"听黑衣人的口气,好像认识我。"

阿拉坦汗半开玩笑地说:"不会是哪个对哈屯有好感的年轻人吧?"

钟金哈屯忙解释:"我八岁随师父上日月山东克寺习文练武,十三岁时,因庙里着火,师父把我送回土尔扈特。我接触的人是不少,蒙古人、藏人,还有汉人,可我的记忆中没有这个人哪!"

一到丰州滩,映入眼帘的是一望无际的良田,成排的房屋,成群的牛羊。

钟金哈屯兴奋不已:"真不敢想象,丰州滩如画一般繁荣!"

土默特万户的将士出老营迎接阿拉坦汗凯旋,一个十七八岁的少女扑到阿拉坦汗怀里:"额兀格,你可回来了,想死塔娜了。"

额兀格就是爷爷。

"塔娜!"

阿拉坦汗拍着塔娜的肩:"我孙女更漂亮了。"

塔娜撒着娇:"额兀格……"

塔娜是张雪的女儿,张雪是阿拉坦汗流落在明朝的姐姐孟姑的女儿。当年张雪受人挑唆,与刘四两人来塞外刺杀阿拉坦汗父子。阿拉坦汗的真情化解了他与姐姐之间的误会。由于明朝政治腐败,民不聊生,阿拉坦汗秘密地把姐姐和张雪接到丰州滩。刘四也成了阿拉坦汗的贴身侍卫。不久，张雪嫁给了阿拉坦汗的义子达云恰，达云恰和张雪有一对双胞胎女儿，长女塔娜，次女五兰。

塔娜习惯叫阿拉坦汗额兀格，阿拉坦汗对她十分疼爱。

祖孙二人正说着话，一匹马飞奔而来。马到人群了，马上的人居然不勒缰绳，人们只得往两旁闪。直到阿拉坦汗面前，那个人才带住坐骑，他的马趟起一溜尘土。

人们无不反感。这是谁呀？当着可汗的面，他竟如此放肆。

阿拉坦汗也有点儿不痛快，定睛一看，见是自己的孙子把汉那吉。

把汉那吉一到，一股浓重的酒气扑面而来。

把汉那吉下了马，里倒外斜地来到阿拉坦汗面前："孙，孙儿给额兀格叩头……"

把汉那吉往下一跪，却摔倒在地。

阿拉坦汗脸上的笑容消失了，他申斥："吉儿，你怎么喝成这样？"

把汉那吉抹了抹脸上的土，一指塔娜："她，她，总是不理我。"

塔娜瞪了把汉那吉一眼："你整天跟个醉猫似的，谁理你？"

把汉那吉的舌头短了半截："你，你不理我，我，我能不喝，喝酒吗？"

阿拉坦汗怒道："够了！"

阿拉坦汗飞身上马，他看也不看把汉那吉。塔娜紧随阿拉坦汗而去。

把汉那吉趴在地上喊："额兀格，我要娶塔娜，你给我做主啊……塔娜，等等我……"

大队人马进入土默特大营，空旷的草原上只剩把汉那吉一人。

清晨，赵全走进阿拉坦汗的大帐。赵全是汉人，是阿拉坦汗最为倚重的几个汉臣之一。

按照蒙古人的礼节，赵全以手抚胸："可汗，臣有事要奏。"

阿拉坦汗和蔼可亲："大卿啊，中原官吏觐见帝王自称'臣'，我们草原上没有那么多讲究，也不兴这个，你有什么事就说吧。"

赵全被阿拉坦汗封为大卿。

赵全诡秘地说:"可汗主持蒙古右翼,南拒明廷,西并瓦剌,蒙古帝国大半操控在可汗之手。如今人心归服,万民乐业,这是蒙古退到塞外二百多年来少有的盛世,因此,臣以为,臣以为……可汗应当称帝。"

阿拉坦汗愣了:"称帝?"

赵全跪倒:"可汗,称帝就是当皇帝。"

钟金哈屯就在阿拉坦汗身边,她惊道:"你让可汗当皇帝?"

赵全点点头:"正是。"

钟金哈屯明知故问:"皇帝和大汗有什么区别?"

赵全道:"皇帝是中原的叫法,大汗是草原的称呼。"

钟金哈屯双眉紧皱:"这么说,皇帝和大汗的实质是一样的,只是用词不同而已了?"

赵全道:"可以这么说。"

钟金哈屯觉得自己刚刚嫁给阿拉坦汗,一些事不便多插嘴,她只得把剩下的话咽了回去。

阿拉坦汗的脸沉了下来:"蒙古帝国的皇帝是图们汗,你这不是让我谋逆吗?"

赵全摇了摇头:"可汗,昔日,明朝建文皇帝朱允炆不能服众,永乐皇帝朱棣取而代之,明朝因此国富民强。朱棣当政期间,郑和七下西洋,威名远播四海。可汗建立的丰功伟绩不比永乐皇帝逊色,称帝理所当然。再说,大汗登基理应到鄂尔多斯祭拜成吉思汗的圣灵,可图们汗登基数载,一次也没来,各位台吉、各部首领纷纷不满,可汗此时称帝,正逢其时。"

台吉是蒙古皇室子孙的专称。

阿拉坦汗正颜厉色:"不管别人怎么做,这种大逆不道的事我不做!"

赵全并不甘心:"可汗,成吉思汗是蒙古帝国的圣主,是开国之君。图们汗不祭拜圣主,就是对成吉思汗不恭;不尊崇圣主,就是对祖先不敬。可汗人称顺义英主,取而代之,不能说是大逆不道。"

阿拉坦汗的脸上仿佛罩了一层霜,他厉声道:"祭不祭圣主,何时祭圣主,大汗自有决断,何需你多言!"

见阿拉坦汗真生气了,赵全只得诺诺而退。

赵全刚回到府上,阿拉坦汗的长子辛爱黄从里面走了过来:"大卿,阿爸答应了吗?"

赵全摇了摇头。

辛爱黄急切地说:"那怎么办?"

赵全信心十足:"草原上的事我不太清楚,可在中原这样的事多了——隋文帝取代周幼主,宋太祖陈桥兵变,永乐皇帝逼走朱允炆……虽然他们都想当皇帝,可群臣劝他们称帝时,他们无不百般推辞。"

辛爱黄不解地问:"那是为什么?"

赵全诡秘地一笑:"这就叫权谋。"

辛爱黄一晃脑袋:"想当皇帝就当,不想当就不当,总像狐狸一样玩心眼儿,累不累?"

赵全劝辛爱黄:"台吉,古今成大事者无不使用权谋,你也应该学学。"

辛爱黄不屑道:"就这个,自己心里想要,嘴上却说不要;自己心里高兴,脸上却装出不耐烦,我做不出来!"

第二章

　　突然，人影一闪，钟金哈屯十分警觉，立刻追出几步，可拐过墙角，人影不见了。

　　赵全走后，阿拉坦汗一语皆无，他在帐中来回踱着，钟金哈屯的目光随着他的脚步移动。

　　钟金哈屯打破沉静："可汗还在为赵全的话而烦恼吗？"

　　阿拉坦汗停下脚步，未置可否："图们汗不祭拜圣主成吉思汗英灵，确实让人匪夷所思啊！"

　　钟金哈屯道："图们汗虽然没来鄂尔多斯祭圣主，可他继位以来没有祸国殃民。如果可汗听信赵全之言，草原必将燃起战火，百姓又要妻离子散，那可汗就要真的背上谋逆的恶名了！"

　　阿拉坦汗望着钟金哈屯："你说我该怎么办？"

　　钟金哈屯想了一下："有两条路可供可汗选择：一是诛赵全，将赵全的人头送到汗廷，以绝各位台吉、各部首领的幻想。二是留赵全，向图们汗进贡，尽可能减轻大汗对可汗的猜疑。"

　　阿拉坦汗的祖父达延汗执政期间，撤销了中书省、枢密院和御史台这些国家机构，把四十四部蒙古，整合为左右两翼六个万户和瓦剌、科尔沁两个部落联盟,大汗主持左翼、瓦剌和科尔沁,右翼的鄂尔多斯、土默特和永谢布三个万户由济农分管,济农的领地在鄂尔多斯。阿拉坦汗是土默特万户的可汗,本隶属于右翼济农,但阿拉坦汗的长兄墨尔根济农死后,其长子诺延承袭济农不久便得了中风全身瘫痪,诺延就把右翼的军政大权委托给了阿拉坦汗,从此,右翼的中心就从鄂尔多斯移到了土默特。

一年前,诺延济农辞世,他的长子布延承袭济农,因为阿拉坦汗德高望重,土默特万户势力强盛,阿拉坦汗就成了右翼的实际领导人,图们汗对阿拉坦汗更加忌惮。

阿拉坦汗不是没想过杀赵全表忠心,可是,赵全才高八斗,学富五车,他和丘富都是难得的俊才,他们已经成了丰州滩的旗帜,阿拉坦汗还要靠他们招揽更多的中原贤士。如果杀了赵全,谁还敢到草原上来?然而不杀赵全,这件事一旦传到汗廷,阿拉坦汗就算浑身是口,也解释不清。阿拉坦汗灵机一动,要不我去一趟察哈尔汗廷,把瓦剌四部的人畜册交给大汗。把瓦剌交给汗廷,既表明我对汗廷的忠诚,又否定了赵全,一举两得。

第二天一早,各位台吉、各部首领分立两厢,得知阿拉坦汗要去察哈尔觐见图们汗,赵全眼睛一转:

"可汗还记得黑衣人吗?黑衣刺客手毒心狠,可汗在明,黑衣人在暗,万一他在半路蹿出,谁来保护可汗?多少人保护可汗?可汗从瓦剌归来,身边有三万人马,可黑衣人居然能进入可汗的寝帐。可汗赴察哈尔能带三万人马吗?不要说带三万人马,就是带三千人马,也会令汗廷恐慌。赵全以为,可汗不能去汗廷。"

赵全的话直抵要害。

是啊,阿拉坦汗赴汗廷的目的是为了取得图们汗的信任,如果带一队人马,那不成造反了吗?可是,不带人马,黑衣人再来行刺怎么办?赵全说出了众人的想法,阿拉坦汗犹豫起来。

把汉那吉走出人群,高声道:"额兀格,把这件事交给我,我代额兀格觐见图们汗。"

把汉那吉是阿拉坦汗三子铁背的遗腹子,铁背战死沙场,仅留下这么一根独苗，从小娇生惯养。把汉那吉能主动为自己分忧，阿拉坦汗很高兴，可想到回老营时，把汉那吉喝的那个样子，他又有点儿不放心。

赵全揣摩阿拉坦汗的心思，他微微一笑："可汗，把汉那吉台吉胸怀大志，让他锻炼锻炼也好。"

听赵全这么一说，把汉那吉很高兴："是啊，额兀格，把鸟儿关到笼子里怎么能展翅高飞？把马儿拴在桩子上怎么能日行千里？就让我锻炼锻炼吧！"

阿拉坦汗沉吟一下，目光落在达云恰的头上："恰儿，你带吉儿一起去察哈尔。"

达云恰以手抚胸："是，阿爸。"

阿拉坦汗语重心长地对把汉那吉道："吉儿呀，你还年轻，就像一匹小马驹，不能独自驰骋在草原上，我让达云恰叔叔和你一起去，遇到什么事你要听他的，不得乱来。知道不？"

把汉那吉想做件露脸的事，以使人刮目相看，他不服气地道："额兀格，你十四岁成了土默特部首领，十六岁时被封为可汗，我都二十多了，怎么还说我年轻？"

阿拉坦汗道："你从小被额嫫格捧在手里，虽然你已经长大，可把你单独放出去，额嫫格还是不放心。"

额嫫格就是奶奶。

达云恰是塔娜的阿爸，要是和他处好了，说不定塔娜就会对自己动心。把汉那吉想到这一层，就愉快地接受了。

游牧民族逐水草居住，一片草场被牲畜吃得差不多了，就要转到另一个地方。蒙古包搬迁方便，所以蒙古人喜欢住帐篷。丘富、赵全等大批汉人来到草原，汉人主要是耕种，他们就在田地附近筑土为屋。赵全身居高位，他的府宅是用青砖垒成的小院。

书房之中，赵全手里捧着书，吕明镇走了进来。当年由丘富引荐，吕明镇和赵全一起投到阿拉坦汗帐下。

吕明镇坐在赵全身边："赵兄，你觉得我们保阿拉坦汗当皇帝有希望吗?"

赵全放下书:"吕兄没有信心吗?"

赵全是白莲教的重要头领,他来到草原就是要借助阿拉坦汗的势力发展白莲教,进而推翻明朝的腐败政权。在赵全看来,目前右翼虽然强大,可阿拉坦汗一直在明朝和蒙古大汗之间摇摆。阿拉坦汗多次向明廷请求通商,甚至不惜称臣。称臣就是投降。白莲教是明朝的打击对象,如果阿拉坦汗投降明朝,赵全和吕明镇等一大批白莲教教徒都将面临杀身之祸。赵全不但要阻止阿拉坦汗降明,还要让他取代图们汗,主宰整个蒙古帝国。只有阿拉坦汗成了蒙古大汗,白莲教才能发挥更大作用。

赵全下的一盘大棋,是草原和中原天下的大棋。而吕明镇认为,阿拉坦汗主导蒙古右翼近三十年,其主要精力都放在了开发丰州滩上,虽然他曾打到北京城下,但明朝一答应通商,他马上就撤了回来,这说明阿拉坦汗没有野心,他认为阿拉坦汗不会称帝。

赵全目光凝重:"吕兄,不管阿拉坦汗会不会称帝,我们都必须把他推上去。"

吕明镇一皱眉:"那我就不明白了,黑衣刺客是多好的借口,赵兄为什么不顺水推舟,谏言可汗带重兵赴汗廷?只要阿拉坦汗有大兵相随,图们汗肯定要全面防守,只要我们从中做点儿手脚,战争就可能爆发。阿拉坦汗统一草原,成为蒙古大汗还远吗?可赵兄却主张把汉那吉代替可汗去汗廷,这是为什么?"

赵全深不可测地道:"吕兄,可汗此行的目的是要取得汗廷的信任,我要谏言可汗带重兵,可汗一定会怀疑我别有用心。可不带重兵,谁能挡住黑衣人?万一可汗有个三长两短,我们的计划就将付之东流。"

吕明镇又问:"把汉那吉去汗廷能起什么作用?"

赵全神秘地一笑:"我们可以让他起作用。"

土默特大营之外,战鼓如雷,人喊马嘶。辛爱黄正在操练军队,一个当兵的来报:"启禀台吉,大卿来了。"

辛爱黄识字不多,就爱听古代故事。赵全是个大儒,他投其所好,经常给辛爱黄讲古代中原帝王将相的故事,因此,两个人走得很近。

辛爱黄迎上前:"大卿来了,快!献奶茶。"

两个人坐下之后,赵全喝了一口奶茶:"收复瓦剌时,台吉立下大功,可汗对台吉没有赏赐,汗廷也没有表示。这次可汗要把瓦剌献给大汗,要是大汗能把瓦剌封给台吉就好了。"

辛爱黄一喜:"这好办,我跟阿爸说说,让他给大汗上一道奏疏。"

赵全摇了摇头:"台吉,可汗的脾气你还不知道吗?他决意把瓦剌献给大汗,怎么可能上疏请求封给台吉呢?"

辛爱黄挠了挠脑袋:"那,那怎么办?"

赵全一笑:"可汗不上疏,台吉可以自己上疏啊。"

辛爱黄还挺谦虚:"可那些字都认识我,我不认识它们哪!"

赵全一拍胸脯:"怎么,台吉把赵某忘了吗?"

辛爱黄一拍脑门:"哎!我怎么笨得像头骆驼,大卿才华出众,蒙汉文兼通……可是,大卿写了奏疏怎么送给大汗呢?"

赵全低声说:"台吉,可以这么办……"

土默特老营周围分布着许多村庄,蒙古人称之为板升。丘富所在的板升很大,这里不光人多,做买卖的也多——有卖盐的,有卖醋的;有卖鞋的,有卖布的;有生绿豆芽的,有开铁匠铺的;有卖膏药的,有练武术的……

阿拉坦汗和钟金哈屯身着便装,带着几个随从进入板升。钟金没见过这么热闹的地方,她一边走,一边和商家搭讪,不知不觉从大街东头走到西头。

此时,眼前出现一个门楼,阿拉坦汗一指门楼:"那就是丘富丘先生的家。"

钟金一看,这个门楼由青砖砌成,两丈多高,七八尺宽。上面画着精美的彩绘,中间有块匾,用蒙汉两种文字写着"丘府"两个大字。大门两旁挂着一副对联,上联是:良田万顷撒真情播厚意苍生饱暖;下联是:河水千回浇阡陌灌草原天下太平。

钟金看着对联,连连点头:"好联!好联!"

对联的前面高耸着一对石狮子，狮子前面是拴马桩。

两个门军认出了阿拉坦汗，他们单腿点地，以手抚胸："叩见可汗，叩见钟金哈屯。"

阿拉坦汗一摆手："都起来吧。先生在家吗？"

两个门军应道："在。先生画画呢！"

阿拉坦汗笑道："画画？好啊，走，看看去。"

进入大门是个照壁，转过照壁步入院中。院内青砖碧瓦，花团锦簇，一条石板甬路通向大厅。

丘富从大厅中迎了出来："恭迎可汗，恭迎哈屯！"

丘富六旬开外，身材偏瘦，三绺银髯，眼睛不大，眼窝深陷，但精神矍铄。钟金哈屯正在打量丘富，突然，人影一闪，她十分警觉，立刻追出几步，可拐过墙角，人影不见了。钟金哈屯四下看了看，并没有发现可疑之处。

丘富问："哈屯看见什么了？"

钟金哈屯的目光仍搜索着："我看见一个人影……"

正说着，一个脑袋从厢房后探了出来，钟金身形一纵落到那人面前，"啪"掐住那人的脖子。

· 13 ·

第三章

　　钟金哈屯的大脑高速旋转，黑衣人两次行刺可汗，两次都叫我的名字，甚至还说救我。我跟他有什么关系？他到底是谁？为什么说救我？

　　钟金哈屯喝问："你是什么人？要干什么？"
　　那人吓得脸都白了："我是丘府的管家，听说哈屯是草原第一美女，小人忍不住偷看……"
　　钟金哈屯问丘富："先生，他真是府上的管家吗？"
　　丘富忙说："正是，正是。他的确是府上的管家。"
　　钟金哈屯很不好意思，她放开这个人，对丘富道："对不起，对不起，前不久，有黑衣人行刺可汗。是我太敏感了，实在是对不起。"
　　丘富安慰钟金哈屯："小心无大过。哈屯警觉是对的，可汗的安全就是土默特的安全，就是右翼蒙古的安全。"
　　丘富训斥管家："鬼鬼祟祟，探头探脑，成何体统！"
　　管家诺诺连声。
　　丘富把阿拉坦汗和钟金哈屯请进客厅。墙上挂着几幅画，有《姜子牙斩将封神》、《泗水桥张良三进履》、《魏征诤言》等，都是古代的贤臣良将。

钟金哈屯十分欣赏:"好画,真是好画!是先生的大作吗?"

丘富谦虚地说:"正是老朽的拙笔。"

钟金哈屯由衷地敬佩:"先生真是大才呀!"

阿拉坦汗的目光落到桌子上的一幅宫阙图上:"先生的人物画栩栩如生,宫阙画也非比寻常。"

丘富以手抚胸,郑重地说:"可汗,这可不是宫阙画,这是老朽要给可汗造的宫殿。"

阿拉坦汗又惊又喜:"对了对了,你以前跟我说过,这我可得好好看看。"

丘富是中原人,在白莲教中,他是赵全的上级。二十五年前,嘉靖皇帝炼丹修道热火朝天,老百姓生活在水深火热之中。嘉靖既好色,又想长生。谁都知道纵欲伤身,嘉靖也心知肚明,可一帮马屁精天天在嘉靖身边转,那哪能有好事?尤其是几个臭道士,他们不知从哪位师娘那里搞来的秘方,说什么"破处女之阴,可补男人之阳;采处女之体,可延男人之寿"。于是,嘉靖广招秀女,以满足他的私欲。那些牛鼻子道士也没闲着,他们到处收集少女初潮的经血来炼制丹药,还信誓旦旦地对嘉靖说,那是长生不死、强身健体的极品。嘉靖不但不恶心,反而吃上瘾了,一天也离不开。

嘉靖用什么方法"破处女之阴,采处女之体",史料没有详细记载,反正被他摧残至死的宫女每天都往皇宫外抬。宫女们终日提心吊胆。公元1542年阴历十月二十日晚,宫女杨金英、邢翠莲等十余人趁嘉靖熟睡之际,把一条黄绫布套在他的脖子上,众宫女跟勒狗一样勒住嘉靖皇帝。由于她们过度紧张,黄绫打了死结,杨金英等人误以为嘉靖被勒死了。黎明时分,一个妃子发现了昏迷的嘉靖,嘉靖皇帝方才死里逃生。此事在中华五千年文明史中只有此一例,可见嘉靖对宫女们的摧残到了什么程度!这年是壬寅年,史学家称之为"壬寅宫变"。

"壬寅宫变"传到宫外,白莲教决定起义,推翻这个腐朽的政权。但由于叛徒告密,事情败露,丘富逃到草原。时值明廷封锁边境,蒙古各部无衣无食，百姓饥寒交迫。丘富把一大批汉人带到塞外，蒙古人放牧，汉人耕种，蒙汉百姓相得益彰，长城外一片祥和，蒙古右翼由弱变强。如果说丘富是一条鱼，阿拉坦汗就是水。鱼没有水，必是死路一条；水没有鱼，那也是死水一潭。

正因为丘富对蒙古右翼的巨大贡献，阿拉坦汗才花钱给他盖了这座丘府。丘富住这样的豪宅，想着阿拉坦汗睡在帐篷里，心里实在不安。他一直想建一座汗城，在汗城中给可汗建一座王宫，以报阿拉坦汗知遇之恩。

丘富手指着图纸，一一向阿拉坦汗和钟金哈屯介绍："这就是汗城，这是城墙，这是南门，这是西门……这是前殿，这是正殿，这是寝宫……"

阿拉坦汗一皱眉："先生，规模这么大，是不是太奢华了？"

丘富摇了摇头："可汗，这比起明廷那些王爷们的王宫还差得远呢！可汗戎马倥偬几十年，蒙古右翼空前强大，住这样的宫殿，理所当然。"

阿拉坦汗在丘府吃了一顿丰盛的汉餐，两个人越谈话越多，不知不觉，月亮升了起来，丘富派府上的军兵送阿拉坦汗、钟金哈屯回土默特大营。

月光如水，整个草原都浸在其中。钟金哈屯喜欢月亮，每当看到这样静谧的月色，她的心绪就像蝙蝠一样乱飞。

营门渐渐地近了，钟金哈屯在马上仰起头，她正看着月亮，突然，一匹马从路旁的高粱地斜刺蹿出，马上的黑衣人把长枪一抖，枪尖就到了阿拉坦汗的咽喉。阿拉坦汗想摘戟已经来不及，他只得往旁边躲，由于动作过急，他一个跟头从马上栽了下去。

还没等阿拉坦汗起身，黑衣人高声断喝："老山羊，你的死期到了！"

黑衣人的枪直抵阿拉坦汗的前胸。阿拉坦汗毕竟是六旬老人，身体再好，也不像年轻时那么灵便，他慌忙往外滚。黑衣人的枪太快了，"噗"枪尖穿透阿拉坦汗的蒙古袍，阿拉坦汗觉得一股强劲的寒气从腰间传向全身。

黑衣人杀气十足，大枪的枪尖扎进地下一尺多深，他拔了两拔才把枪拽出来，可枪头却挂住了阿拉坦汗的袍子。

黑衣人一喜，这真是长生天助我！他两臂一叫劲，大枪一挑，顿时阿拉坦汗的身子悬了起来。

如果黑衣人把阿拉坦汗往外一甩，就算阿拉坦汗不被摔成肉饼，也得筋断骨折。就在这千钧一发之际，寒光一闪，"刷"一把大刀横扫过来。这把刀不偏不斜，正好从黑衣人的枪和阿拉坦汗的皮肤之间砍了过去，既没伤到阿拉坦汗，也没有碰上黑衣人的枪。

阿拉坦汗落地，刘四等侍卫一拥齐上，把他护在当中。

刘四高叫："有人行刺可汗！抓刺客！"

营门的军兵听到呼叫，纷纷赶来。

钟金哈屯救了阿拉坦汗，一举大刀劈向黑衣人。黑衣人用大枪一拨，压住钟金哈屯的大刀。

黑衣人望着钟金哈屯："钟金，难道你把我忘了吗？"

钟金哈屯急于把黑衣人赶走，她把腕子稍稍一转，大刀往前一推，奔黑衣人持枪的手削去，黑衣人急忙把枪撤了回来。

无数军兵从土默特大营里奔出来，黑衣人根本没把这些人放在眼里，他用手中的大枪一划拉，地上就倒下好几个，他对钟金哈屯说："钟金，我是来救你的，跟我走！"

钟金哈屯的火往上撞："我凭什么跟你走？"

"刷"钟金哈屯的刀又劈了过来，黑衣人往旁边一躲，她的刀走空了。众军兵举枪的举枪，挥刀的挥刀，纷纷袭向黑衣人的要害。黑衣人上护其身，下护其马，耳轮中就听"叮""当""嗖"……兵刃碰上黑衣人的枪就飞。

此时阿拉坦汗已经重新上马，他的怒火往上撞："放弩箭！"

弩箭是可以连发的弓箭。随着弩机响动，阿拉坦汗侍卫的弩箭像雨点般射向黑衣人。

黑衣人见杀阿拉坦汗已经不可能，他深情地看了一眼钟金哈屯，拨马消失在夜幕里。

回到寝帐，钟金哈屯的大脑高速旋转，黑衣人两次行刺可汗，两次都叫我的名字，甚至还说救我。我跟他有什么关系？他到底是谁？为什么说救我？我一定要把他抓住问个清楚。

历史不只一次证明，分封制是自掘坟墓的制度。周朝实行分封制，朝廷被架空，八百诸侯相互攻杀，先春秋，后战国，最后被秦国取代。汉朝实行分封制，诸侯权力膨胀，朝廷有令不行，有禁不止，汉景帝消藩，七国之乱爆发。唐朝节度使位高权重，藩镇割据，类似分封制，朝廷削减节度使兵权，安禄山、史思明叛乱，唐朝由此走向深渊。明朝只是在北部边疆实行局面分封，朱元璋一死，燕王朱棣造反，赶走侄子建文帝，他坐上了皇位。

达延汗统一草原之前，北元蒙古帝国乱了一百六十多年，他认为非皇室官宦的权力太大是国家动乱的根源，因此，他撤销国家机构——中书省、枢密院和御史台，把蒙古四十四个部落大部分封给自己的子孙。达延汗在世时，各部落对汗廷还算忠心，可达延汗辞世不久，其子孙们都自我感觉良好，都觉得自己是块统一天下的料，对汗廷上有政策，下有对策。北元蒙古帝国局部统一、整体分裂的格局逐渐形成，汗廷的权力越来越弱化，枝强干弱越来越明显。

在北元蒙古帝国中，最强大的地方政权就是右翼的阿拉坦汗，各部落都在看着阿拉坦汗。只要他听命于汗廷，各部落就不敢明目张胆地对抗大汗。所以，汗廷对阿拉坦汗的朝贡极为重视。

察哈尔汗廷位于张家口北三百余里的草原上，这里河水环绕，牛羊成群，一些大大小小的蒙古包，若即若离地分布在一座金顶大帐周围。蒙古人崇拜太阳，蒙古包的门都朝东开。图们汗的金顶大帐也不例外，他面东背西高坐在上。

图们汗本想亲自去接达云恰和把汉那吉，但又怕各部落说他讨好阿拉坦汗，虽然达云恰在辈分上是自己的叔叔，可他只是阿拉坦汗的义子，把汉那吉与自己是同辈。图们汗思索再三，他派了自己的心腹侍卫出汗廷三十里把达云恰和把汉那吉接进金顶大帐。

图们汗隆重设宴，盛情款待达云恰和把汉那吉。大帐之中又是吹，又是打，十分热闹。达云恰和把汉那吉把瓦剌的人畜册和十箱黄金献上，图们汗心中特别畅快。

残月如钩，酒宴散去。图们汗叫侍卫打开箱子。灯光之下，黄灿灿的金子呈现在眼前。图们汗手捧黄金笑逐颜开，阿拉坦汗的忠心可见一斑，看来，是我误解他了。

当侍卫打开最后的箱子时，一封奏折出现在上面，图们汗拿起奏折，见下面还有一把匕首，他顿时莫名其妙。

奏折的大意是请图们汗把瓦剌四部封给辛爱黄。图们汗的眉毛挑了几挑，再看箱子里的匕首，他明白了，这是在威胁我，如果我不把瓦剌封给辛爱黄，等待我的就是这把刀！

图们汗的火"腾"就上来了："阿拉坦汗明里把瓦剌四部献给我，暗里却要把瓦剌封给他儿子，居然还用匕首威胁我，这是造反！"

"啪"图们汗把请封折摔在地上，他气呼呼地道："来人！把达云恰和把汉那吉拿下，乱刃分尸！"

侍卫立刻阻拦道："大汗，万万不可！阿拉坦朝贡草原各部传得沸沸扬扬，可没有人知道这个请封折，更没有人知道请封折下还藏着一把刀。显然，阿拉坦的目的就是逼大汗动手，如果大汗杀了达云恰和把汉那吉，蒙古各部就会说大汗忠奸不分，那么阿拉坦叛乱就有了充分的借口。大汗，可不能上阿拉坦的当啊！"

图们汗吼道："难道你让我像母羊一样雌伏在他脚下吗？"

侍卫苦劝："大汗，只要套马杆在手，还怕烈马不驯服吗？只要大汗还是全蒙古的大汗，还怕制服不了阿拉坦吗？大汗记住这次的耻辱，就当什么也没发生，卧薪尝胆，励精图治，等国家强大之后再将阿拉坦彻底铲除！"

第四章

　　阿拉坦汗身子往后一仰，只听"轰隆"一声。黑衣人就觉得身子发轻，脚下发软，整个人仿佛成了断线的风筝……

　　图们汗把请封折和匕首留下了。第二天一早，侍卫把瓦剌的人畜册和十箱黄金退还给达云恰和把汉那吉。

　　侍卫道："二位台吉，阿拉坦汗的心意大汗全领了，阿拉坦汗的忠心大汗也知道了。人畜册和十箱黄金原物退回。"

　　侍卫放下就走，达云恰和把汉那吉都感到莫名其妙。

　　经多方打听，达云恰和把汉那吉才知道请封折和匕首的事，两个人想向图们汗解释，可两个月过去了，图们汗再也没露面。达云恰和把汉那吉只得回到土默特老营。

　　高粱吐穗，玉米长出胡须，几片灰色的云在草原上飘来荡去。

　　大帐之中，阿拉坦汗一掌击在桌子上，水壶、奶茶碗都蹦了起来。

　　阿拉坦汗喝道："你们到底做了什么？"

　　达云恰和把汉那吉都跪下了——

　　"阿爸，我们什么也没做。"

　　"额兀格，我们没做什么，真的没做什么。"

阿拉坦汗死死地盯着达云恰："恰儿，你名为我的义子，可我一直把你当成亲生儿子，难道你也不能跟我说实话吗？"

达云恰想，既然请封折是辛爱黄所为，那匕首也一定是他干的，如果说出实情，阿拉坦汗一怒之下就可能把辛爱黄杀了。

见达云恰不说话，阿拉坦汗急了："来人！把达云恰和把汉那吉推出去，斩！"

把汉那吉惊慌失措："额兀格，我说，我说！"

把汉那吉把请封折和匕首的事说了一遍。

阿拉坦汗火冒三丈："来人！把辛爱黄押进来。"

辛爱黄被带到大帐，阿拉坦汗怒斥："狼崽子！你胆子也太大了，居然私自请封，威胁大汗，你这是造反，是谋逆！把辛爱黄推出去，砍了！"

刘四带侍卫要抓辛爱黄，辛爱黄两手一推，几个侍卫"噔噔噔"倒退好几步。

辛爱黄把脖一梗："我承认，请封折子是我干的，可匕首的事我半点儿也不知道！"

阿拉坦汗的火更大了："山一样的事实摆在面前，你还百般抵赖。刘四，把他的人头割下！"

辛爱黄跳着脚喊道："我冤，我不服！"

阿拉坦汗正在气头上，哪听得进去？刘四和几个侍卫把辛爱黄架到帐外，刽子手举起大刀，准备行刑，突然有人娇斥一声："住手！"

刘四一看，是钟金哈屯。刘四也不敢轻易杀辛爱黄，见钟金哈屯来了，他令手下侍卫暂缓执刑。

钟金哈屯走进大帐，她柔声地对阿拉坦汗说："可汗，不能杀辛爱黄啊。"

阿拉坦汗两眼冒火："他欺君枉上，罪大恶极，我要用他的人头向大汗请罪。"

钟金哈屯劝道："可汗，事情已经到了这个份儿上，难道你割下辛爱黄的人头大汗就会相信我们吗？说不定他还认为我们在搞苦肉计。再有，辛爱黄文才不高，他能写出折子来吗？可汗为什么不查那个写折子的人，却要杀辛爱黄呢？"

钟金哈屯的声音如羽毛一样轻，可在阿拉坦汗听来，却不亚于一声惊雷！是啊，辛爱黄不是个玩阴谋诡计的人，他绝对想不到用匕首威胁图们汗！对，写折子的人一定是幕后元凶。

钟金哈屯的话打动了阿拉坦汗，他把火压了压："把辛爱黄推进来，我要问他受谁的指使。"

钟金哈屯阻拦道："可汗，你想过没有，如果挖出背后的指使者，可汗怎么处置这个人？"

阿拉坦汗眼露杀机："杀无赦！"

钟金哈屯目光凝重："如果是可汗最依重的人呢？"

阿拉坦汗品味钟金哈屯的话："你说是他……"

钟金哈屯与阿拉坦汗四目相对，她点了点头，阿拉坦汗的脑子一下子乱了。

星光满天，夜凉如水。大帐中的阿拉坦汗伏在桌前，手里捧着《孙子兵法》却一个字也看不下去。

突然，人影一闪，一个黑衣人靠近阿拉坦汗的大帐前，"噗噗"两个卫兵倒在地上。黑衣人蹑手蹑脚地走进帐中，见阿拉坦汗在灯下冥思苦想，他旋风般冲到阿拉坦汗面前，举刀就刺。

阿拉坦汗身子往后一仰，只听"轰隆"一声。黑衣人就觉得身子发轻，脚下发软，整个人仿佛成了断线的风筝……

黑衣人两次行刺阿拉坦汗，钟金哈屯一心想抓住此人问个究竟。于是，她叫刘四带人在阿拉坦汗帐中挖了个两丈多深的坑，坑里撒了一尺多深的石灰粉，坑上是木板，平时根本看不出来。阿拉坦汗往后一仰，椅子的靠背触到机关，木板一下子把黑衣人扣了下去，"噗"的一声，石灰粉飞起，黑衣人的眼睛当时就被迷住了。黑衣人用手揉，可越揉迷得越厉害，鼻涕眼泪一起往外流。

刘四带一队巡逻兵跑进帐中，人们用挠钩套锁把黑衣人拽了上来。再看，黑衣人成了白衣人。

阿拉坦汗喝问:"你是谁?为什么三番两次行刺我?"

刺客听到阿拉坦汗的声音:"我和你的仇堆起来比山还高……"

刺客挣脱侍卫,扑向阿拉坦汗。阿拉坦汗往旁边一闪,刺客撞在桌子上,"咣"桌子倒了,刺客摔在地上。

钟金哈屯得知抓住了刺客,她立刻从后帐走了出来,关切地问:"可汗,你怎么样?伤到没有?"

刺客虽然眼睛睁不开,可耳朵却听得清清楚楚。一听是钟金哈屯的声音,他情绪激动起来:"你是钟金!钟金,我是来救你的!"

此时,刘四已经把刺客捆了起来。

钟金哈屯喝问:"你是谁,你怎么知道我的名字?"

刺客使劲地睁开眼睛:"钟金,难道你忘了吗?我是你的师兄铁木尔呀!"

钟金哈屯大惊,她紧走几步来到铁木尔面前,可铁木尔的脸上都是石灰粉,哪能辨出模样?

阿拉坦汗不解,钟金哈屯的师兄与我有什么深仇大恨?他对刘四道:"去打两盆水,给他洗洗。"

刘四把铁木尔脸上的石灰洗去,铁木尔虽然能睁开双目,可眼睛却肿得跟烂桃一般。

钟金哈屯这回看清了,见铁木尔二十岁出头,高鼻梁,深眼窝,五官端正,相貌堂堂。

钟金哈屯依稀辨认出了铁木尔的模样,不禁道:"你真是铁木尔师兄?你,你不是被那场大火烧死了吗?"

话还得从十三年前说起——钟金五岁那年,有个喇嘛云游到土尔扈特部落。喇嘛随身背了几本书,钟金见喇嘛看书写字就要跟着学。喇嘛以为小钟金是一时好奇,就教孩子认了几个字。哪知小钟金天天拉着喇嘛要学写字。一晃就是两年多,喇嘛把自己学的东西都教给了钟金,再也没有教的了,可钟金还是不让喇嘛走。喇嘛就对钟金的母亲说,他有个师弟叫阿兴,是日月山东克寺的活佛,会蒙藏汉三种文字,而且十八般武艺样样精通,他去一趟东克寺,把钟金推荐给阿兴,叫阿兴活佛收钟金为弟子。

出家人不打诳语，阿兴活佛果然来了。小钟金的确与众不同，不管是蒙古文、藏文，还是汉字，她一学就会；不管是刀枪剑戟，还是棍棒钩叉，她一点就通。阿兴活佛高兴得合不拢嘴，当即收钟金为徒，并把她带上了日月山东克寺。

　　此前，铁木尔已经跟阿兴活佛学艺多年了，所以，钟金就成了铁木尔的小师妹。钟金十三岁那年，庙里突然着火，阿兴活佛救出了钟金，却没有找到铁木尔，他以为铁木尔被火烧死了。失去了栖身之地，阿兴活佛只得把钟金送回土尔扈特，钟金的母亲就留阿兴活佛在部落里培养钟金。

　　铁木尔并没死，东克寺起火之夜，铁木尔发现外面有人鬼鬼祟祟，他破窗追出，等他回来时，东克寺已经成了一片废墟。铁木尔以为师父和师妹被火吞噬了，他辗转去了土伯特蜇蚌寺。

　　土伯特是蒙古人对西藏和青海的统称。

　　蜇蚌寺的方丈是藏传佛教格鲁派领袖索南嘉措，阿兴活佛就是索南嘉措的得意弟子。在辈分上，索南嘉措是铁木尔的师祖。

　　铁木尔哭着把东克寺着火的经过对索南嘉措说了一遍，索南嘉措不相信阿兴会死，他派人四处打听。

　　铁木尔对读书识字兴趣不大，对武艺却能举一反三。索南嘉措就把自己的武艺传给了他。铁木尔在蜇蚌寺一学就是四年，正当他想要出家当喇嘛时，得到了一个令他万分激动的消息——阿兴活佛和钟金都在土尔扈特！铁木尔辞别师祖索南嘉措奔土尔扈特而来。

　　铁木尔一到土尔扈特就傻了，师父外出化缘，钟金嫁给了阿拉坦汗。

　　铁木尔越想越不对劲，阿拉坦汗是个六十岁的老头，而钟金却是个十八岁的黄花闺女，她绝不可能愿意嫁给这样一只老山羊，必定是阿拉坦汗以武力相威胁，小师妹迫于无奈，不得不屈从。于是，铁木尔沿路尾随，伺机行刺阿拉坦汗。

　　谜解开了，钟金哈屯对铁木尔说："师兄，你错了，我是自愿嫁给可汗的，可汗丝毫没有强迫我。"

　　铁木尔深情地望着钟金："小师妹，这事像山一样明显，阿拉坦三万大军兵临瓦剌，这不是强迫是什么？再说，他六十，你十八，他和你相差四十二岁，如果不是慑于他的淫威，你怎么肯嫁给他？"

钟金哈屯解释道："师兄，你不清楚。论文才，可汗熟读'五经'、'四书'，尤其是《孙子兵法》，可汗能倒背如流；论武艺，可汗胯下马，掌中双戟，纵横草原，无人能敌；论人品，可汗光明磊落，侠肝义胆；论功绩，可汗东征兀良哈，西服瓦剌，南慑明朝，大力开发丰州滩，蒙汉百姓颂之为顺义英主……"

铁木尔以为钟金在安慰自己，他连连摇头："小师妹，你别说了，是师兄没用，不能为你报仇……"

钟金哈屯打断他的话："师兄，我对你说的都是真心话！"

铁木尔咬着牙："这不可能！"

虽然铁木尔三次行刺阿拉坦汗，可阿拉坦汗从心里喜欢铁木尔，他对钟金哈屯道："哈屯，这件事慢慢向铁木尔解释吧，先把你师兄的绑绳解开。"

钟金哈屯解开铁木尔的绑绳。

铁木尔一拉钟金哈屯的手："小师妹，我们走。"

第五章

　　辛爱黄和铁木尔是两只老虎，二虎相争，必有一伤。钟金哈屯的心都要蹦出来了，这可如何是好？

　　钟金哈屯甩开铁木尔的手，坚定地说："不！我不跟你走。"
　　铁木尔狠狠地看了阿拉坦汗一眼："小师妹，不要怕，师兄会用生命保护你。"
　　钟金哈屯后退两步："不不，我在这里很好，我哪儿也不去。"
　　铁木尔吼道："小师妹，他会毁了你一生的！"
　　钟金哈屯也急了："这是我自己的事，不用你管！"
　　铁木尔用乞求的目光看着钟金哈屯："小师妹！"
　　钟金哈屯把脸扭了过去："你走吧！"
　　铁木尔一跺脚，他转身就走。刘四和众侍卫各持刀枪拦在铁木尔面前。
　　阿拉坦汗声音不高，但口气不容否定："让开！"
　　刘四等人只得闪在一旁。
　　铁木尔走到帐外，他回过头手指阿拉坦汗，厉声道："阿拉坦，早晚有一天，我定会摘下你的山羊头！"

众侍卫听了铁木尔这句话，又把他围了起来。

钟金哈屯猛地转过身，叫道："师兄，不准你胡来！"

阿拉坦汗摆了摆手："放他走！"

铁木尔大踏步地出了土默特大营。

红日东升，天边乌云弥漫。

铁木尔信马由缰，正走着，突然，"丁零零"身后传来一阵马的威武铃声。铁木尔回头一看，见一个黑大个儿奔自己来了，此人头戴乌金盔，身披乌金甲，两道浓眉，一双虎目，胯下一匹乌龙马，掌中一条乌金枪。好家伙，来人的个儿太高了，他在马上居然比别人高出一头，简直跟半截黑铁塔似的。

黑大个儿来到铁木尔面前，举枪就刺："铁木尔，你还想走吗？"

铁木尔见对方的枪到了，他往旁边一躲，摘下自己的大枪，问："你是谁？"

黑大个儿一阵冷笑："狼崽子，我是阿拉坦汗的长子辛爱黄。"

说着话，辛爱黄举枪就刺。

铁木尔一听眼前之人是阿拉坦汗的长子辛爱黄，他的火"腾"就上来了，阿拉坦，老山羊！老狐狸！你当众放了我，暗地里竟派你的长子追杀我。阿拉坦如此狡诈，钟金跟这种人在一起，可太危险了！

辛爱黄是右翼三个万户中的第一猛将，当年他走马挑哈森，单骑毙四将，一招擒仇龙，马踏小白河，枪挑王汝孝，孤身闯大同，飞马斩杀仇氏父子，自从出世以来，从没遇过对手。

铁木尔一到土默特就听说了辛爱黄的名字，他年轻气盛，很想会会辛爱黄，没想到今天碰上了。

铁木尔圆睁二目："原来你就是辛爱黄，黑驴，我看你有什么本事！"

铁木尔手中的枪往外一挂，抖枪就刺。辛爱黄一愣，心说，行啊，能拨开我枪的人没几个，我倒要看看他有多大力气。

想到这儿，辛爱黄甩枪当棒，"呜"砸向铁木尔。铁木尔长这么大，他就服两个人：一个是他的师父阿兴活佛，另一个是他的师祖索南嘉措。

见辛爱黄的枪奔自己的头顶而来，铁木尔冷笑一声，他双手擎枪，

"海底捞月"式往上就接。耳轮中就听"嘡——"两旁的树叶被震落一地，铁木尔胯下这匹马"嗒嗒嗒"后退四五步。

辛爱黄也没占到便宜，他的枪被崩起五尺多高。

"啊！"辛爱黄不禁叫出声来。

辛爱黄第一次遇到这样的强敌，叫道："好你个狼崽子，有本事就再来一下！"

辛爱黄马往前蹿，人借马力，马借人威，他的大枪再次砸向铁木尔的头顶。铁木尔心头火起，辛爱黄，别以为你身高马大就想占我的便宜，我也不是好惹的！

铁木尔把全身的力气运于双臂，又接了辛爱黄这一枪。"嘡——"惊天动地的一声巨响，铁木尔的耳朵"嗡嗡"直叫，他的马"嗒嗒嗒"退出七八步。

辛爱黄更吃惊了："再来一下！"

辛爱黄一提马的丝缰，这匹马腾空而起，他的枪第三次砸向铁木尔。"嘡——"天崩地裂一般，铁木尔就觉得两臂发麻，虎口发烫，"扑通"他的这匹马一下子跪在地上。

铁木尔想把马提起来，辛爱黄的枪却死死地压在他的枪杆上。豆大的汗珠从铁木尔的脸上往下滚。辛爱黄也使出了浑身力气，只见他眼睛往外鼓，两腮憋得通红。

很明显，辛爱黄占了优势。可铁木尔求胜不易，与辛爱黄同归于尽并不难。只要他把枪往外一顺，甩枪当棒抽向辛爱黄，两个人就可能同时丧命。

铁木尔的心中十分矛盾，我到底该不该跟他同归于尽⋯⋯

就在这时，远处飞来一骑战马，马上端坐一个女子，此人十八九岁，眉如黛，颜如玉，头戴珍珠冠，项挂白银环，个子高挑，皮肤细嫩，皓齿如银，美目流盼，手擎一把绣绒大刀，此人正是钟金哈屯。

钟金哈屯高喊："住手！"

两个人都没有反应。

钟金哈屯再次高喊："都住手！"

说住手，哪那么容易？辛爱黄想撤枪，可他担心铁木尔反戈一击，如果那样，自己就危险了。辛爱黄不撤枪，铁木尔想撤也撤不了。两个人就这么僵持着，谁也不能撤，谁也不敢撤。

霎时，钟金哈屯冲到两人中间，绣绒大刀一挑辛爱黄的枪，铁木尔借钟金哈屯的劲，这才把辛爱黄的枪架出去。钟金哈屯也怕铁木尔趁机袭向辛爱黄，她把刀杆往前一推，把铁木尔的枪推了出去。铁木尔就势一带胯下马，这匹马站了起来。

钟金哈屯单刀分双枪，一场危机被化解了。

辛爱黄喘着粗气对钟金哈屯吼道："你要干什么？"

钟金哈屯斥道："可汗已经放了铁木尔，你为什么抗命不遵？"

"我，我……"辛爱黄一时语塞。

铁木尔把牙关一咬："小师妹，你来得正好，你先等着，我杀了这头黑驴咱们就远走高飞。"

钟金哈屯怒道："你杀了他，我就杀了你！"

钟金的这句话大大出乎铁木尔的意料，他瞪了瞪眼："不杀他也行，我们现在就走。"

钟金哈屯道："我为什么跟你走？"

铁木尔结结巴巴地说："五，五年前，师父，师父就把你许配给我了……"

钟金哈屯脸一红："胡说！"

铁木尔道："这是东克寺着火前夜师父亲口对我说的，我们可以一起去见师父。"

辛爱黄用枪一指铁木尔："铁木尔，你像山莺一样乱叫，看我要你的命！"

辛爱黄往上就闯，铁木尔也不示弱，两个人又要动手。

钟金哈屯挡在辛爱黄前面，她对铁木尔吼道："师兄，你快走！"

铁木尔高叫："不杀这头黑驴，我不走！"

钟金哈屯娇斥："你不走，我就再也不认你这个师兄！"

铁木尔的胸脯剧烈地起伏着，他气愤地道："你，你，你就是不认，我也不走，我非杀了他不可！"

辛爱黄的脾气火暴："狼崽子，想杀我的人还没生出来，看枪！"

辛爱黄绕过钟金哈屯，举枪就刺，铁木尔接架相还，两个人又打了起来。

辛爱黄和铁木尔是两只老虎，二虎相争，必有一伤。钟金哈屯的心都要蹦出来了，这可如何是好？

钟金哈屯正不知所措，见远处尘土飞扬，阿拉坦汗带一支骑兵赶来。

阿拉坦汗高声断喝："辛爱黄，还不住手！"

辛爱黄闻听自己父亲的声音，他虚晃一枪来到阿拉坦汗面前："阿爸，这小子比豺狼还可恶，他，他竟想把钟金哈屯带走。"

阿拉坦汗没有接辛爱黄的话，而是冷冷地说："铁木尔是我放的，你为什么不让他走？"

辛爱黄张了张口："阿爸，这，他，不能放啊！"

阿拉坦汗一瞪眼，口气十分强硬："难道你想抗命吗？"

辛爱黄结巴了："这，我……不敢。"

辛爱黄只得退到阿拉坦汗身后。

钟金哈屯忙对铁木尔说："师兄，可汗已经放了，你还不快走！"

铁木尔没动，钟金哈屯又道："你走啊！"

铁木尔这才把马圈过来，他望着钟金："我会和师父一起来找你的。"

说着，铁木尔两脚一蹬镫，胯下马飞奔而去。

回到大营，辛爱黄直奔赵全的家，他生气地对赵全道："大卿，我想杀铁木尔，缓和一下同阿爸的关系，可阿爸不但不高兴，反而非常生气。我真不明白，阿爸的心怎么跟天上的云一样难以琢磨。"

赵全一皱眉："你去追杀铁木尔了？"

辛爱黄点点头。

赵全埋怨道："台吉，你太鲁莽了。可汗放铁木尔，一方面是为了笼络钟金哈屯的心，另一方面是为了显示自己的气度。可你半路截杀铁木尔就给人一种错觉，让人认为可汗在搞阴谋、玩诡计，可汗能不生气吗？"

辛爱黄有几分不屑："钟金哈屯不过长个漂亮的脸蛋，笼络她有什么用？"

赵全摇了摇头："我的台吉，这与钟金哈屯漂亮的脸蛋没有关系，因为瓦剌四部刚刚归服，只有争取钟金哈屯的心，才可能稳定土尔扈特；稳定土尔扈特，瓦剌四部就能牢牢地控制在可汗的手中。"

辛爱黄挠了挠脑袋，他的眼睛突然睁大了，问："大卿，阿爸显示自己的气度是不是为了当皇帝呀？"

赵全笑了，笑得意味深长，笑得深不可测："台吉，你就等着当皇太子吧。不过，以后可不能这样了。"

辛爱黄点头："是，大卿，我听你的。"

秋猎是蒙古人的一种习俗，也是选拔人才的赛场。年轻人都想抓住秋猎之机，一展身手。

猎场上人山人海，阿拉坦汗和钟金哈屯由刘四护从，带着各位台吉、各部首领来到山前。山下鼓声震天，号角齐鸣，当兵的摇旗呐喊，獐狍野鹿四处奔逃。

不一会儿，阿拉坦汗和钟金哈屯就射杀了好几只猎物。

塔娜连连说："额兀格真是好身手。"

把汉那吉也附和塔娜："额兀格像雄狮一样威风。"

阿拉坦汗哈哈大笑："不行了，不行了，额兀格已经老了。"

这时，一只长尾狐狸从林中蹿出，这条狐狸毛管倍儿亮，眼睛放着光，浑身的皮毛特别鲜艳。

阿拉坦汗两脚一蹬镫："追！"

阿拉坦汗带着众人旋风般地追了上去，他持弓在手，"嗖"就是一箭，长尾狐狸听到背后的弓弦声，它就地打了个滚儿，这支箭莫名其妙地从狐狸身上滚落下来。阿拉坦汗暗道，好狡猾的东西！他又把箭举了起来，"嗖"的一声，狐狸一抖身上的毛，阿拉坦汗的第二支箭又走空了。

阿拉坦汗连发三箭，长尾狐狸每次都在他的箭下逃走。

阿拉坦汗有点儿失望，他对身边的台吉、首领道："谁射中这只狐狸，我重重有赏。"

阿拉坦汗的话音刚落，把汉那吉把箭举了起来："我来。"

塔娜把嘴一撇，白了把汉那吉一眼："额兀格都没射中，你就别丢人了。"

把汉那吉对塔娜倾慕已久，现在塔娜如此小瞧自己，把汉那吉的脸上哪还挂得住？

把汉那吉持弓在手："我要是射中怎么办？"

塔娜嗤笑："你就不可能射中。"

把汉那吉极不服气："我就问你，我射中怎么办？"

塔娜哼了一声道："你说怎么办就怎么办。"

把汉那吉的血往上涌："我要射中了，你就嫁给我！"

塔娜的脾气也上来了："行！可你要射不中，就永远也不要纠缠我。"

把汉那吉把心一横："好！这可是你说的，你可不要反悔。"

塔娜歪着头："我的话像岩石一样坚定！"

把汉那吉喘着粗气："我就让你看看，我把汉那吉不是孬种！"

众人追上长尾狐狸，"嘎吱吱"，把汉那吉瞄准长尾狐狸的脖子，"嗖"就是一箭。弓弦一响，长尾狐狸一个跟头滚了出去。

把汉那吉高呼："我射中了，我射中了……"

把汉那吉高兴地拉住塔娜的手："塔娜，我射中了，你终于肯嫁给我了！我终于等到这一天了！"

塔娜一推把汉那吉："你高兴得太早了，看，狐狸又站起来了。"

把汉那吉再一瞧，可不是嘛，那只狐狸一边跑一边回头，似乎在嘲笑把汉那吉。

把汉那吉揉了揉眼睛，这怎么可能？我明明见它倒下了，怎么又活了呢？

把汉那吉从箭囊中抽出第二支箭，"嗖"这支箭射了出去。长尾狐狸一个急转弯，箭紧贴着它的后胯擦过。

长尾狐狸朝把汉那吉抖了抖毛，继续往前跑，它既不快，也不慢，只与把汉那吉保持约百步的距离。

把汉那吉的火往上撞："好你个畜生，今天我非射死你不可！"

第六章

　　五兰闭上了眼睛,这是她平生第一次被男人拥抱,心里激动万分。然而,把汉那吉却叫她塔娜。五兰躲不开,挣不脱,泪水夺眶而出。

　　长尾狐狸朝天叫了两声,那表情似乎在嘲笑把汉那吉。把汉那吉的火哪还压得住,他用弓背一抽胯下马,这匹马跟飞了一般。长尾狐狸见把汉那吉追来,它头一转,一溜烟向远处跑去。

　　"嗖嗖嗖……"把汉那吉把一囊箭都射完了,可连长尾狐狸的毛也没伤着。

　　把汉那吉的脸色都青了,塔娜却在一旁说风凉话:"用不用把我的箭也给你呀?"

　　把汉那吉瞪了瞪眼,张了张嘴,突然,他一抬腿,把手中的弓猛地往自己膝盖上一磕,这张弓"咔吧"折为两半。

　　长尾狐狸见把汉那吉把弓撅断了,它伸了个懒腰,吐了吐舌头,居然坐在地上了。

　　阿拉坦汗见长尾狐狸如此嚣张,他的火也上来了:"这个畜生实在是可恶,谁来把它射死?"

众位台吉、首领纷纷举起弓，箭如雨点儿一般射向长尾狐狸。长尾狐狸却并不逃跑，就在两三步的方圆中晃动，可无论人们怎么射，都伤不到它。

把汉那吉心里平衡多了，怎么样？不是我没本事，是那只长尾狐狸太狡猾了。他想跟塔娜套套近乎，可扭头一看，见塔娜和一个年轻人并马而立，这个人头戴亮银盔，身穿亮银甲，外罩白袍，面色微黑，身材高大，两只眼睛炯炯放光。

塔娜用胳膊肘一捅年轻人："切尽哥哥，该你出手了。"

切尽是墨尔根的孙子，阿拉坦汗和墨尔根是亲兄弟，因此，在辈分上，阿拉坦汗是切尽的祖父。

切尽笑而未答。

塔娜把嘴一撅："切尽哥哥，你再不出手那只狐狸就被别人抢去了。"

阿拉坦汗闻声转过头，见切尽的弓还在肋下挎着，便问："尽儿，你怎么不开弓？"

没等切尽开口，塔娜先道："切尽哥哥一开弓准能射中。"

阿拉坦汗道："尽儿，你试试。"

塔娜伸手把切尽的弓和箭摘了下来，温柔地说："切尽哥哥，给额兀格露一手，额兀格等着看呢，快点。"

切尽只得接过弓箭，他两脚一踹镫，向长尾狐狸追去。

长尾狐狸见又有人追来，它抹头就跑。

看到塔娜和切尽亲热的样子，把汉那吉既羡慕又忌妒。他心中道，长尾狐狸那么狡猾，它站在那儿别人都射不中，在奔跑中切尽想射中它就更不可能了。把汉那吉等着看切尽的笑话。

阿拉坦汗、钟金哈屯等人随切尽一同追去。只见切尽从箭囊中取出第一支箭，"嘎吱吱""嗖"，长尾狐狸正在回头，切尽的箭闪电似的就到了，"噗"长尾狐狸的尾巴被切尽的箭射断三分之一！

"咿！"见切尽只射断了长尾狐狸的尾巴，阿拉坦汗不禁为他惋惜。

这下长尾狐狸可害怕了，它四爪蹬开，飞一般地向远处跑去。

切尽又拽出第二支箭，"嗖""噗"，狐狸尾巴又短了一截。人们发现，狐狸虽然奔跑着，可不像刚才那么平稳了。

"啧！"阿拉坦汗一吧嗒嘴。

切尽取出第三支箭，"嗖""噗"，这下可好，长尾狐狸成了没尾狐狸。

切尽三断狐尾，虽然没把长尾狐狸射死，却赢得了人们的一致喝彩，只有把汉那吉没作声。

此时，这只狐狸成了惊弓之鸟，它玩儿命地跑。不过，人们看出，这只狐狸完全失去了平衡，身子里倒外斜。

切尽取出第四支箭，"嗖""噗"，这支箭跟长了眼睛一样，一下子穿透了狐狸的咽喉，狐狸一跟头倒在地上。

大家跑过去一看，狐狸虽然断了气，可眼睛还睁着。

阿拉坦汗不禁拍手叫好："好箭法！好箭法！"

钟金哈屯赞道："真神箭也！"

在场的各位台吉、各部首领无不竖起大拇指。

塔娜挎过切尽的胳膊，神情比切尽还高兴："额兀格，我没说错吧，切尽哥哥的箭已经到了出神入化的程度。"

看着塔娜和切尽得意的样子，把汉那吉真恨不能过去站在他们中间。

把汉那吉不冷不热地说："一箭射死狐狸就得了，偏偏要射四箭，要什么把戏？"

切尽解释说："这是只老狐狸，不但狡猾无比，而且动作十分敏捷。想一箭要它的命很难做到。长尾狐狸在奔跑中，靠它长长的尾巴保持身体平衡。我射断它的尾巴，既给它造成心理压力，又使它失去平衡。这样，再射它就容易了。"

阿拉坦汗顿悟："高论！高论！什么是高手？这就是高手。"

钟金哈屯也说："细心观察，善于动脑，切尽台吉真是奇才啊！"

回到大帐，阿拉坦汗心中仍激动不已："就凭切尽射狐这件事，我就觉得他当个将军没问题！"

钟金哈屯点点头："嗯，切尽是个将才。"

两个人正说着，银英哈屯走了进来。

银英是阿拉坦汗的原配，阿拉坦汗的第二位哈屯是阿木尔津，钟金是阿拉坦汗的第三位哈屯，因此，后人称钟金为三娘子。

银英比阿拉坦汗大两岁，岁月的沧桑在她脸上留下了深深的烙印。

钟金哈屯以手抚胸："见过一克哈屯。"

一克，即大；哈屯，即后妃；因为阿拉坦不是大汗，是小汗，相当于诸王，所以，一克哈屯译为王后。

银英点点头："啊，平身吧。"

钟金哈屯见银英欲言又止，便道："一克哈屯，我还有点儿事，先行告退。"

钟金哈屯打完招呼便走了。

银英坐在椅子上长叹一声。

阿拉坦汗问："一克哈屯怎么了？"

银英道："吉儿从猎场一回来，就趴在榻上不起来，既不说话，也不吃东西。我以为他得了什么病。急得我又请医官，又让人煎药。在我一再追问下，他才说了实情。"

阿拉坦汗问："吉儿到底怎么了？"

银英道："吉儿说塔娜跟切尽眉来眼去，把吉儿扔在一边。你也知道，塔娜小时候就爱跟吉儿在一起玩，可近几年塔娜却对吉儿若即若离，搞得吉儿每天都像早晨的羊一样魂不守舍。今天塔娜和切尽又说又笑，吉儿哪能受得了？我想，你给做个主，把塔娜嫁给吉儿，吉儿的一颗心也就落地了。"

阿拉坦汗道："不是塔娜跟切尽眉来眼去，是因为一只长尾狐狸。我从来没见过那么狡猾的狐狸，在场的台吉、首领谁也射不中。吉儿觉得自己有两下子，他想在塔娜面前露一手，塔娜跟他怄气说，吉儿要能射中狐狸，她就嫁给吉儿。吉儿不但没有射中，还把自己的弓撅断了。塔娜叫尽儿射，尽儿先是三断狐尾，最后一箭射死了狐狸。人们都为尽儿喝彩，吉儿被冷落在一边，这就是事情的经过。"

银英并没当回事，她道："怄气的话当什么真呀！可汗，咱们的吉儿也不是坏孩子，何况吉儿对塔娜一片痴情，一天见不到塔娜，就跟丢了魂似的无精打采，有时甚至还借酒消愁。一个男人对一个女人这么好，天下能找出几个？我看，把塔娜嫁给吉儿，也委屈不了她。"

阿拉坦汗摇了摇头："塔娜喜欢的不是吉儿，而是切尽。你要是硬把她嫁给吉儿，那不是委屈了她吗？"

银英疑惑地望着阿拉坦汗："塔娜看上了切尽？切尽不是有媳妇吗？她嫁给吉儿是正室，嫁切尽可是偏房。这孩子怎么这么糊涂？"

阿拉坦汗反驳道："自古美女爱英雄。一旦女孩子喜欢一个男人，还哪管正室、偏房？"

银英的脸色阴沉下来："那怎么办？"

阿拉坦汗一副恨铁不成钢的样子："也怨不得塔娜看不上把汉那吉，吉儿确实不像话，我从瓦剌回来，各台吉、首领前来迎接，他喝得跟醉猫一样，别人老远就下了马，可他骑着马一直跑到我面前，尘土趟得到处都是，人们无不反感。不是我说你，把汉那吉就是被你惯的。"

听阿拉坦汗这么一说，银英的眼泪掉了下来："咱们老三铁背走得早，就留下这么一根独苗，你不管他，我能不管他吗？苦命的孩子……"

阿拉坦汗忙劝："好了好了。"

女人征服男人最有效的武器就是眼泪。阿拉坦汗越不让银英哭，银英哭得越伤心："吉儿对塔娜的心跟一盆火似的，塔娜要是嫁给别人，这叫吉儿怎么接受得了啊！吉儿从小跟我在一起，他要是有个三长两短，我也不活了……"

阿拉坦汗无可奈何，他一边给银英擦眼泪，一边说："行了行了，都这么大年纪了，哭哭啼啼的让晚辈看见多不好，要不这样……"

听阿拉坦汗的话似有转机，银英止住哭声："你同意了？"

阿拉坦汗被逼得实在没办法，他叹了一口气："塔娜有个双胞胎妹妹五兰，这孩子既贤淑文静，又通情达理，要不，把她嫁给吉儿？"

银英先是一愣，继而一喜："五兰？这丫头长得跟塔娜一模一样，我不仔细看都分不出来。嗯，把五兰嫁给吉儿，吉儿能满意。"

把汉那吉和五兰的婚事很快定了下来。新婚之夜，五兰坐在榻边，可她一直等到三更，把汉那吉才被人搀进洞房。

把汉那吉一见五兰，眼睛立刻就直了。五兰面带羞涩，丈夫用这种热辣辣的目光看着自己，幸福之感油然而生。

五兰低下了头，眼睛看着把汉那吉的脚。

把汉那吉跌跌撞撞地扑到五兰身边，他一把将五兰抱在怀里："我，我终于等到今天了。"

五兰闭上了眼睛，这是她平生第一次被男人拥抱，心里激动万分。

"塔娜，塔娜，我的塔娜……"把汉那吉在五兰的脸上狂吻着。

五兰的情绪顿时一落千丈，她伤心地道："我不是塔娜，我是五兰。"

把汉那吉使劲地晃了晃脑袋，又揉了揉眼睛："你，你骗我，你以为我喝多了？我没喝多，我特别清醒，你这鼻子，你这眼……没错，就是塔娜。"

把汉那吉紧紧地搂住五兰。五兰躲不开，挣不脱，泪水夺眶而出。

雨雪风霜是大自然的规律，夏天过后，秋天就要来临。在这个季节里，寒风总是不期而至。

匕首的事在阿拉坦汗心中挥之不去，他想亲自到察哈尔汗廷向图们汗请罪。这天，阿拉坦汗正与钟金哈屯商量何时动身，刘四慌慌张张地跑了进来："启禀可汗，瓦剌八百里急报！"

阿拉坦汗一愣："快传！"

一个军兵跑了进来，来者浑身是土，满脸灰尘。

军兵跪在阿拉坦汗面前："可汗，瓦剌出事了！"

阿拉坦汗一惊："怎么回事？"

军兵急忙从怀里拿出一封信，刘四转呈给阿拉坦汗。信是钟金哈屯的母亲土尔扈特部首领哲恒夫人写的，大致内容是说，原厄鲁特部首领额真的儿子额登率三万大军进攻瓦剌，瓦剌四部首领蒙罕战死，四部人马伤亡惨重，请阿拉坦汗火速派兵增援。

阿拉坦汗反复看了两遍，他把信交给钟金哈屯。

钟金哈屯看过之后问这个军兵："土尔扈特怎样？额吉怎样？"

额吉就是母亲。

军兵道："回钟金哈屯，因蒙罕首领阵亡，土尔扈特部老幼上阵，哲恒夫人正在组织溃散的瓦剌军兵,全力阻击额登的进攻。"

钟金哈屯的心里忐忑不安。

阿拉坦汗吩咐刘四:"擂鼓升帐!"

"咚咚咚"三通鼓响,丰州滩的各位台吉、各部将领来到大帐内。阿拉坦汗端坐在虎皮金交椅上,各台吉、首领分立两厢。

阿拉坦汗把额登进攻瓦剌的事简单地说了一遍,然后道:"匕首的事让我寝食难安,我本想亲赴察哈尔汗廷向大汗请罪,但瓦剌之急,不能不救;额登之乱,不能不平。各位都说说,由谁领兵剿灭额登?"

把汉那吉问:"怎么?额兀格还想把瓦剌献给图们汗吗?"

阿拉坦汗点点头:"那是当然。"

把汉那吉不以为然:"这还不好办,让大汗出兵不就得了吗?"

把汉那吉的话正中辛爱黄下怀:"阿爸,吉儿说得对,谁家的绵羊谁赶着,谁家的猎狗谁带着。如果把瓦剌封给我,不用人说,我肯定去打额登。现在阿爸坚持要把瓦剌献给大汗,那当然要大汗出兵了。"

阿拉坦汗把眼睛一瞪:"胡说八道!"

见阿拉坦汗急了,大卿赵全把话接了过来:"可汗,赵全有一言。"

阿拉坦汗看了赵全一眼,这一眼深不见底,让人难以琢磨:"大卿说吧。"

赵全以手抚胸:"可汗,蒙罕战死,额登来势汹汹,一旦他占领瓦剌,右翼门户大开,如果明军南面呼应,那对右翼来说,将是灾难性的后果,可汗此时赴察哈尔汗廷实在不妥!"

赵全的话音一落,众人都说:"是啊,可汗现在不能去。"

阿拉坦汗问:"大卿说说你的高见吧。"

赵全朗声道:"中原有句话:帅不离位。赵全以为,可汗应坐镇丰州滩,派一得力之人增援瓦剌,这样,既可解瓦剌之急,又不给明廷可乘之机,此乃两全之策。"

赵全说着,眼睛却望着辛爱黄,两个人的目光一碰,辛爱黄迟疑了一下后,对阿拉坦汗道:"阿爸,我愿领兵生擒额登,解瓦剌四部之围。"

阿拉坦汗虽然老了,可耳不聋、眼不花,赵全给辛爱黄使眼色,他看得一清二楚。阿拉坦汗心中狐疑，没有立刻回答。

辛爱黄以为阿拉坦汗没听清楚，他又道："阿爸，请给我一支人马，如果我不把额登的头割下来，阿爸就割我的黑头！"

阿拉坦汗的目光凝重："你不要去了，我给你一个改过自新的机会，你和达云恰、把汉那吉一起去察哈尔向大汗请罪。大汗饶了你们，请封折和匕首的事就像风一样过去了；如果大汗不饶，你们就都不要回来了。"

辛爱黄吃了一惊："那，那，那谁率军去瓦剌？"

阿拉坦汗掸了掸臂上的灰尘："我心中已有人选，你就不用操心了。"

第七章

　　银英心里也没底，上次她抹了半天眼泪，阿拉坦汗也没答应，这次可汗要再不答应，我该怎么办，吉儿怎么办……

　　钟金哈屯一直没有说话，待众人散去后，她问："辛爱黄主动请缨，可汗为什么不答应？"
　　阿拉坦汗的眉毛拧在一起，他忧心忡忡地道："赵全和他眉来眼去，让他单独领兵，我不放心；叫赵全与他同往，我又担心赵全把他引向歪路。"
　　钟金哈屯脱口而出："可汗，我领兵如何？"
　　一句话把阿拉坦汗问住了。钟金为她的亲人着急，阿拉坦汗很理解；对钟金的才能，阿拉坦汗也是认可的。可是，自己不在她身边，让她单独领兵，阿拉坦汗还是放心不下，打仗毕竟是拼命的差事。可如果阿拉坦汗和钟金一同领兵，就像赵全说的，明军乘虚而入怎么办？丰州滩能有今天，凝聚了阿拉坦汗大半辈子的心血，万一明军杀来，对丰州滩来说，就是一场浩劫。
　　阿拉坦汗把钟金揽在怀中："你不是说切尽是个将才吗？我想派他去，万一他不能击退额登，我们再一同领兵，你看行不？"

钟金哈屯没有固执己见，她莞尔一笑："我听可汗的。"

阿拉坦汗拍了拍钟金的肩膀，心情放松了许多。

钟金哈屯把话题一转，又道："既然可汗已经对赵全有所察觉，那准备怎样处理呢？"

阿拉坦汗望着钟金："丘富在丰州滩筑城已经好几个月了，近来，丘先生的身体不太好，我想叫赵全协助丘先生，希望他能明白我的良苦用心。"

钟金哈屯点点头："但愿可汗的话像套马杆一样使赵全有所收敛。"

阿拉坦汗对门外的刘四道："速传切尽。"

不一会儿，切尽迈大步进帐，阿拉坦汗问："尽儿，额登攻入瓦剌，我想以你为将，让你到战场上历练历练，你愿意吗？"

切尽"扑通"跪倒在地，高声道："可汗，尽儿愿效犬马之劳以报可汗，只是尽儿怕自己没有骆驼一样的体魄，难以担负重任。"

阿拉坦汗把切尽搀了起来，鼓励道："你就是一头强壮的骆驼，山也压不垮你的脊梁。"

切尽以手抚胸："切尽一定誓死杀敌，以报可汗洪恩。"

阿拉坦汗一拍切尽的肩："尽儿，我知道你和塔娜情深意切，等你凯旋，我就给你们成亲。"

切尽万分感激地道："谢可汗！"

切尽率三万大军浩浩荡荡地开向瓦剌。

辛爱黄、达云恰和把汉那吉带着贡礼，离开丰州滩向察哈尔汗廷而去。三个人一边走，一边议论切尽领兵西平额登之事。辛爱黄很不服气，阿爸真是老糊涂了，切尽从没打过大仗，就凭他射死一只狐狸就让他领兵，这不是笑话吗？

一提切尽，把汉那吉的心里就堵得慌："就是，除了射箭我比不过他，他还有哪里比我强？"

达云恰却摇了摇头："看人如相马。阿爸纵横沙场四十多年，不会错的。"

辛爱黄有几分不屑："那是当年，如今阿爸已经老了。不信就等着瞧，切尽非打败仗不可。"

把汉那吉赞同道："我看也是。"

辛爱黄和把汉那吉一唱一和，达云恰不再与他们争辩。

来到察哈尔汗廷，眼前一片狼藉，整个汗廷连个人影也没有，三个人都惊呆了。达云恰一打听才知道，早在一个月前图们汗就迁走了，至于去了什么地方，无人得知。

辛爱黄、达云恰和把汉那吉只得回来复命。

阿拉坦汗一听火就上来了："你们又搞什么鬼？"

三个人都跪下了，辛爱黄道："阿爸，这次你可冤枉我们了，我们什么也没做。"

把汉那吉向上一指："额兀格，我对长生天发誓，我们根本就没见到大汗。"

达云恰也说："阿爸，我们四处打听大汗的下落，可没人知道。"

正说着，钟金哈屯来了，她告诉阿拉坦汗："可汗，丘先生的病情很重，听说都不能下炕了。"

阿拉坦汗一皱眉："多长时间了？"

"好像有七八天了。"

阿拉坦汗朝辛爱黄、达云恰和把汉那吉扬了扬手："滚，滚，都给我滚！"

秋风瑟瑟，凉气袭人，落叶在空中飞舞。阿拉坦汗和钟金哈屯来到丘府，丘富挣扎着坐了起来，阿拉坦汗忙道："先生不要动，不要动。"

丘富的眼睛下陷，颧骨凸出，他声音颤抖地道："我住这么好的宅子，可汗却住着帐篷，不把汗城和王宫建起来，我死不瞑目啊！"

阿拉坦汗拉过丘富的手，劝慰道："先生，千万不要这么说，筑城修宫殿不是一天两天就能完成的，你安心养病，这件事交给赵全办就行了。"

丘富动情地说："当年，如果不是可汗收留我，我早就成了明廷的刀下之鬼。可汗对丘富天高地厚，我只想在有生之年，把汗城修起来，把王宫建起来，以报可汗知遇之恩。"

钟金哈屯也安慰丘富："汗城的事先生就不要操心了。有件事，可汗想听听先生的看法。"

丘富点点头："丘富知无不言，言无不尽。"

阿拉坦汗叹了一口气："我派人朝觐大汗，可是，大汗不知迁到哪儿去了，右翼三个万户成了独立的王国，有人谏言，让我当皇帝……"

丘富的神情庄重："可汗，万万不可！可汗被蒙汉百姓称为顺义英主，何为顺义？顺义就是顺应正义，顺应人心，顺应历史潮流，顺应天地万物之理。如果可汗称帝，天下人必定认为可汗居心叵测，欺世盗名，那可汗一世的英名将毁于一旦哪！"

阿拉坦汗的身子不由得一颤。

丘富早就发觉阿拉坦汗有当皇帝的意图，可他也在为蒙古草原着想。蒙古皇室退到草原的二百多年里，谁的部落最强大，谁就要当大汗，致使草原流血千里，圣主成吉思汗的子孙被人杀之殆尽。幸亏满都海彻辰哈屯匡复社稷，达延汗中兴复国，黄金家族才有今日之繁荣。达延汗驾崩前留下遗言，北元蒙古帝国的汗位一律由长门长支继承，达延汗此举，就是防止国家再发生内乱。如果阿拉坦汗开了这个头，那就是背叛达延汗的遗言。阿拉坦汗能背叛达延汗的遗言，其他各部会不会背叛可汗？

丘富一直想劝阿拉坦汗，今天终于说了出来。

阿拉坦汗仿佛在梦中惊醒："金玉良言，金玉良言哪！"

半晌，阿拉坦汗又道："先生，我还有一个问题请先生赐教。我已经老了，我一直在为自己的继承人而苦恼，辛爱黄虽为我的长子，可他勇猛有余，谋略不足。按先生所言，我应当立他为嗣，可是，我实在放心不下。"

丘富摇了摇头："天下间没有尽善尽美的事，可汗何必强求？丘富以为，可汗选几个可托重任之人，授之以特权，让其与继承者共同治理右翼，丰州滩便可安然无事矣。"

阿拉坦汗心中豁然开朗："不管有什么难事，一到先生这里都能迎刃而解，先生真是长生天赐给阿拉坦的智囊啊！"

切尽台吉一路破关斩将，没用半年时间，额登败走，切尽班师回到丰州滩。

阿拉坦汗和钟金哈屯带着塔娜以及丰州滩各部首领一起到帐外迎接。切尽老远就跳下战马,他紧走几步,跪在阿拉坦汗脚下:"可汗,切尽回来了。"

阿拉坦汗双手相搀:"快快平身,尽儿果然没有辜负我的希望,好,好啊!"

钟金哈屯也走了过来:"切尽台吉这么短时间就赶走了额登,收复了瓦剌四部,可喜可贺,可喜可贺!"

切尽谦虚地说:"哈屯过奖了,切尽没做什么,是哲恒夫人组织有方,瓦剌四部同心协力,将领奋勇杀敌。"

听切尽说到自己的额吉,钟金哈屯忙问:"切尽台吉,我额吉好吗?"

切尽从怀里掏出一封信:"钟金哈屯,哲恒夫人很好,这是她给哈屯的信。"

这是一封平安信。大致内容是说土尔扈特部在这次战争中,虽然有些损失,但没有伤筋动骨。信的结尾,哲恒夫人叮嘱钟金好好服侍阿拉坦汗,做阿拉坦汗的贤内助。钟金看了非常高兴。

阿拉坦汗往切尽身后一指:"尽儿,你看谁来了?"

切尽回过头,见塔娜站在自己身后。

塔娜一把搂过切尽的脖子:"切尽哥哥,我想死你了。"

切尽不好意思:"别这样,别这样,这么多人都看着呢!"

"我不管,我不管。"

两个人正甜甜蜜蜜地亲昵着,把汉那吉挤了过来,他分开塔娜,拉过切尽的手。

把汉那吉没笑挤笑:"切尽,你没受伤吧?这胳膊,这腿没出问题吧?"

切尽笑了笑:"挺好的,哪儿也没事。"

把汉那吉没话找话:"这太不可思议了,打了这么大的胜仗,你居然一点儿也没受伤,你骗我,你肯定骗我……"

塔娜很不痛快,她一推把汉那吉:"哎!怎么说话呢?难道切尽哥哥非得受伤你才高兴吗?"

把汉那吉被推了个趔趄,他看着塔娜,嬉皮笑脸:"塔娜,我,我,我不是那个意思，我是……我不是跟切尽开玩笑吗？"

塔娜的眼睛一瞪："这个玩笑我不爱听！"

阿拉坦汗的脸一沉，他斥责把汉那吉："吉儿，还不退到一旁！"

把汉那吉咽了一口唾沫，没再说话。

塔娜拉过阿拉坦汗的一只胳膊，她撒着娇："切尽哥哥出征前，额兀格曾说，等他凯旋，就给他和一个姑娘成亲，那个姑娘是谁呀？"

阿拉坦汗哈哈大笑："你这只百灵鸟，想和尽儿成亲就直说嘛！"

塔娜一下子睁大了眼睛："真的？"

达云恰在一旁斥责塔娜："这丫头，怎么总是疯疯癫癫的。"

塔娜娇嗔地说："阿爸，人家问问还不行吗？"

阿拉坦汗吩咐侍卫刘四："你去准备一下，择吉日把尽儿和塔娜的婚事办了。记住，一定要隆重，越隆重越好。"

刘四很干脆地应道："是，可汗！"

把汉那吉在一旁吼道："不行！切尽不能和塔娜成亲。"

把汉那吉这声吼叫，在场的人都被吓了一跳。

塔娜逼视把汉那吉："你是谁呀？你管得着吗？我想跟谁成亲就跟谁成亲。"

把汉那吉"扑通"跪倒，他跪爬几步到阿拉坦汗面前："额兀格，你明知我喜欢塔娜，却偏偏把五兰嫁给我，你为什么要活生生地把我和塔娜拆开？我爱塔娜，我不能没有塔娜，额兀格！"

塔娜怒道："把汉那吉，上次射长尾狐狸时我和你可是有约定的，你难道像风一样忘记了吗？"

把汉那吉支吾道："那，那不是说着玩的吗？"

塔娜啐了一口："呸！不要脸，谁跟你说着玩？我现在明确告诉你，我和你没有任何关系，没有任何关系！你听清了吗？"

把汉那吉愣了一下，他抱住阿拉坦汗的腿，哀求道："额兀格，求你了，除了塔娜，我谁也不要，没有塔娜我就活不了了！"

阿拉坦汗的脸绷得越来越紧，塔娜指着把汉那吉的鼻子："把汉那吉，你给我听好，想让我嫁给你，除非草原变成大海，山羊变成骆驼！"

说完，塔娜一拉切尽的手："切尽哥哥，我们走！"

众人不欢而散。

银英是把汉那吉永远不倒的靠山，只要把汉那吉受了委屈，他第一个想到的就是这位额嬷格。把汉那吉跌跌撞撞地跑到银英哈屯帐中，银英见把汉那吉满脸泪痕，她心疼坏了："吉儿，怎么了？谁欺负你了？"

把汉那吉絮絮叨叨地把刚才的事说了一遍，然后道："为什么，为什么偏偏塔娜不喜欢我？为什么……"

银英忙劝："吉儿，五兰也是个好姑娘，无论是长相，还是人品，哪样都不比塔娜差，你怎么就不满足呢？"

把汉那吉的脑袋摇得跟拨浪鼓似的："不不不！我就要塔娜，没有塔娜我就活不了！"

银英的眼泪掉了下来："你这孩子，你怎么就偏偏往牛角尖里钻呢？"

把汉那吉跪在银英面前："额嬷格，你是我的好额嬷格，我求你，我求你，把塔娜嫁给我吧，额嬷格，我求你了。"

银英不知所措："吉儿，你先起来，你先起来。"

把汉那吉的眼睛血红："你不答应，我就不起来，我就哭，我就死……"

银英无可奈何："你已经娶了五兰，怎么还要塔娜……"

"不！我不要五兰，把五兰给切尽，我要塔娜，我就要塔娜！"

"胡说！五兰已经和你成亲，怎么能说给别人就给别人？"

把汉那吉抱着银英的腿："额嬷格，你去求额兀格，求额兀格把塔娜嫁给我，只要塔娜嫁给我，让我做什么都可以。"

"额嬷格已经求过额兀格了……"

"我的好额嬷格，你就再求额兀格一次吧。"

银英哈屯被逼得实在没办法："好好好，额嬷格去，额嬷格这就去。"

两个侍女陪着银英出了寝帐，银英脚步很慢，她也知道塔娜喜欢切尽，切尽的确很优秀，可把汉那吉这么喜欢塔娜，万一切尽娶了塔娜，把汉那吉有个三长两短，自己可怎么活呀！可是去找阿拉坦汗，银英心里也没底，上次她抹了半天眼泪，阿拉坦汗也没答应，这次可汗要再不答应，我该怎么办，吉儿怎么办……

银英哈屯正想着，忽见远处一男一女正在说笑。

人老眼花，银英模模糊糊地觉得好像是切尽和塔娜，她忙问身边的侍女："那两个人是不是切尽和塔娜？"

侍女道："回一克哈屯，是切尽台吉和塔娜姑娘。"

银英转身回到自己帐中，把汉那吉立刻问："额嫫格，你怎么回来了？"

银英道："我想，与其求你额兀格，还不如我跟切尽说说，只要他答应不娶塔娜，你额兀格就不会干涉。"

把汉那吉道："额嫫格能让切尽不娶塔娜吗？"

银英点点头："我试试。"

把汉那吉眨了眨眼，一把搂过银英："额嫫格，你真是我的好额嫫格。"

银英爱也不是，恨也不是："行了行了，额嫫格只能是试试。你先到里面去，额嫫格不叫你，你不要出来。"

把汉那吉清脆地应道："是，额嫫格。"

银英又对侍女说："去！把切尽叫来。"

第八章

　　小师妹就像草原上的金莲花一样高贵，可阿拉坦却像百年的松树皮，金莲花怎么能插在松树皮上？

　　切尽来到银英帐中，祖孙二人聊了几句闲话后，银英说："尽儿呀，额嬷格有件事求你，你能不能帮帮额嬷格？"

　　切尽谦恭地说："额嬷格有事只管吩咐，尽儿一定做到。"

　　银英点点头："好孩子，尽儿真是好孩子……"

　　说着，银英哽咽道："额嬷格这也是没有办法，吉儿还没出生，他阿爸就走了，额嬷格像喂小羊羔一样把他拉扯成人，他要是有个三长两短，额嬷格可怎么活呀……"

　　切尽焦急地说："额嬷格不要伤心，吉儿怎么了？你说，我一定帮。"

　　银英一边流泪，一边说："吉儿说，没有塔娜他就活不了……额嬷格知道你和塔娜好，不忍心拆散你们，可是，吉儿寻死觅活，额嬷格整天提心吊胆，额嬷格除了求你，再也没有办法了……"

　　切尽就像被冷水激了一下，他半晌没说话。

　　见切尽不说话，银英哭得更厉害了："额嬷格知道，额嬷格过分，这可怎么办哪？"

切尽的心都要碎了,他好半天才说:"额嬷格不要伤心,尽儿答应。"

银英既高兴,又愧疚:"你,你答应了?"

"我答应以后不和塔娜在一起,至于她能不能嫁给把汉那吉,我就管不了了。"

说完,切尽跟跟跄跄地走了。

把汉那吉从里面蹦了出来,他搂着银英的脖子,乐得嘴跟个瓢似的:"谢额嬷格!谢额嬷格!额嬷格是天底下最好的额嬷格。"

银英止住哭声,长叹一声:"这回额嬷格可缺大德了。"

把汉那吉道:"额嬷格,你这是做好事,怎么能说缺德呢?我一定好好对塔娜,比对自己都好,好一辈子,不,两辈子,也不,永远永远对她好。"

阿拉坦汗几次要给切尽和塔娜完婚,都被切尽搪塞过去了。塔娜想跟切尽说说心里话,可切尽总是避而不见。相反,把汉那吉却总是没话找话,跟塔娜黏黏糊糊的。

光阴如箭,一年过去了,这天阿拉坦汗把切尽叫到帐中:"尽儿呀,塔娜都快要二十了,像她这么大的姑娘都当额吉了,你不能总这么拖着呀!"

切尽低着头:"可汗,不着急。"

阿拉坦汗望着切尽:"尽儿,我看你脸色不太好,难道把汉那吉对你说什么了吗?"

切尽支吾道:"没,没有……"

阿拉坦汗追问:"到底怎么回事?"

切尽双眉紧皱,一言不发。

"我说!"塔娜从帐外走了进来,她一脸怒气。

昨天晚上,把汉那吉又去找塔娜,塔娜还是不理他。把汉那吉想让塔娜断了与切尽的关系,他把银英找切尽的事说了出来,塔娜狠狠地踹了把汉那吉一脚。

阿拉坦汗拍案而起:"来人!把把汉那吉给我叫来。"

切尽连忙阻止:"可汗,千万不要。"

塔娜轻轻地拉了一下切尽的衣襟，切尽并不理睬，他向阿拉坦汗解释说："可汗，把汉那吉是额嫫格的心头肉，万一把汉那吉想不开，我不但害了他，也害了额嫫格。反正，反正我和塔娜的年龄都还不算太大，以后的日子还很长，可汗就不要叫把汉那吉了。"

阿拉坦汗慢慢地坐下："尽儿，你总为别人着想，什么时候能为自己想想呢？"

切尽和塔娜走后，阿拉坦汗在帐中来回踱着，刘四匆匆地跑了进来："可汗，瓦剌又出事了，额登以铁木尔为先锋，大举进犯瓦剌，哲恒夫人请可汗速派援兵！"

冰冻三尺，非一日之寒。

北元蒙古和明朝是两个对等的政治实体，公元1368年明朝建立，北元产生。公元1634年北元被后金所灭，十年后，明朝也被后金收入囊中。在北元267年的历史中，瓦剌的问题最为突出。

和硕特、杜尔伯特、土尔扈特和厄鲁特四个部落合称瓦剌四部。当年，亦布拉占领瓦剌四部时，他把自己的五女儿嫁给了瓦剌四部之首额真。亦布拉叛乱，他和自己的三个儿子在这场叛乱中被杀，只有他的四子哈伦逃回瓦剌明安城，哈伦为控制瓦剌，杀了额真全家。

然而，额真家有两个人躲过了这一劫，一个是额真的贴身仆人花顺，另一个是额真十二岁的儿子额登。花顺带着额登东躲西藏，辗转找到了花顺的姐姐。

花顺的姐姐是土鲁番部落首领韩胡的小妾。韩胡虽然有十几个夫人，可就是生不出儿子。韩胡一见额登，十分喜爱，就把他收为义子。

土鲁番本是部落名称，后来演变为地名吐鲁番。

从此，花顺和额登的生活安定下来。花顺是个忠实的仆人，他一直没有忘记给主人报仇。花顺经常对额登说，一百年来，咱家祖祖辈辈都是瓦剌四部的首领，只因哈伦杀了我们全家，我们才逃到土鲁番，有朝一日，咱们一定打回去，杀仇人，收复瓦剌。

十年后，韩胡病逝，额登成了土鲁番部落的首领。额登共有三个儿子,最小的就是铁木尔。铁木尔七岁时,阿兴活佛云游到土鲁番,阿兴见铁木尔是个练武的苗子,就把他带到了日月山东克寺。三年后,小钟金也到了东克寺,铁木尔和钟金就成了师兄妹。

哈伦死后,其子蒙罕为瓦剌四部之主,有人向蒙罕告密,说额登的儿子铁木尔在东克寺学艺,准备有朝一日报仇。蒙罕知道阿兴喇嘛是位得道高僧,一旦铁木尔武艺学成,那对瓦剌四部的威胁可太大了。蒙罕派六个人去刺杀尚未成年的铁木尔,哪知铁木尔虽然年少,武艺却很高。这六个人一合计,干脆放把火,把铁木尔烧死就得了。

东克寺火起,阿兴活佛先救出了钟金,等他再去救铁木尔时,东克寺已经成为一片火海。后来师徒两人在废墟中发现了一具烧焦的尸体,他们以为铁木尔死了,阿兴活佛就离开了日月山,带钟金去了土尔扈特。

额登也认为铁木尔被烧死了,他悲痛欲绝,复仇之心更加强烈。经过数年的准备,额登终于杀向瓦剌,蒙罕战死,阿拉坦汗派切尽带兵到瓦剌增援。

额登虽然被打退,可他仍不死心,恰在此时,铁木尔从丰州滩回到土鲁番。父子相见,额登大喜,重振祖先大业的雄心又熊熊燃烧,于是,他调集本部所有人马,共四万大军第二次杀向瓦剌,土尔扈特部首领哲恒夫人立刻派人飞报阿拉坦汗。

阿拉坦汗知道来者不善,按说这么大的事应该先向汗廷奏报,可现在汗廷在哪儿都不知道。阿拉坦汗把右翼的各位台吉、各部首领请到大帐,他简单地把瓦剌的情况说了一遍。

辛爱黄第一个站了出来:"上次铁木尔行刺阿爸我就要杀他,现在这只公羊变成饿狼了。阿爸,你给我一支人马,我去把额登、铁木尔父子的人头提来。"

切尽以手抚胸:"可汗,尽儿愿随辛爱黄叔叔一同杀敌。"

辛爱黄挖苦道:"你?你还是留下来射狐狸吧!"

阿拉坦汗的脸一沉,呵斥道:"黄儿,怎么说话呢?"

辛爱黄不服:"就是嘛,上次阿爸没让我去瓦剌,如果我去了,早就把额登宰了,还能让他活到今天!"

切尽的脸上挂不住了，他一躬身："可汗，这次如果杀不了额登，尽儿愿献上自己的项上人头！"

辛爱黄往前走了两步："阿爸，这次我一定要去。"

阿拉坦汗道："都不要争了，我亲自统兵，黄儿和尽儿一同随军出征，你们都下去准备吧。"

阿拉坦汗回到寝帐，钟金哈屯迎上来："可汗，铁木尔进攻瓦剌了？"

阿拉坦汗面带忧郁之色："是啊。"

钟金哈屯急切地问："谁带兵去增援瓦剌？"

阿拉坦汗郑重地说："我想亲自出马。"

钟金问："可汗不担心明军乘虚而入吗？"

阿拉坦汗摇了摇头："据探马回报，现在与两年前不同了，明朝东南沿海倭寇十分猖獗，隆庆皇帝正全力平倭，明军已没有能力北进。"

此时，嘉靖皇帝已经作古，裕王朱载垕继位，号隆庆皇帝。

钟金哈屯点点头："这就好。"

阿拉坦汗道："哈屯离开瓦剌快三年了，也该回去看看额吉，这次我们一同西征吧？"

阿拉坦汗的这句话说到了钟金哈屯的心上，钟金哈屯心头一热："谢可汗！"

阿拉坦汗一笑："先不要说谢，这次西征，你还有个重要的任务。"

钟金哈屯问："什么任务？"

阿拉坦汗一皱眉："铁木尔是一员难得的虎将，说心里话，我非常喜欢他，我想请哈屯劝劝铁木尔，铁木尔如能归顺，那右翼可就如虎添翼了！"

铁木尔三次行刺，阿拉坦汗不但不忌恨他，还要将他收到帐下。

钟金哈屯道："可汗如此大度，我一定说服他。"

阿拉坦汗又道："对了，还有一件事，我想听听哈屯的意见。尽儿和塔娜两情相悦，可吉儿非要横刀夺爱，纠缠不休。我曾答应过尽儿，要成全他和塔娜，你说怎样才能让这对有情人走到一起？"

钟金哈屯眼珠一转："切尽是不是也随可汗一起出征？"

"那是当然。"

钟金哈屯神秘地说:"让塔娜随军而行,择机给他们完婚不就行了吗?"

阿拉坦汗眼前一亮:"嗯,这个主意不错!"

启明星升起的时候,各部人马已经集结完毕。丰州滩上,篝火熊熊,旗幡招展。太阳像个好奇的小姑娘,剥开朝霞,探出脑袋,目送阿拉坦汗和钟金哈屯踏上征程。

五万大军刚刚出发,后面一骑战马飞奔而来,阿拉坦汗一看,是把汉那吉。

阿拉坦汗的脸一沉:"你来干什么?"

把汉那吉扬着头:"我也要随军西征,生擒铁木尔。"

"不用了,你回去吧。"

"我不回去,塔娜都能出马上阵,额兀格为什么不让我去?"

"让塔娜来,是为了陪钟金哈屯。"

"我,我也要陪……我要陪额兀格,照顾额兀格。"

把汉那吉的话不是发自肺腑,但阿拉坦汗还是爱听,他耐心地说:"听额兀格的话,你留下来照顾额嫫格吧。额嫫格从小疼你、爱你,她都那么大年纪了,身边离不开你,我这有钟金哈屯照顾就行了。"

"可是……"

"不要'可是'了,回去吧。"

"那,那额兀格可一定把塔娜平安带回来。"

"这你就别管了,额兀格知道怎么做。"

把汉那吉怏怏而归。

大军刚到瓦剌地界,一个探马跑来:"报——启禀可汗,大事不好!铁木尔枪挑和硕特部首领,土鲁番大军攻陷和硕特部大营。"

阿拉坦汗大惊,他立刻传令:"加速前进!"

没走出二百里,又一个探马来报:"启禀可汗,大事不好!杜尔伯特部首领死于铁木尔枪下,整个部落尽归额登!"

阿拉坦汗的心悬了起来:"铁木尔打到哪里了?"

"回可汗，铁木尔已经打到土尔扈特，土尔扈特首领哲恒夫人正在组织瓦剌残部全力防守。"

钟金哈屯担心额吉，她想讨令去增援，抵御铁木尔，可又怕阿拉坦汗多想，毕竟为了她，铁木尔曾三次行刺阿拉坦汗。

钟金哈屯一犹豫，切尽走了过来："可汗，尽儿愿带一支轻骑，火速救援哲恒夫人。"

塔娜也走了过来："额兀格，我也随切尽哥哥一起去。"

阿拉坦汗瞅了瞅切尽，铁木尔是员虎将，要想胜铁木尔，切尽只有凭他出神入化的箭法。可千金易得，一将难寻，铁木尔这样的人才死了实在太可惜。阿拉坦汗又看了看钟金，如果铁木尔被切尽射死，钟金哈屯会怎么样想，以后切尽与钟金哈屯之间又怎么相处？

阿拉坦汗的目光转到辛爱黄头上："黄儿，我给你五千轻骑，你火速驰援哲恒夫人。尽儿和塔娜就不要去了。记住，千万不要伤了铁木尔。"

辛爱黄有点儿不高兴，我不伤他，难道让他伤我不成？阿爸怎么总向着外人？

见辛爱黄没答话，阿拉坦汗追问："黄儿，你听见没有？"

辛爱黄只得应道："听见了……"

辛爱黄嘴上答应，心中却暗暗发狠，不让我伤他，没门！

辛爱黄这五千人，每人配两匹战马，这是北方少数民族远道奔袭的通常做法，目的是两匹马换乘，以保持马的体力，增加行军速度。

辛爱黄疾行三天，前面隐隐传来战鼓声。翻过山梁，辛爱黄放眼一看，前面瓦剌和土鲁番两军对垒，双方都列开了阵式。

此时，铁木尔和哲恒夫人马打对头，铁木尔劝道："哲恒夫人，钟金是你的女儿，也是我的师妹，你既是她的额吉，就是我的长辈，我不会和你动手。你也知道，我的祖上近百年来都是厄鲁特部首领，都是瓦剌四部之主，厄鲁特部与土尔扈特部亲如一家。如今瓦剌大部分都在我和阿爸的控制之中，只要你不抵抗，我保证，你还是土尔扈特部首领。"

哲恒夫人是一员武将，她胯下马，手中枪，在瓦剌四部也是赫赫有名。不然，一个女人，现在都成老太太了，也不会出马临敌。

哲恒夫人斥道:"铁木尔,你错了!你祖上虽是瓦剌四部之主,可都是黄金家族的奴仆。你进攻瓦剌,就是与汗廷为敌,就是与黄金家族为敌。你说你是钟金的师兄,如果你心中还有钟金,就应该立刻放下兵刃。"

黄金家族就是蒙古皇族,当时的蒙古人都把黄金家族当作主人。

铁木尔直皱眉:"哲恒夫人,当年阿拉坦杀你丈夫,后来又霸占你女儿,你和他有不共戴天的仇恨。我和阿爸这次起兵,也是为了给你报仇,给小师妹报仇。我们应该联合起来,共同向阿拉坦讨还血债。"

哲恒夫人反驳:"铁木尔,我丈夫是怎么死的我比你清楚。阿拉坦汗人称顺义英主,钟金爱慕他,瓦剌四部敬重他,何谈霸占?"

铁木尔仍试图说服哲恒夫人:"哲恒夫人,阿拉坦大小师妹四十二岁。小师妹就像草原上的金莲花一样高贵,可阿拉坦却像百年的松树皮,金莲花怎么能插在松树皮上?二者永远都不可能走到一起。如果不是阿拉坦相逼,小师妹怎么能嫁给那只老山羊?这不是霸占是什么?"

哲恒夫人冷笑道:"铁木尔,你想挑拨离间吗?"

铁木尔的父亲额登催马赶了过来:"铁木尔,这个女人像驴一样蠢,像骆驼一样笨。不要跟她说了,看阿爸宰了她!"

第九章

　　小师妹，你还怕什么？怕阿拉坦吗？那好，我现在就杀了这只老山羊！

额登的身子并不高，可人长得很敦实，一身腱子肉。额登举狼牙棒就砸，哲恒夫人手中的枪往外一挂，"噔"就这一下，震得哲恒夫人差点儿把枪扔了。

"啊！"哲恒夫人心说，自己真是老了，不服老不行。

就在哲恒夫人一愣神之际，"呜"额登的狼牙棒奔她的头顶横扫而来。突然，一阵黑风刮到额登近前，眨眼间，一条黑枪已经刺到了额登的前心。额登想用狼牙棒往外磕已经来不及了，他手足无措。还是铁木尔手疾眼快，"噔——"他的枪架住了来人的黑枪。

额登撤回狼牙棒，吓得他出了一身冷汗，他不禁上下打量持黑枪的人，此人头戴乌金盔，身披乌金甲，两道浓眉，一双虎目，胯下乌龙马，掌中一条乌金枪。来人的个头儿简直都出号了，他骑在马上居然比别人高出一头。

额登惊问："你是谁？"

黑大个儿冷笑道："我是阿拉坦汗的长子辛爱黄。"

哲恒夫人大喜，这下瓦剌有救了。

人的名，树的影。辛爱黄的名字整个草原没有不知道的。额登惊恐万状："你就是辛爱黄？"

"正是。"

可把铁木尔气坏了："辛爱黄，我正找你不着，寻你不到，今天你自己送上门了，来来来，我要和你大战八百回合！"

一年前，铁木尔和辛爱黄交过手，因钟金哈屯单刀分双枪，两个人没有分出高低。今日相见，铁木尔和辛爱黄就跟两头公牛一般，都憋足了劲。

辛爱黄把大枪一挥，和铁木尔战在一处。

这两个人，那可真是一个针尖，一个麦芒；一个是雄狮，一个是猛虎。眨眼间三十几个回合过去了，两个人势均力敌。

辛爱黄的这支人马一到，就立刻站到瓦剌四部一边，双方都在为自己的将领观阵。

额登一看辛爱黄的个头儿，心里就产生三分恐惧，他担心铁木尔有个闪失，吩咐一声："鸣金！"

击鼓则进，鸣金则退。战场上，如果本部鼓响，前面就是刀山也得往上闯；如果敲锣，前面就是金山也得往回撤。这是军令，军令不可违。

"噔啷啷……"锣声一响，铁木尔虚晃一枪，闪在一旁，他怒视着辛爱黄："辛爱黄，今天先记下你的驴头。"

哲恒夫人见敌方鸣金，想到辛爱黄远道而来，一路疲乏，她也传令收兵。

辛爱黄打得正来劲，一听锣响，心中十分扫兴。可铁木尔已经走了，他也只得和哲恒夫人回营。

哲恒夫人想夸夸辛爱黄："辛爱黄台吉，你来得太及时了，额登父子实在厉害，尤其是铁木尔，瓦剌四部没有对手。"

辛爱黄瞥了哲恒夫人一眼，心说，女人就是女人，尤其是这个老女人，瓦剌四部没人了，让这个老女人带兵。

"铁木尔厉害？那得分碰上谁，要是早遇上我，那就是羊撞上了狼，野鸡撞上了老鹰。我说哲恒夫人，你没事敲什么锣呀？要是再过一会儿，我就把铁木尔给挑了。"

哲恒夫人赔着笑脸："台吉远道而来，一路鞍马劳顿，先休息休息再战不迟，再说是敌方先敲的锣……"

辛爱黄有几分不耐烦："行了，行了，我知道了。明天我一定和铁木尔分个高低，见个雌雄。你可不能再敲锣了。"

铁木尔也不服气，一回营他就来到中军帐："阿爸，我马上就要把辛爱黄宰了，你敲的什么锣呀？"

额登拍了拍铁木尔的肩："孩子，阿爸知道你求胜心切，可那辛爱黄也不是等闲之辈，二虎相争，必有一伤。你的两个哥哥都战死了，阿爸只剩你这么一个儿子，阿爸不能让你有闪失。"

"阿爸，我知道你关心我，可是，不把辛爱黄宰了，我们就难以收复瓦剌。明天我出阵，你可不能再敲锣了。"

辛爱黄早早地睡下，第二天太阳刚一出来，他就披挂整齐，来到两军阵，可往对面一看，铁木尔已经到了。

两个人不容分说，各舞手中枪杀到一处。

"咚咚咚"，土鲁番这边鼓声震耳欲聋，瓦剌那边鼓声惊天动地。两旁的军兵都在摇旗呐喊——

"铁木尔将军旗开得胜，马到成功啊！"

"辛爱黄台吉旗开得胜，马到成功啊！"

眨眼间，五十个回合过去了，两个人难分上下。

辛爱黄着急，心说，我打了二十多年仗，敌将从没在我马前走过十个回合，这个铁木尔我怎么就赢不了他……不行，我得想个办法。

铁木尔暗自佩服，这个辛爱黄果然名不虚传，他不光是身大力猛，枪招也十分精妙……他转念一想，我为什么不用快招取胜？

铁木尔招法加快，大枪挂动风声，忽前忽后，忽左忽右，枪枪不离辛爱黄的要害。辛爱黄心中道，行啊，狼崽子，想用快招赢我，没那么容易！辛爱黄把大枪一抖，他的枪法也随之加快。两个人越战越勇，又五十个回合过去了,仍分不出高低。

哲恒夫人看在眼里,急在心上,打仗打的是士气,我得亲自擂鼓,给辛爱黄加把劲。哲恒夫人从军兵手中夺过鼓槌。你还别说,她虽然老了,可双膀抡开了,鼓声地动山摇。

哲恒夫人着急,额登更急。见哲恒夫人亲自擂鼓,他也把鼓槌绰了起来,两边的鼓声简直都要把天震破了。

铁木尔和辛爱黄抖擞精神,打得难分难解。

辛爱黄也在想怎么取胜,哎!对了,上次我与铁木尔交手,我的枪砸向他,他的马一下子就趴在地上。我怎么笨得像头骆驼,我人高马大,为什么不用力气赢他?

辛爱黄以枪当棒,"呜"地砸向铁木尔。铁木尔一下子就明白了,不好,我的马不如辛爱黄,可不能出现意外。眼看辛爱黄的枪到了自己的头顶,铁木尔猛地往旁边一闪,"呠""当啷"……

辛爱黄以为铁木尔还会接自己这一枪,他把全身的力气都用上了,哪知铁木尔没接。辛爱黄收招不稳,枪砸在地上,枪尖"咔吧"就断了。好嘛!辛爱黄的枪成烧火棍了。

辛爱黄大惊:"啊!"

额登在后面看得清清楚楚,他高喊:"铁木尔,挑了他!挑了他!"

铁木尔回头瞧了瞧额登,又瞅了瞅自己的兵刃,再看了看辛爱黄手中那条断了尖的枪。

铁木尔脸色庄重:"辛爱黄,我不占你便宜!"

说着话,铁木尔一手抓住自己的枪尖,一手抓住枪杆,他把右腿往上一抬,大枪猛地往膝盖上一磕,"咔吧"枪断两截,"当啷"铁木尔把枪尖扔在地上。

"辛爱黄,来来来,你我再战一百回合!"

铁木尔折枪再战,辛爱黄不但不感激,相反,他火撞顶梁门:"狼崽子,你敢小瞧我,今天我非要你的命!"

两个人又战在一处。

额登在后面气得直跺脚,他索性把鼓槌扔了:"有便宜不占,是笨骆驼，是蠢驴！"

又五十个回合过去了，两个人汗流浃背，可谁也不肯后退。

哲恒夫人不禁为辛爱黄捏把汗，铁木尔毕竟年轻，时间越长，对辛爱黄越是不利，万一辛爱黄有个闪失，我怎么向阿拉坦汗交代？

哲恒夫人犹豫再三，她还是把手中的令旗举了起来："鸣金！"

"喤啷啷……"锣声响起。

辛爱黄恨不能一下子把铁木尔砸成肉饼，听到自己的队伍敲锣，没把他的肺气炸了。骒马就是上不了战场，这个女人，这个老女人，这个耗子一样胆小的老女人，我昨天跟她说得好好的，不让她鸣金，难道她把我的话当成了放屁？

铁木尔听到对方敲锣，他虚晃一招，闪在一旁："辛爱黄，你的队伍已经鸣金了，你还不回去？"

辛爱黄的眼睛瞪得跟发了狂的公牛一般："今天不打死你，我决不回去！"

额登爱子心切，他也鸣金收兵。铁木尔不理辛爱黄，他转身要走，辛爱黄两脚一踹镫，马往前蹿，晃手中这条断尖的枪横在铁木尔面前："铁木尔，是英雄我们就一决雌雄，是狗熊你就回去！"

没等铁木尔答话，"呜"辛爱黄奔铁木尔的头顶就砸。

铁木尔把马往旁边一带："辛爱黄，你以为我怕你不成！"

两个人又打在一起。

一通锣声没起作用，哲恒夫人心中也有点犯堵，她命令军兵："再给我敲锣！"

可无论怎么敲锣，辛爱黄就是不回来。

从早上打到中午，从中午到日落，辛爱黄和铁木尔两个人滴水未进。此时，辛爱黄的马"突突突"一个劲打战，铁木尔的马也是不停地发抖。不但两匹马不行了，两个人也都筋疲力尽。

站在后面的哲恒夫人手心湿漉漉的，汗珠子直往地上落，她十分清楚，再打下去，辛爱黄一招不慎就可能出现危险。

额登更是心疼儿子，再打下去，我儿铁木尔非累死不可。

哲恒夫人高喊："给我鸣金！"

额登大叫:"鸣金!"

可当兵的都把锣敲破了,两个人跟没听见一样。

辛爱黄大口喘着粗气,铁木尔也是气喘如牛。铁木尔想,辛爱黄人到中年,体力肯定不如我,他不是想以力气赢我吗?我就和他比比力气。

铁木尔把枪高高举起,"呜"砸向辛爱黄的头顶。辛爱黄暗道,来得好,我身高马大,要是把铁木尔的兵刃崩飞了,我反手就能要这个狼崽子的命。

辛爱黄把全身的力气运于双臂,"海底捞月"式往上就接,耳轮中就听"噔"的一声闷响……

辛爱黄愣是把铁木尔的枪崩出七尺多高,铁木尔胯下这匹马"嗒嗒嗒"倒退了五六步,"扑通"一下子趴到地上,铁木尔一个跟头摔于马下,鲜血从嘴边流出。

辛爱黄虽然把铁木尔的枪崩了出去,可他的马也退了七八步,"扑通"瘫在地上,辛爱黄也被摔了下去。辛爱黄就觉得眼前金星乱窜,胸口发热,嗓子眼发咸,一张嘴,"哇"一口鲜血喷了出来。

"快!把铁木尔抢回来。"额登大叫。

"快!把辛爱黄台吉抢回来。"哲恒夫人大叫。

两旁军兵一拥齐上,土鲁番的军兵抢铁木尔,瓦剌的军兵抢辛爱黄。

当兵的把辛爱黄抬回营中,只见他二目紧闭,气息奄奄,哲恒夫人忙叫医官为其调治。直到第二天晚上,辛爱黄才睁开眼睛,他身子跟散了架似的,五脏六腑如同刀剜一般。

年轻就是优势。铁木尔虽然也吐血了,可睡了两夜一天,精神又来了。

铁木尔走进中军帐:"阿爸,我要出战,这回我非把辛爱黄的人头提来不可!"

额登一口回绝:"不行!孩子,你吐了血,那是内伤,必须好好调养,这几天不得出战。"

铁木尔执意地说:"阿爸,辛爱黄伤得比我重,如果不趁机除掉他,再杀他就难了。"

额登劝道:"孩子,阿爸就剩你这么一个儿子,阿爸不能让你去冒险。"

铁木尔又苦熬了五天,他实在忍不住了,又来找额登:"阿爸,再不让我出战,我就会憋疯的!"

额登没办法,只得答应。铁木尔重新换了一条枪,他点兵一万在哲恒夫人营前讨战。额登仍在后面观阵。

哲恒夫人得报,心中十分焦虑,辛爱黄至今不能行走,现在出战,那不是白白送死嘛!

哲恒夫人传令:"紧守营门,不得出战,等可汗来了再说。"

铁木尔见辛爱黄不出来,他的怒火直往上撞:"点炮进攻!"

一通炮过后,铁木尔一马当先杀向哲恒夫人的大营。

哲恒夫人利用强弓硬弩,雨点儿般射向土鲁番军兵。

铁木尔正在全力进攻,后队一阵大乱,他回过头:"怎么回事?"

一个军兵跑了过来:"不好了,阿拉坦汗的援兵到了!"

铁木尔把嘴一撇,对额登道:"阿爸不用担心,我正要找阿拉坦汗算账!"

铁木尔吩咐一声:"列队迎敌!"

土鲁番这边刚列开队伍,阿拉坦汗的大军就到了阵前。

铁木尔举目一看,见一杆白色大纛分外鲜明,旗中央绣着日月,日月上面绣着一团烈焰。大纛之下端坐一位老者,此人头带银盔,身披银甲,外罩杏黄袍,面如秋水,宽额方脸,一把花白的胡子,胯下银龙马,掌中一对戟。

铁木尔一眼就认出了阿拉坦汗。阿拉坦汗虽然六十多岁,可精神矍铄,腰不驼,背不弯,威风凛凛,煞气腾腾。

阿拉坦汗右边有一个女子,此人头戴金盔,身披金甲,外罩大红袍,眉如黛,颜如玉,皮肤细嫩,方额弯眉,皓齿如银,美目流盼,长得如同天仙一般。

铁木尔不禁道:"小师妹!"

铁木尔见钟金在阿拉坦汗身边,火就不打一处来,他用枪一指:"老山羊,你霸占我师妹,夺走我瓦剌,今天我非要你的命不可!"

铁木尔马往前蹿，奔阿拉坦汗就来了。阿拉坦汗刚要提双戟，钟金哈屯两脚一踹镫，迎上铁木尔。

见钟金出阵，铁木尔忙勒住缰绳："小师妹，我现在还没有找到师父，不过，我一定会让师父亲口告诉你，当初他老人家把你许配给了我。"

钟金哈屯的表情复杂："师兄，不要找师父了，我已经成为可汗的哈屯，就算你说的话是真的，我也不可能离开可汗。你，你就把我忘了吧！"

钟金哈屯把头扭到一旁。

铁木尔显得十分激动："小师妹，你不要怕，辛爱黄已经被我打败，这次我一定要杀阿拉坦，然后，我们就远走高飞！"

钟金哈屯闻言转过头："不！我不会跟你走！"

铁木尔恨不能把心掏出来："小师妹，你还怕什么？怕阿拉坦吗？那好，我现在就杀了这只老山羊！"

说着话，铁木尔绕过钟金哈屯，直奔阿拉坦汗。

钟金哈屯一转身，拦住铁木尔，她声音低沉地问："师兄，你真的爱我吗？"

铁木尔一字一顿地答："我爱你胜过我的生命！"

钟金哈屯的眼圈发红："师兄，那我郑重地告诉你，我爱阿拉坦汗也胜过自己的生命！"

铁木尔大叫："小师妹！"

钟金哈屯大吼："师兄！"

铁木尔努力压抑着内心的感情，他尽可能把语调放低："小师妹，找个没人的地方，我们好好谈谈行吗？"

钟金哈屯断然道："我哪儿也不去，要谈就在这儿。"

铁木尔的怒火无处发泄，他仰天长啸："啊——"

这下可坏了，铁木尔就觉得胸口一阵剧痛，喉咙发痒，嗓子眼发咸，一张嘴，"哇"一口鲜血喷在黄沙之上。

额登大骇，他立刻收兵，把铁木尔抬回大营。

第十章

　　这三天对于钟金哈屯来说，仿佛比三十年还长。她守在铁木尔身边寸步不离。可是，三天过去了，铁木尔跟死人一样，一动不动。

阿拉坦汗没有追杀，他一直看到土鲁番的军队在视线中消失。

大帐之中，哲恒夫人与钟金母女相见，哲恒夫人心花怒放，可因为铁木尔师兄呕血，钟金哈屯的心里像压了一块石头。对哲恒夫人的话，钟金哈屯只是问一句答一句。

第二天一早，阿拉坦汗升坐中军大帐："辛爱黄在哪儿？"

哲恒夫人忙道："回可汗，辛爱黄台吉还在养伤。"

阿拉坦汗吩咐一声："刘四！把辛爱黄拖出帐外，斩首示众。"

刘四大惊，他以为自己听错了。

阿拉坦汗又道："把违抗军令的辛爱黄拖出帐外，斩首示众！"

哲恒夫人"扑通"跪在阿拉坦汗面前，劝道："可汗，不可呀！"

阿拉坦汗一脸严肃："闻鼓则进，闻金则退。这是军令，违令者斩。辛爱黄已经多活了好几天，难道还不杀吗？"

刘四和众将都跪下了："可汗，辛爱黄台吉是一员不可多得的虎将，他受了重伤已经得到了教训，现在我军与额登、铁木尔决战在即，先斩大将，于军不利，还请可汗宽恕辛爱黄台吉。"

"啪"的一声，阿拉坦汗一拍桌子，怒道："不行！辛爱黄自恃武艺高强，目无军规，藐视军令，如果今天不杀他，明天再有人抗令不遵，难道我也都饶了吗？杀！"

哲恒夫人继续劝道："可汗，辛爱黄可是你的亲生儿子啊！"

阿拉坦汗厉声道："我的亲生儿子也不能违令！辛爱黄非杀不可，任何人不得为辛爱黄求情。"

哲恒夫人、刘四等只得退到一旁。

罪犯通常都是跪着受刑，可辛爱黄是阿拉坦汗的儿子，刽子手哪敢让他跪着。刘四只得把辛爱黄绑在木桩上，他扭过头，不忍观看。

刽子手面露苦相："辛爱黄台吉，可汗有令，我，我，我这也是没办法……"

辛爱黄愤愤不平，两只眼睛瞪得跟牛眼似的："废话少说，给我来个痛快！"

刽子手转到辛爱黄身后，他举了举刀，可辛爱黄的个子太高，刽子手够不着他的脖子。

刽子手搬来两块石头，他哆哆嗦嗦地踩上去，举起鬼头刀往下砍，只听"喀嚓""扑通"……辛爱黄的脑袋没掉，刽子手却摔在地上了。

辛爱黄跟半截黑塔相仿，刽子手本来就有三分怯意。辛爱黄再一瞪眼睛，他更紧张了。刽子手站在石头上，石头也小了点儿，他一抡刀，身子重心不稳，石头翻了，刀斜着砍了下来。辛爱黄的脖梗儿被砍出四寸长的大口子，血"刷"就流了下来。

辛爱黄疼得大叫："狼崽子，你为什么不给我个痛快？你给我个痛快！"

刘四跑过来，见辛爱黄的伤口向外翻着，血从他的后背一直流到脚下。

刘四一脚把刽子手踹趴下了，骂道："你这头蠢猪！"

刽子手吓得都爬不起来了，在场军兵一阵喧哗。刘四正不知如何是好，忽听有人娇斥一声："快把辛爱黄台吉放下来。传医官，速传医官！"

来人正是钟金哈屯。

军兵七手八脚地把辛爱黄的绑绳解开,几个医官一起跑过来。

阿拉坦汗得报之后也赶到现场,见辛爱黄浑身是血,气息奄奄,他不禁闭上了眼睛。

突然,阿拉坦汗的眼睛猛地一睁:"把这个畜生抬出去,再补一刀!"

钟金哈屯"扑通"跪倒:"可汗,辛爱黄已经得到了教训,长生天都饶了辛爱黄台吉,可汗就顺应天意吧!"

刘四和在场之人都跪下了:"可汗,钟金哈屯说得对,你就饶了辛爱黄台吉吧。"

阿拉坦汗看了看昏迷中的辛爱黄,几颗热泪滚落下来。

初春的戈壁,晚风一吹,寒意流遍全身。钟金哈屯走进她的大帐,她解下斗篷,坐在椅子上。铁木尔呕血的情景在她脑海中挥之不去,钟金哈屯的心乱得像一团羊毛。就在这时,塔娜悄悄地走进帐来。

塔娜低声道:"哈屯,营外有人射来一封信,信上写着哈屯的名字。"

钟金哈屯接过一看,信是铁木尔写的,他约钟金二更天相见。钟金哈屯把信放在灯上,片刻就化成了青烟。

塔娜小心地退了出去,钟金哈屯半晌无言。

钟金哈屯一夜未眠,第二天大清早,塔娜匆匆而入:"哈屯,你快去看看吧,铁木尔在营门外站了一夜。"

钟金哈屯来到营门前,果然见远处站着一匹马,马上之人身上结了一层霜。她的心一下子提了起来,师兄!难道他在这儿等了一夜?

一见钟金,铁木尔催马向营门而来:"小师妹!"

卫兵见铁木尔靠近,立刻举起弓箭:"站住!再往前走就要开弓放箭了。"

铁木尔的眼睛看着钟金,心里想着钟金,嘴里念着钟金,卫兵的话,他根本没听见。见铁木尔没有停下,卫兵举箭就射。

钟金哈屯高喊:"且慢!"

钟金哈屯的话为时已晚,一支箭直奔铁木尔的前心。铁木尔两次吐血,元气大伤,再加上冻了一夜,浑身都僵了。铁木尔想躲,可身子不听使唤,"噗"这箭正中他的左胸,他在马上一栽,"扑通"摔了下去。

钟金哈屯惊叫:"师兄!"

"喀嚓"一声,钟金哈屯用刀劈开营门,她一扫马的后胯,这匹马腾空而起,眨眼间来到铁木尔身边。

钟金哈屯滚鞍下马,她把铁木尔抱在怀里:"师兄,师兄!"

铁木尔深情地望着钟金哈屯,喃喃地说:"小师妹,小师妹……"

钟金哈屯的泪水再也止不住了:"师兄,你为什么这么傻,为什么呀?"

铁木尔两眼无神,脸上却绽放出微笑:"小师妹,我们终于,终于在一起了……"他的头一歪,人事不知。

钟金哈屯痛哭失声:"师兄,师兄,是我害了你,是我害了你……"

钟金哈屯正哭着,背后传来一阵马的威武铃声,阿拉坦汗带着刘四及众将赶来。

阿拉坦汗见铁木尔伤到了要害,他立刻吩咐:"快!把铁木尔抬进营中。"

钟金哈屯大叫:"不许动我师兄!"

阿拉坦汗吓了一跳,自从娶了钟金以来,从没见她发这么大火。

阿拉坦汗忙解释说:"钟金哈屯,铁木尔的伤势这么严重,不马上医治就危险了,救铁木尔的性命要紧哪!"

见阿拉坦汗没有恶意,钟金哈屯的敌意消失了。军兵七手八脚地把铁木尔抬进一顶帐篷,阿拉坦汗立刻命医官为铁木尔诊治。

医官解开铁木尔的衣服,眉头一下子皱了起来。

钟金哈屯吼道:"愣什么?还不快动手?"

医官摇了摇头:"哈屯,这箭紧挨心脏,我怕一拔箭,他,他就活不成了。"

钟金哈屯泪如雨下:"医官,我求求你,你一定要治好师兄,我求你了……"

阿拉坦汗抓住医官的衣领:"我告诉你,你要是救不活铁木尔,就让你陪葬!"

医官诺诺连声:"是是是,可汗。"

医官小心翼翼地取下铁木尔左胸上的箭,又把耳朵贴在铁木尔的胸上听了听,然后为他敷上金疮药,把伤口包好。

钟金哈屯急切地问:"怎么样?"

医官长叹一声:"三天之内如果能醒过来,他的命就算保住了。要是醒不过来,我只能给他陪葬了。"

这三天对于钟金哈屯来说,仿佛比三十年还长。她守在铁木尔身边寸步不离。可是,三天过去了,铁木尔跟死人一样,一动不动。

阿拉坦汗轻轻地走进帐中,见塔娜陪在钟金哈屯身旁,他问塔娜:"怎么样?"

塔娜摇了摇头,没说话。

钟金哈屯失声痛哭:"师兄,是我害了你,是我害了你呀!"

阿拉坦汗扶起钟金哈屯:"哈屯,先不要难过,再等等,说不定铁木尔一会儿就能醒……"

阿拉坦汗的话音未落,塔娜惊叫:"铁木尔的嘴动了!"

钟金哈屯立刻止住悲声,三个人的目光同时集中在铁木尔的脸上。

钟金哈屯轻声呼唤:"师兄!师兄!"

铁木尔慢慢地睁开眼睛。

钟金哈屯紧紧地抓住铁木尔的手,万分激动地道:"师兄,你醒了,你终于醒了!"

铁木尔的眼前由模糊逐渐变得清晰:"小师妹?你真是小师妹?"

钟金哈屯心花怒放:"师兄,我是小师妹!"

阿拉坦汗向塔娜使了个眼色,两个人走出大帐。

帐中只有钟金和铁木尔,铁木尔的声音很弱:"小师妹,这不是做梦吧?"

钟金哈屯擦去脸上的泪痕,笑得很苦:"不是梦,这是真的,师兄。"

铁木尔笑得很甜:"小师妹,我可算等到这一天了。"

阿拉坦汗刚回到中军帐,就听营门外一阵大乱。

刘四走了进来:"可汗,额登率全部人马在营外讨战,他口口声声要可汗还他儿子。"

阿拉坦汗吩咐一声:"给我准备三千人马,我去见见额登。"

一旁的切尽道:"不劳可汗亲自出马,尽儿会像抓羊一样把额登擒来。"

阿拉坦汗一摆手:"我不是去跟额登打仗,你放心吧。"

切尽担心阿拉坦汗的安全:"可是,额登万一对可汗下手……"

阿拉坦汗摇了摇头:"额登为儿子而来,他不会那么冲动。"

阿拉坦汗刚出营,额登催马来到他面前,急切地问:"阿拉坦,你把我儿子怎样了?"

阿拉坦汗的脸色很平和:"额登,我的军兵误伤了铁木尔,他正在我的营中养伤。"

额登二目喷火:"你伤了我的铁木尔,我跟你拼了!"

额登举狼牙棒就要动手,阿拉坦汗闪在一旁:"额登,我可以告诉你,铁木尔还没脱离危险。你要是不想儿子丧命,就马上回去。"

额登举了举狼牙棒,又放了下来,他的口气缓和下来:"阿拉坦,只要你把铁木尔还给我,什么条件我们都可以商量。"

阿拉坦汗坦然道:"先治好铁木尔的伤再说吧!"

阿拉坦汗拨转马头,"嗒嗒嗒"向营门走去。

瓦剌的春天变幻莫测,早晨寒风刺骨,中午太阳却晒得人汗流浃背。在钟金哈屯的精心照料下,铁木尔的伤一天天好了起来。

铁木尔握住钟金哈屯的手:"小师妹,谢谢你从鬼门关把我拉了回来。"

钟金哈屯把手抽了出来:"师兄,你错了,从鬼门关把你拉回来的不是我,是可汗。"

铁木尔的眉毛立了起来:"你是说阿拉坦?这怎么可能?"

钟金哈屯平静地说:"师兄,我没有说半句谎言。那天营门军兵误伤了你,我当时真不知怎么办才好,幸亏可汗及时赶到,他命人把你抬进帐中,并给医官下了死令,医官方才把你救活了。"

铁木尔眨了眨眼,疑惑不解地望着钟金:"我三次杀他,他不但不记恨,反而救我,难道天下间真有这样大度的人吗?我不相信,他肯定别有用心!"

钟金哈屯回避了铁木尔的目光:"这就是可汗的为人,不然,不然,我也不会心甘情愿地嫁给他。"

铁木尔情真意切:"小师妹,难道你就让我这样苦苦地等下去吗?"

钟金哈屯站起身,她尽可能不让铁木尔看见自己潮湿的眼睛:"不要难为我,我只有一颗心,我这颗心已经给了可汗……"

冰雪渐渐融化了,一群百灵鸟在树上唱着动听的歌。大帐中的阿拉坦汗面前放着一本发黄的汉籍《孙子兵法》,哲恒夫人坐在他面前:"可汗,近来额登天天来要儿子,可汗打算怎么处置铁木尔?"

阿拉坦汗没有回答,而是问:"铁木尔恢复得怎么样?"

"伤口愈合,已经能下地走动了。"

"走,我们去看看。"

阿拉坦汗和哲恒夫人来到铁木尔住的那顶帐篷,钟金哈屯迎上来:"可汗,额吉。"

阿拉坦汗和哲恒夫人点点头,铁木尔很不自在。

阿拉坦汗开诚布公地说:"铁木尔,你的伤已经好得差不多了,我敬佩你是个英雄,很想把你留下来,希望你能答应。"

铁木尔冷笑道:"你能让骆驼变成羊吗?"

阿拉坦汗意味深长:"真诚可以包容一切。如果你愿意,我仍可让你们父子管理瓦剌四部。"

钟金哈屯忙道:"师兄,你阿爸不是一直想恢复你们家族在瓦剌的地位吗?现在可汗已经答应了,你还犹豫什么?"

铁木尔的眉毛一动:"这件事我做不了主,我得回去跟阿爸商量。"

阿拉坦汗点点头:"可以,什么时候我都能等。"

铁木尔望了钟金一眼,对阿拉坦汗说:"我想现在就走,你敢放我吗?"

阿拉坦汗吩咐一声:"来人!送铁木尔将军出营。"

铁木尔恍如梦中,他一边往外走,一边回头:"你真放我回去?"

阿拉坦汗道:"阿拉坦言必信,行必果,说出去的话跟山一样不会动摇!"

铁木尔迈步往外就走,出了大帐,他转过头,见钟金正望着他,铁木尔停下了:"阿拉坦汗,我想把小师妹带走,可以吗?"

铁木尔不再直呼"阿拉坦",而是称"阿拉坦汗"。

阿拉坦汗犹豫一下:"如果她仅仅是我的哈屯,我可以考虑。可现在她不但是我的哈屯,还是我的左膀右臂,我不能没有她!"

铁木尔的胸脯剧烈地起伏着:"阿拉坦汗,你救我的命,我感激你,可是,小师妹需要的是终身伴侣,我会陪小师妹走完一生,你能吗?"

第十一章

这可是两军对阵，是你死我活的战场，这个喇嘛使了什么法术，居然能让额登的将士放下手中的兵刃向他下跪？

阿拉坦汗的心一颤，铁木尔说得没错，我比钟金大四十二岁，钟金与把汉那吉年龄相当，按照蒙古人收继婚的传统——夫死子娶后母，兄亡弟纳寡嫂，我死之后，钟金应该二嫁我的长子辛爱黄。可辛爱黄比钟金也大二十多岁，钟金和辛爱黄也不可能白头偕老，那她就要三嫁辛爱黄的长子扯力克。也就是说，钟金至少要经受两次丧夫之痛，这种打击对一个女人太大了。我该怎么办？让钟金跟铁木尔走吗？可钟金走了，瓦剌四部的安定就失去了基础。让钟金留在我身边吗？可钟金才二十岁出头，她的人生才刚刚开始，而她的未来却已经注定……

阿拉坦汗正不知如何回答，钟金哈屯道："师兄，我不会跟你走。"

铁木尔惊问："为什么？"

钟金哈屯道："因为我已经有了可汗的孩子。"

钟金哈屯一言出口，在场之人无不惊讶。

阿拉坦汗用疑惑的目光看着钟金哈屯："哈屯，你有了？"

钟金哈屯深深地点点头："嗯，我有了。"

哲恒夫人也是半信半疑:"孩子,你有了身孕?"

钟金哈屯十分肯定:"额吉,我有了身孕。"

铁木尔手臂一扬:"不可能,绝不可能!你和他两三年都没有,怎么现在突然就有了身孕?我不相信!我不相信!"

阿拉坦汗也认为钟金哈屯的话是善意的谎言,他虽然期盼和钟金哈屯生个孩子,可他对自己的年龄没有信心。

钟金哈屯平静地说:"师兄,这是真的,千真万确。昨晚,两个医官都这么说。"

钟金哈屯吩咐道:"传医官。"

刘四也很激动,他一下子请来五六个医官。蒙古包中,众医官一一为钟金哈屯把脉,无不向阿拉坦汗道贺。

阿拉坦汗无法抑制内心的喜悦和幸福:"来人!每个医官赏牛百头,赏羊千只。赏!赏!赏!给我赏!"

铁木尔就觉得眼前一阵发黑:"长生天,你为什么如此对我……咳咳咳……"他一口鲜血吐了出来。

"师兄!"

钟金哈屯要扶铁木尔,哲恒夫人忙把她搡到一边:"钟金,你肚子里有孩子,可千万不能乱动。"

阿拉坦汗让刘四扶住铁木尔。铁木尔口中含血,胳膊一甩:"不用你管!"

铁木尔出了蒙古包,踉踉跄跄地走向营门。

连日来,额登的脾气异常暴躁,帐中的桌子翻了,椅子也倒了,酒坛子碎片散落满地。一听铁木尔回来了,额登"噌"蹿出帐外,他跑到铁木尔身边,拉住儿子,脸笑得跟开了花似的:"铁木尔,你可想死阿爸了!"

铁木尔神情呆滞,脸色蜡黄。

额登握着铁木尔的双肩:"孩子,你怎么了?怎么不说话,阿拉坦给你灌了什么药?"

铁木尔一语皆无。

· 73 ·

额登摇着铁木尔的身子："铁木尔，你说话呀！你告诉阿爸，阿拉坦到底给你吃了什么？"

铁木尔轻轻地推开额登，一个人走向自己的帐篷。

额登的怒火冲天而起，他大骂："阿拉坦，你居然给我儿子灌毒药，我要把你碎尸万段！"

额登跟疯了一般，他率所有人马杀向阿拉坦汗的大营。

阿拉坦汗杀牛宰羊，庆贺钟金哈屯怀了身孕。酒逢喜事千杯少，各营各寨的将士敬酒，阿拉坦汗来者不拒。

"噔噔噔……"刘四跑进来："可汗，额登在营外叫阵，他口口声声要与可汗决一死战。"

阿拉坦汗端着酒杯："严守营门，不要理他。"

不见阿拉坦汗出营，额登急了，他吩咐一声："放炮！把阿拉坦给我炸出来。"

"咚咚咚……"十几门大炮对准阿拉坦汗的大营狂轰滥炸，一块飞起的石头落在宴席上，连酒带肉翻在地上。

阿拉坦汗勃然大怒："额登欺人太甚！我放走他儿子，他居然恩将仇报。来人！列队迎敌。"

三声炮响，营门大开，阿拉坦汗一马当先来到阵前。

一见阿拉坦汗，额登手举狼牙棒往前就闯："阿拉坦，你还我儿子！"

阿拉坦汗一愣，左手戟架住额登的狼牙棒，问："铁木尔怎么了？"

额登大骂："老狐狸，我儿子怎么了，你还不知道？"

"呜"的一声，额登再次砸向阿拉坦汗，阿拉坦汗一侧身："额登，你说清楚，铁木尔到底怎么了？"

额登大叫："我杀了你，我杀了你……"

额登一口气砸了六棒，阿拉坦汗的火也压不住了："额登，你好不识抬举！"

阿拉坦汗舞动双戟，上下翻飞，也就是六七个回合，额登就觉得眼花缭乱，仿佛被一座戟山罩在其中。

"嗨嗨嗨……"额登的狼牙棒乱拨打开了。阿拉坦汗的左手戟把额登的狼牙棒一压,右手戟顺着额登的棒杆往前一推:"撒手!"

额登真听话,一下子就把狼牙棒扔了。额登也不想听话,可不听话十个指头就得掉八个!

额登的手刚松开,一点寒星,就到了额登的咽喉,可阿拉坦汗的戟却没往前扎。

额登呆了,阿拉坦汗本可以置自己于死地,他怎么没要我的命?再看阿拉坦汗的表情,额登莫名其妙,阿拉坦汗的眼睛直直地看着自己的身后。

额登回头一看,只见自己的军兵跪倒了一大半,个个都是背朝额登,面朝一个喇嘛。这个喇嘛四十四五岁,身披袈裟,手摇转经轮,盘腿坐在一头青牛上,他面带慈祥,双目有神。

阿拉坦汗收回双戟,屏住呼吸,心说,这可是两军对阵,是你死我活的战场,这个喇嘛使了什么法术,居然能让额登的将士放下手中的兵刃向他下跪?

阿拉坦汗不认识,额登可看清了,这不是阿兴活佛嘛!

前面我们多次提到阿兴活佛,他就是铁木尔和钟金哈屯的师父。阿兴喇嘛是个得道的高僧,不但精通藏、蒙、汉三种文字,而且对药理也很有研究。当时,雪山草原缺医少药,老百姓生病,只要给阿兴活佛捎个信,阿兴活佛风雨无阻,而且常常是药到病除,土鲁番一带的人们无不对他感恩戴德。

额登仗也不打了,他甩镫离鞍跳下马,紧走几步来到阿兴活佛面前。

额登一躬到地,情绪仍很激动:"活佛,你可来了。阿拉坦他,他,他不知给你徒儿吃了什么药,铁木尔连话都不会说了。活佛,求你为铁木尔报仇啊!"

阿兴活佛双手合十:"额登施主,铁木尔只是心情郁闷,不想说话而已。"

额登连连摇头:"活佛,不可能啊,铁木尔两眼发直,六神无主,我问他话,他一点儿反应都没有。"

阿兴活佛口诵佛号:"阿弥陀佛,阿拉坦汗人称顺义英主,他非常赏识铁木尔,贫僧相信阿拉坦汗不会加害他的。你收兵回去,如果铁木尔还不说话，你就说贫僧到了。"

额登跳上马，传令道："收兵！"

那些跪在地上的军兵这才站起身。

阿兴活佛扬了扬手："去吧，去吧。"

就这么一个喇嘛，就这么几句话，额登的大军退了，阿拉坦汗简直不敢相信。

阿兴活佛催青牛来到阿拉坦汗面前："阿弥陀佛，施主就是阿拉坦汗吧？"

阿拉坦汗点点头："活佛，我是阿拉坦。"

阿兴活佛自我介绍："可汗，贫僧阿兴，特来看望我的徒儿钟金。"

阿拉坦汗又惊又喜："原来是阿兴活佛，快请，快请！"

钟金哈屯听说师父来了，老远就从营里迎了出来。

钟金哈屯跪在地上："徒儿叩见师父！"

阿兴活佛下了青牛，搀起钟金："徒儿，快起来，快起来，你有了身孕，不宜行此大礼。"

钟金哈屯的脸一红："师父也知道了？"

阿兴活佛笑道："佛法无边，圣识一切呀！"

阿拉坦汗和钟金哈屯陪着阿兴活佛走进大帐，阿兴活佛落座之后道："久闻可汗的英名，今日一见，就像天上的月亮一样，总有一种似曾相识的感觉。"

阿拉坦汗也觉得好像在哪儿见过阿兴活佛，可就是想不起来。

阿兴活佛点点头："万事都是缘，人与人因有缘而聚，因缘尽而散。此所谓有缘千里相见，无缘对面不识。"

阿拉坦汗惊喜道："这么说，我与活佛有缘了？"

阿兴活佛面容慈祥："阿弥陀佛，可汗不是与贫僧有缘，是与我佛有缘，而且缘分如大海深不可测，如雪山高不可攀。以贫僧的道行，难知其详啊！"

阿拉坦汗惊诧道："连活佛都不知道，还有谁能知道吗？"

阿兴活佛神态端庄："非师尊索南嘉措活佛不能诠释啊！"

阿拉坦汗又惊又喜："要这么说，我可得与索南嘉措活佛见见面，请他当面赐教。"

阿兴活佛的语速很慢："相信这一天不会太远。"

阿拉坦汗和钟金哈屯备下斋饭，盛情款待阿兴活佛。阿拉坦汗和阿兴活佛越说越投机，两个人滔滔不绝，甚至一旁的钟金哈屯都插不上嘴。

阿拉坦汗早就对战争产生了厌倦，他说："佛家以慈悲为本，善念为怀，救人一命胜造七级浮屠。战争就是杀人，就是杀无数的人。谁家没有子女，谁家没有骨肉，哪个父母也不希望失去儿子，哪个妻子也不希望失去丈夫。一人战死，不知有多少人悲哀。土鲁番的军兵对活佛那般敬仰，活佛能不能把战争的浊流化为洁净的清泉，像奶水一样滋润人的心田？"

阿兴活佛双手合十："善哉！善哉！贫僧正是为此而来。"

阿拉坦汗大喜。

第二天，阿兴活佛就去了土鲁番大营。额登和铁木尔率所有将领到营外迎接，人们将合十的双手依次举到头顶、嘴边、胸前，然后双手伸向前方，以膝着地，全身匍匐，口念六字箴言——唵、嘛、呢、叭、咪、吽……

这叫五体投地礼，是喇嘛教特有的膜拜方式。

铁木尔拜过师父，阿兴活佛见他形容憔悴，如同枯草一样无精打采，心中很不是滋味。

铁木尔和钟金都是阿兴活佛的俗家弟子。前面我们说过，钟金最初的老师是阿兴活佛的师兄。阿兴活佛的师兄一见铁木尔就喜欢，他一心要把钟金许配给铁木尔，多次向阿兴活佛提出两个孩子的婚事，就怕有女孩子把铁木尔抢走。阿兴活佛碍于师兄的情面，就对铁木尔提了这桩亲事。当时，铁木尔十五岁，钟金才十三岁。可还没等阿兴活佛跟钟金说，东克寺起火，阿兴活佛以为铁木尔葬身火海，这桩亲事就没有再提。然而，铁木尔大难不死，他心中的小师妹却怎么也不能在记忆中消失，多少人给他提亲，都被他拒绝了。

如今，钟金不但成了阿拉坦汗的哈屯，还怀了他的孩子。铁木尔的心跌到了无底深渊。

铁木尔追问："师父，难道徒儿今生都与小师妹无缘吗？"

阿兴活佛面有愧色："阿弥陀佛，徒儿呀，姻缘本是前生注定，师父当年道行太浅，错点鸳鸯，给你造成如此大的伤害，要怪你就怪师父吧。爱情虽然重要，可人生还有比爱情更重要的东西，你这般伤心不但是在折磨自己，更是在折磨你的小师妹和师父啊。"

在阿兴活佛的开导下，铁木尔的情绪渐渐稳定了。铁木尔也认为阿拉坦汗是个英雄，在他和阿兴活佛的努力下，额登归顺了阿拉坦汗，土鲁番与瓦剌融为一体。

阿兴活佛在瓦剌明安城设坛讲经传道，教化黎民，普度众生，信教百姓纷纷涌来。喇嘛教教义深深地感染了阿拉坦汗，阿拉坦汗对喇嘛教产生了浓厚的兴趣，切尽也迷上了喇嘛教。七七四十九天后，阿兴活佛离开瓦剌，踏上了通往土伯特蚌蚌寺的道路，铁木尔随阿兴活佛同行。

钟金哈屯没有去送师父和师兄。阿拉坦汗和额登把阿兴活佛和铁木尔送了一程又一程，最后双方挥手告别。

阿拉坦汗正往回走，却发现胡杨树后有几个人鬼鬼祟祟。

刘四觉得对方不像好人，他带军兵把那几个人抓了过来。

刘四把他们带到阿拉坦汗面前："说，你们要干什么？"

"扑通""扑通"，几个人都跪下了，其中一个瘦高个儿道："可汗，刘头领，我们可不是刺客，我们是把汉那吉台吉手下的差兵。"

阿拉坦汗一愣："把汉那吉手下的差兵？你们不在丰州滩，来瓦剌干什么？"

瘦高个儿支吾道："把汉那吉台吉不放心塔娜姑娘，他让我们来，让我们来看，看……"

阿拉坦汗觉得蹊跷："让你们看什么？"

瘦高个儿的目光闪烁不定："看，看，看有没有机会……"

阿拉坦汗喝道："什么机会？说！"

几个人哆哆嗦嗦地回答："把汉那吉台吉让我们，让我们寻找机会把塔娜偷回去。"

"偷回去？怎么偷？"

"把汉那吉台吉给了我们迷魂药，塔娜姑娘要是不走，就在她奶茶里下药把她迷倒，然后把她偷回去。"

"迷魂药在哪儿？"

几个人把迷魂药拿了出来，刘四递给阿拉坦汗。

阿拉坦汗的眼睛立刻瞪了起来："这个畜生！"

阿拉坦汗用手点指："你们几个给我听好了，如果塔娜丢了，我就把你们碎尸万段，听清了吗？"

几个人叩头如捣蒜："听清了，听清了……"

"滚！"

几个人一溜烟跑了。

十月怀胎，一朝分娩，钟金哈屯给阿拉坦汗生了个胖儿子。阿拉坦汗高兴的心情无以言表，他给孩子取了个名字，叫布塔失里。孩子满月，阿拉坦汗和钟金哈屯商量，尽快给切尽和塔娜完婚，以断绝把汉那吉的非分之想。

结婚这天早上，几个婢女把塔娜头上那十几条又细又长的小辫儿一一解开，然后给她梳成两条短辫儿，这是蒙古姑娘嫁人的标志。傍晚，切尽身穿崭新的蒙古袍，骑上高头大马，带着迎亲队伍，吹吹打打地向塔娜的帐篷走去。

塔娜和切尽的帐篷并不远，按照蒙古人的传统风俗，迎亲队伍要围着新娘的帐篷跑一圈。切尽跑了一圈后走进帐中，他拉过塔娜的手，塔娜望着切尽，切尽望着塔娜，两个人千言万语，一时难以表达。

两个人走到帐外，还没等上马。一匹马像飞一般地跑来，马上之人老远就喊："站住——"

马到近前，这个人带住坐骑。

切尽和塔娜定睛一看，不由得大惊失色。

第十二章

自古美女爱英雄。有本事你也像切尽那样三断狐尾！有本事你也到沙场上建功立业！你像驽马一样没有出息，哪个女人愿意嫁给你？

来人正是切尽和塔娜最不想见的把汉那吉。

把汉那吉一把拉过塔娜："塔娜，我爱你，我爱你，你不能嫁给切尽！"

塔娜把袖子一甩："放开我！我就要嫁给切尽，这辈子嫁给他，下辈子还嫁给他，你管得着吗？"

切尽把塔娜搂在怀中："把汉那吉，今天是我们的大喜日子，请你离开这里。"

把汉那吉大叫："不！我不离开，我一定要把塔娜带走！我必须把塔娜带走！"

切尽不再理把汉那吉，对塔娜道："走，我们走。"

两个人上了马。把汉那吉急了，他伸手拽出佩刀："切尽，你要敢把塔娜带走，我就杀了你！"

切尽瞥了把汉那吉一眼，他和塔娜并马而行。

把汉那吉的眼角都要瞪裂了，他举刀直奔切尽。切尽一抬腿，"咣"

"嗖",把汉那吉的刀飞了。把汉那吉扑上前,猛地拽切尽的衣服,切尽从马上摔了下来,两个人扭成一团。

大帐内外座无虚席,一片喜庆,人们都在等一对新人拜堂。"噔噔噔……"刘四跑了进来,他在阿拉坦汗耳边低声说:"启禀可汗,不好了,把汉那吉台吉和切尽台吉打起来了。"

阿拉坦汗以为自己听错了:"你说什么?"

刘四又说了一遍:"把汉那吉来了,他不让切尽台吉娶塔娜姑娘,两个人打起来了。"

阿拉坦汗"腾"就站了起来。

此时,切尽和把汉那吉两个人打得不可开交,塔娜气得直跺脚。阿拉坦汗策马而来,见此情此景,老人怒从心头起:"来人!把把汉那吉拿下。"

几个军兵一拥齐上,把汉那吉被捆了个结结实实。

把汉那吉挣扎着:"放开我,放开我!我爱塔娜,切尽不能娶塔娜!额兀格,你为什么骗我?为什么把塔娜嫁给切尽?为什么不把塔娜嫁给我?"

阿拉坦汗真想狠狠地扇把汉那吉几记耳光,可他哪里下得去手。

阿拉坦汗对刘四道:"你立刻带人把这个畜生送回丰州滩老营,不能让他搅了切尽和塔娜的喜事,现在就走!"

"是,可汗。"

刘四架起把汉那吉,把汉那吉连踢带咬,连哭带叫。

切尽和塔娜的婚礼总算如期举行,两个人都想忘掉把汉那吉。可天下的事就是那么奇怪,越想忘的事,越忘不了。整整一个月,把汉那吉的影子在他们的脑海中挥之不去。

戈壁的风就像一头发狂的公牛,胡杨树被连根拔起,蒙古包被抛向半空,飞沙走石漫天飞舞,四野一片狼藉。

尽管阿拉坦汗的大帐坠了好几块大石头,但还是左摇右摆。帐中昏暗一片,他不得不让人点起灯。就在这时,帐帘"呜"被掀开了,一股强劲的风把一个人刮了进来。此人三步并作两步来到阿拉坦汗面前,他单腿跪在地上,声音沙哑:"可汗,大事不好了!"

大帐中弥漫着一股浓重的土腥味,阿拉坦汗见来人浑身是土,脸上的灰没有铜钱厚也跟树叶的厚度差不多。

阿拉坦汗喝问:"你是什么人?"

来人满嘴是泡:"可汗,我是你的侍卫头领刘四啊!"

阿拉坦汗仔细看了看,可不就是刘四嘛!

阿拉坦汗立刻吩咐道:"快起来,起来。来人!给刘四倒碗水。"

刘四连喝了三碗水,阿拉坦汗这才问:"刘四,慢慢说,出了什么事?"

刘四道:"可汗,把汉那吉投降明廷了!"

刘四一言出口,不亚于晴天霹雳。阿拉坦汗的头一下子就大了:"到底是怎么回事?"

这一切都源于把汉那吉对塔娜畸形的爱和他那颗被银英哈屯溺爱而扭曲的心。人有个通病,越是得不到的,越是最好的。把汉那吉娶了五兰,论品行,五兰不在塔娜之下;论相貌,五兰也与塔娜一般无二;论处事能力,五兰要在塔娜之上。可把汉那吉就是认准了塔娜。阿拉坦汗带塔娜和切尽去瓦剌平乱,把汉那吉感觉不对劲,他想跟在塔娜身边看着她,可阿拉坦汗却把他撵了回来。

把汉那吉的心里更发毛了,他先是派人尾随到瓦剌,打探塔娜的情况,接着又派人去"偷"塔娜,最后把汉那吉不顾银英的劝阻跑到瓦剌,阻止切尽和塔娜成亲。刘四把他送回丰州滩,把汉那吉寻死觅活,又是摔东西,又是打人。

五兰没法劝,只得告诉银英哈屯。把汉那吉是银英的命根子,她急忙赶到把汉那吉帐中:"吉儿,这是怎么了?"

把汉那吉一看到银英,闹得更凶了:"额兀格把塔娜嫁给了切尽,我不活了,我不活了……"

把汉那吉又要抹脖子,又要上吊,银英苦劝:"吉儿,既然塔娜已经嫁给了切尽,你就认命吧。"

尽管五兰就站在把汉那吉面前,可他仍狂叫:"不!我要塔娜,我就要塔娜……"

把汉那吉扑过去摇着银英的肩膀："你不是说切尽答应不娶塔娜了吗？你为什么骗我？为什么？为什么？你说呀，你说呀！"

银英的火也上来了，"啪"一记耳光打在把汉那吉的脸上："自古美女爱英雄。有本事你也像切尽那样三断狐尾！有本事你也到沙场上建功立业！你像驽马一样没有出息，哪个女人愿意嫁给你？"

把汉那吉一手捂着脸，一手指着银英："你，你敢打我！我没建功立业？我没出息……"

把汉那吉推开帐门跑了，五兰虽然心如刀绞，但她还是带着十几个仆人追了出去。

把汉那吉一口气跑到长城要塞镇羌堡，他对城上高喊："城上的明军听着，我是阿拉坦汗的孙子把汉那吉，我是来投降的。"

五兰担心把汉那吉出事，她一直跟在后面，闻听把汉那吉向长城上喊话，五兰大惊："台吉，你要干什么？"

把汉那吉的眼睛一瞪："不用你管！"

五兰伸手拉把汉那吉："台吉，有事我们回去说……"

把汉那吉用力一推，五兰差点儿从马上掉下去。

五兰对众仆人道："快！把他拉回去。"

众仆人刚要上前，把汉那吉一把拽出佩刀，往自己肩上一横："你们胆敢往前一步，我就抹脖子！"

五兰不敢妄动，只得好言相劝："台吉，你可千万不要胡来，咱们有话回去说，总不能把家丑丢给明军看哪！只要你跟我回去，我就说服塔娜姐姐，让她嫁给你还不行吗？"

把汉那吉眼前一亮，但眼中的光芒随即就消失了，他歇斯底里地吼道："不！你们都骗我，都骗我！"

把汉那吉又对长城上喊："明军弟兄，我是来投降的，快把我放进去……"

无论五兰怎么劝，把汉那吉置若罔闻。

大同巡抚方逢时就在镇羌堡巡视，他开始还不敢相信，见把汉那吉跟疯了一样，方逢时才确信无疑。阿拉坦汗的孙子前来投降，这可是从来没有的事，方逢时当即命军兵把把汉那吉接到城上。五兰命一个仆人回去送信，她也随把汉那吉进了镇羌堡。

方逢时简单地了解了一下把汉那吉投降的起因，他吩咐军兵好好照顾把汉那吉和五兰，自己骑快马奔向宣大总督衙门。

巡抚是军政主管，官居二品，比现在的省长权力还要大，省长没权调兵，巡抚却能指挥数千乃至数万人马。宣大总督是宣府和大同两地巡抚的顶头上司，相当于中央特派员，是从一品武官。

宣大总督衙门设在大同，距镇羌堡仅五十里。不到半个时辰，方逢时就到了，他把把汉那吉的事告诉了宣大总督王崇古。王崇古简直不敢相信自己的耳朵，他半信半疑地问："方大人，你是说阿拉坦的孙子来降？"

方逢时深深地点点头："大人，千真万确！"

王崇古一下子站了起来，他对当值的军兵道："快！备马，我要亲自把他接进大同。"

方逢时道："大人，把汉那吉不过是个二十几岁的毛头小子，何劳大人前去？下官把他接来就行了。"

王崇古连连摇头："方大人，我大明跟蒙古打了二百多年，尤其是近几十年，都是我们的人跑到草原，没有一个蒙古人到我们这边来。阿拉坦汗对中原了如指掌，而我们对草原却一无所知。把汉那吉可是阿拉坦和他的长夫人银英的心头肉。此人到了我们手中，其作用不可估量：其一，把汉那吉可以牵制阿拉坦，奇货可居。其二，我们可扶持把汉那吉，为我所用。其三，我们可利用把汉那吉，分化蒙古政权。方大人，你说这不是天上掉下来的好事吗？"

方逢时也激动起来："大人高见。下官还想起一件事，阿拉坦收留了白莲教的头目丘富、赵全等人，这些人曾多次颠覆朝廷，聚众造反。把汉那吉握在我们手上，这也是打击白莲教逆党的一颗有力的棋子。"

王崇古十分赞同："方大人说得太对了！走，我们一起去接把汉那吉。"

把汉那吉出走，银英日夜啼哭，眼睛都哭成烂桃了，她絮絮叨叨：

"我为什么打他,我不打他他就不会出走。吉儿,额嫫格错了,吉儿,你回来吧……"

阿拉坦汗率大军从瓦剌匆匆回到丰州滩,银英一见阿拉坦汗"扑通"就跪下了:"可汗,快想办法救救吉儿吧!晚了他就没命了。"

阿拉坦汗惊恐万状:"怎么?明廷要杀吉儿不成?"

银英一边哭,一边说:"你的师父石天爵、姑父丫头智,还有咱们的义子脱脱,他们都死在明廷,吉儿到了明军手里,那还能好吗?呜呜……"

当年,阿拉坦汗曾三次派使者赴明朝请求通商,第一次是他的师父石天爵,第二次是他的姑父丫头智,第三次是他的义子脱脱。这三个人都是阿拉坦汗最为亲近、最为倚重的人,可明廷却把这三个人连同他们的随行人员全都处以极刑,阿拉坦汗一怒之下打到北京城下。嘉靖皇帝迫不得已答应与阿拉坦汗通商,阿拉坦汗方才撤军。那次通商是被逼出来的,是城下之盟,嘉靖根本就不想开边市,明蒙之间的通商很快就断绝了。

蒙古右翼生活用品奇缺,要锅没锅,要碗没碗,要布没布,要粮没粮……阿拉坦汗没办法,他开始大批招募汉人。阿拉坦汗承诺,只要汉人来到草原,种地不收租,耕者有其田。当时明朝的税粮太重,老百姓从来就没听说过种地不收租子的。阿拉坦汗的这一举措对边民的吸引力太大了,尽管明朝严刑控制边民逃往塞外,可白莲教教徒和一些贫苦百姓还是顶着杀头的危险,纷纷来到草原开荒种地。

阿拉坦汗不但招募农民,还招募了大量工匠和举人秀才,凡是有一技之长的,他让你尽情发挥;凡是有功名学识的,他给你官给你地,甚至还给你娶媳妇。总之,无论你是什么人,只要你来到丰州滩,就有你充分的施展空间。蒙古右翼因此日益强盛起来,不过,生活用品短缺的问题却一直没有得到解决。

阿拉坦汗一把拽出佩刀:"他们要敢动吉儿一根汗毛,我就马踏大同,杀进北京!"

阿拉坦汗高声道:"来人!"

刘四跑了进来:"可汗。"

阿拉坦汗怒目横眉:"传我将令,集中右翼全部人马,我要兵发长城,向王崇古、方逢时要人！"

"是，可汗。"

没用三天，土默特十二部、鄂尔多斯八部、永谢布七部，共计二十七部人马十二万大军全部集中到丰州滩。

阿拉坦汗率兵来到长城之下，蒙古军列开了阵式。

阿拉坦汗传令："架炮！把所有的大炮都推上来。"

六十余门大炮同时对准长城。

阿拉坦汗把手中的令旗举起："预备……"

只要阿拉坦汗手中的令旗往下一落，明蒙大战就会在瞬间爆发。突然，远处飞来一骑战马，马上之人娇喝：

"不要开炮——"

这匹马眨眼间来到阿拉坦汗面前。来人一带马的丝缰，随即翻身跳下坐骑。阿拉坦汗一看，原来是钟金哈屯。

阿拉坦汗担心把汉那吉的安危，他日夜兼程返回丰州滩，钟金哈屯没有与之同行，因为她要照顾几个月大的儿子布塔失里。今天，钟金哈屯一回到土默特大营，就听说阿拉坦汗倾右翼之兵开往长城。钟金哈屯心急如焚，她把布塔失里交给奶娘后，单人独骑跑到前敌。

钟金哈屯道："可汗，明廷对把汉那吉的态度如何我们尚不清楚，如果轻易开炮，激怒了王崇古，把汉那吉可就危险了！"

阿拉坦汗的眼睛一瞪："他敢！"

切尽就在阿拉坦汗身边，他觉得把汉那吉这件事不应该用战争解决，如果阿拉坦汗开炮，战争爆发，王崇古以把汉那吉为人质，阿拉坦汗就被动了。切尽想劝阿拉坦汗，但考虑到把汉那吉降明是因自己引起，他一直三缄其口，不便多言。

听钟金哈屯这么一说，切尽这才道："可汗，钟金哈屯说得对，还是应该打探一下把汉那吉的情况再作决断。"

钟金哈屯也道："可汗，我们先派人赴大同了解王崇古的意图，了解明廷的意图，然后再决定是和还是战。"

切尽连声道："是啊，可汗。"

阿拉坦汗尽可能使自己冷静下来："那派谁去合适？"

钟金哈屯把胸一挺："我去！"

阿拉坦汗摇了摇头："不行不行，一个把汉那吉就搞得我焦头烂额，万一王崇古把你也扣下，那不是要我的老命吗？"

就在这时，侍卫头领刘四一指长城："可汗，你看，长城上下来一个人！"

阿拉坦汗顺着刘四手指的方向一看，可不是嘛，长城上的明军用吊筐放下一个人。筐落到地面，筐里的人迈大步向阿拉坦汗走来。

几个蒙古军喝道："站住！干什么的？"

此人四十五六岁，五官端正，相貌堂堂，神情带有几分书生气。

书生以手抚胸，他操着一口流利的蒙古语说："各位蒙古军弟兄，我是宣大总督王崇古的信使，特为把汉那吉台吉之事前来拜见阿拉坦汗。"

阿拉坦汗对刘四道："去，把那个人给我带来。"

刘四把书生带到阿拉坦汗面前，此人跪倒在地："叩见可汗。"

阿拉坦汗定睛一看，不由得愣住了："是你！"

这个书生模样的人叫鲍崇德，他是阿拉坦汗同母异父的弟弟。阿拉坦汗幼年时草原发生叛乱，他的额吉博同夫人带着女儿孟姑逃难到长城脚下，被鲍成收留，鲍崇德就是鲍成和博同夫人的儿子。二十年前，阿拉坦汗到大同探母时见过鲍家父子，鲍家人为他出过不少力，甚至鲍成还因他而丢了官，为此，阿拉坦汗心中常怀愧疚。

鲍崇德道："可汗还记得我吗？"

阿拉坦汗有些激动："记得！记得！"

鲍崇德开门见山："可汗，你大兵压境，莫不是为了把汉那吉台吉而来？"

阿拉坦汗的脸沉了下来："不错，王崇古必须把吉儿放回来，不然我就让他付出血的代价！"

鲍崇德的话软中带硬："可汗，隆庆皇帝下旨，要求以皇子的礼遇款待把汉那吉台吉，王大人不敢有丝毫懈怠。可要是战争爆发起来，朝廷怎么对待把汉那吉，那可就难说了，请可汗一定要克制。"

阿拉坦汗满腹狐疑："什么？隆庆皇帝要求以皇子的礼遇款待吉儿？"

鲍宗德点点头："正是。"

阿拉坦汗追问："明廷没有加害吉儿？"

鲍崇德道："没有。"

阿拉坦汗又问："王崇古也没有加害把汉那吉？"

鲍崇德摇了摇头："没有。可汗请看，这是王大人的信，这是把汉那吉的信。"

阿拉坦汗首先拆开把汉那吉的信，把汉那吉的信不长，只是说他和五兰在大同过得很好，请阿拉坦汗和银英哈屯不要挂念。

王崇古的信有礼有节，不卑不亢，他说，明朝不怕战争，但并不想打这场毫无意义的战争。如果阿拉坦汗同意他的看法，可派人来大同，一切都可以商量。

阿拉坦汗如释重负："崇德兄弟，你来得太及时了。来来来，我给你介绍一下，这是我的钟金哈屯，今天也多亏了她，不然等不到你来，我的大炮就响了。"

鲍崇德以蒙古人的礼节向钟金哈屯一抚胸："听把汉那吉台吉说，哈屯是土尔扈特部首领哲恒夫人的千金，文武兼备，尤其喜欢中原文化，《大学》、《中庸》倒背如流，吟诗作对无一不能。"

钟金哈屯有点儿不好意思："过奖了，过奖了。怎么，鲍将军见过把汉那吉？"

鲍崇德点点头："大同会蒙古语的人很少，崇德每天在把汉那吉台吉身边，为台吉做翻译。"

把汉那吉平安无事，阿拉坦汗悬着的心放了下来，下一步就是怎么把吉儿接回来。阿拉坦汗在军中设宴，盛情款待鲍崇德。席间，双方约定由钟金哈屯赴大同府谈判。

塞上的高粱长出了青穗，大豆结出了肥厚的荚，果树上的太平果红着半边脸向人频频点头，金色的秋天正大步走来。钟金哈屯带着几位台吉、首领登上长城，踏上中原大地。宣大总督王崇古举行了盛大仪式欢迎钟金哈屯一行。

谈判桌上，王崇古特意给钟金哈屯准备了奶茶。

钟金哈屯道："王大人，可否让我见见把汉那吉、五兰夫妇？"

王崇古点点头："当然可以。"

把汉那吉和五兰走进大厅，钟金哈屯一看，把汉那吉额头发亮，红光满面。五兰的脸上虽有愁容，但衣着整洁，一尘不染。

钟金哈屯莞尔一笑，她对王崇古说："让大人费心了。"

王崇古道："这都是圣上皇恩浩荡，本督只是奉命行事而已。"

钟金哈屯来到把汉那吉和五兰身边，告诉他们道："自从你们走后，一克哈屯日夜哭泣，茶饭不思；可汗也是精神恍惚，食不甘味，一家人都在盼望你们早点儿回去。"

把汉那吉的神情木然："这些天来，我也在不停地责问自己，我对不起额嬷格，也对不起额兀格。可草原留给我的除了伤就是痛，只有在这里我才找到自尊，找到自我，就让我像当年的浑邪王一样，在这儿平静地生活吧。"

浑邪王是匈奴时期的一个部落首领，因与汉朝交战大败，匈奴单于要将其处死。浑邪王走投无路，率部众投到汉朝，汉武帝刘彻封其为漯阴侯，食邑万户。

五兰忙说："喜鹊的巢穴在树上，溪水的归处在江河，我们的家乡是草原。额兀格和额嬷格都那么大年纪了，你就忍心让他们伤心吗？"

把汉那吉叹道："我们蒙古人有句谚语：好马登程难回头。请哈屯转告额兀格和额嬷格，就说吉儿不孝，对不起他们了。"

把汉那吉转身而去。

钟金哈屯拉住五兰的手，嘱咐道："好好照顾他，多开导他，可汗和银英哈屯都在苦苦盼望你们归来。"

五兰诚恳地说："自从到了大同，台吉比以前沉稳多了，只是他心中有个结，一旦这个结打开了就没事了。钟金哈屯放心，我一定劝他早日回到丰州滩。"

钟金哈屯点点头，她放开五兰，五兰随把汉那吉而去。

钟金哈屯重新坐下，她面向王崇古："王大人，把汉那吉从小就失去了父母，是祖母一克哈屯把他养大成人。如今一克哈屯已经老了，把汉那吉突然出走，这种打击对一个老人来说太残酷了。听说大人饱读圣贤之书，子曰：'教民亲爱，莫善于孝。'还望王大人成全。"

　　王崇古道："哈屯说得不错，可是，把汉那吉台吉不想回去，本督也不能强人所难哪！"

　　钟金哈屯嫣然一笑："大人差矣。圣人云：'不爱其亲而爱他人者，谓之悖德；不敬其亲而敬他人者，谓之悖礼。'大人眼看把汉那吉悖德悖礼而任其自流，这可与圣人之道南辕北辙呀！"

　　王崇古问："那哈屯以为本督应当如何呢？"

　　钟金哈屯目光凝重："'人之行，莫大于孝。'从善如流才不枉为圣人门徒。"

　　王崇古一拱手："哈屯出口便是子曰诗云、圣贤语录，本督佩服。本督可以从善如流，不过，阿拉坦汗在边境上陈兵十余万，本督担心就这么把把汉那吉送回去，明朝的百姓会认为朝廷软弱无能。本督倒没什么，可皇上怎么向天下臣民交代呢？"

　　钟金哈屯十分干脆："这个我可以说服可汗，我军后撤三十里，大人以为如何？"

　　王崇古郑重地说："既然哈屯如此爽快，本督就马上给朝廷上一道折子，请皇上恩准，让把汉那吉台吉早日与家人团圆。"

第十三章

　　明朝提出用白莲教的头目换把汉那吉，阿拉坦汗必然要在把汉那吉和白莲教之间作出抉择，此时挑明金銮殿的事，对赵全、吕明镇极为不利。

王崇古的奏折很快到了北京，隆庆皇帝高度重视，他立刻召集群臣商议此事。有人主张扣留把汉那吉，牵制阿拉坦汗；有人主张杀掉把汉那吉，惩戒阿拉坦汗。双方各说各的理，隆庆皇帝一时难以决断。

内阁大臣张居正出班道："陛下，微臣有不同看法。"

隆庆皇帝道："爱卿请讲。"

张居正高声道："微臣的主张就是八个字：怀柔羁縻，互市通贡。具体地说就是厚待把汉那吉，示恩于阿拉坦，然后重开边市，重开蒙古进贡的通道，招阿拉坦归顺朝廷，归于王化。"

互市用句通俗的话说，就是相互间做买卖。通贡即进贡，就是允许蒙古向明朝送礼。伟大光荣正确廉洁无私的大明天子，连人家送礼都不要。很明显，这是自欺欺人。明清两朝，名义上一些国家向中央王朝进贡，实际上中央王朝回赠的东西远比进贡的多，但是，历代皇帝都以天子自居，认为"四海之内，莫非王土，率土之滨，莫非王臣"，尤其是清朝，认为整个地球都是他们家的,什么英吉利国、法兰西国、美利坚国,都是其藩属国。可笑的是,这些藩属国从不把大清皇帝当干部,更不把大清皇帝当领导,没事就把大炮对准北京城。

"互市通贡"太敏感了,朝堂一片哗然——

"北房无信可言。陛下,断不可与之互市通贡!"

"陛下,拒绝与北房互市通贡乃先帝之策,不能更改。"

"与北房互市通贡,北房将更为强大。北房强大,朝廷何安?"

隆庆皇帝一拍龙椅的扶手:"不要吵!"

隆庆皇帝一指张居正:"爱卿接着说。"

张居正铿锵有力:"陛下,而今有三股势力在威胁天朝的稳定:其一是东南沿海的倭寇,倭寇烧杀抢掠,百姓深受其害。其二是白莲教,这些人神出鬼没,颠覆朝廷之心不死。其三就是北方的蒙古人,我朝建国二百多年,双方战事无数,但一直没能使其屈服。三件事看起来不相关联,可实际上相互交织,牵一发而动全身。微臣以为,如果把汉那吉这件事处理得当,其他两股势力就可迎刃而解。"

隆庆皇帝疑惑地问:"阿拉坦收留一批白莲教逆党这个朕知道,可是他与倭寇有关系吗?"

张居正道:"表面看没有直接关系,但当今蒙古,右翼最为强大,阿拉坦归服,北方即安。现在朝廷在塞上驻军数十万,如果北方安定,朝廷就可把这些驻军调往东南沿海,彻底剿灭倭寇。"

隆庆皇帝如梦方醒:"嗯,有道理……可是,互市通贡就能使阿拉坦归服吗?"

张居正表情庄重:"完全可能。早在前朝时期,阿拉坦就曾数次请求与朝廷互市通贡,甚至不惜称臣。这就是说,阿拉坦早有归顺朝廷、归于王化之心。只因当年严嵩在先帝面前百般阻挠,致使朝廷没有接纳阿拉坦,阿拉坦盛怒之下从大同一路打到北京城。然而,阿拉坦到了北京不但没有攻城,而且一炮也没放。"

张居正转过头对群臣说:"这说明什么?这说明阿拉坦还对互市通贡抱有希望,说明他没有把这条路彻底堵死。"

张居正又面对隆庆皇帝:"陛下,把汉那吉来降,恰恰给朝廷创造了一个千载难逢的机遇,我们正好与之重谈旧事。如果阿拉坦归服,朝廷就可责令其把丘富、赵全、吕明镇等白莲教头目押赴京城,白莲教逆党就可一网打尽。"

张居正话题一转:"但是,没有互市通贡这个基础,阿拉坦就不可能归服朝廷,他不归服就牵制朝廷数十万大军,陛下就没有兵力铲除东南沿海的倭寇,白莲教颠覆朝廷的活动也不会自消自灭。因此,微臣以为,互市通贡关乎国家的长治久安,请陛下三思。"

一个大臣道:"张大人之言似乎有几分道理,但这只是一厢情愿。当初阿拉坦不惜称臣以求互市通贡,其原因是右翼三部要吃没吃,要穿没穿,他想从通贡中得好处。可现在不同了,阿拉坦开发丰州滩,蒙古右翼兵精粮足,再用互市通贡诱其归顺,恐怕没那么容易。"

张居正反驳道:"你只说对了一半,阿拉坦兵精粮足是不错,可他们穿的还十分原始。因为朝廷二十多年没有卖给他们锦缎布匹,他们只能穿皮衣,盖皮被。冬天还好,一到夏天,皮衣、皮被不但闷热,还散发出难闻的膻气,互市通贡对他们仍有很大的吸引力。"

隆庆皇帝把手一挥:"天下间就没有容易的事,如果事事都容易,连国家的六部都可以裁撤了。朕意已决,就依张爱卿所奏。"

张居正跪倒叩头:"陛下圣明!"

丰州滩阿拉坦汗的大营内,阿拉坦汗得知明廷的意图,他久久下不了决心。大帐之中,阿拉坦汗背着手,一个劲儿地踱步。

银英哈屯抹着眼泪催促道:"可汗,互市通贡不是你几十年的夙愿吗?现在明廷不但要送还把汉那吉,还主动提出互市通贡,你还犹豫什么?"

阿拉坦汗摇了摇头:"明廷是有条件的,他们让我归顺。"

"归顺?你当年不是主动向朝廷称臣了吗?"

"那是过去。"

银英又哭起来了:"老三哪,你为什么走得这么早,把吉儿扔给我,你就不管了,这可让我怎么办?吉儿要是回不来,我也不活了……"

银英说的老三就是把汉那吉早逝的父亲。

阿拉坦汗有些焦躁:"你不明白,这不光是归顺的问题,明廷还要丘富、赵全、吕明镇等人,右翼三部能有今天,他们功不可没,尤其是丘先生,我总不能卸磨杀驴、过河拆桥吧?"

两个人正说着,"噔噔噔"刘四跑了进来:"可汗,丘富丘老先生在王宫工地被木料砸成重伤,生命垂危!"

阿拉坦汗的脑袋"嗡"的一声:"快!备马去工地。"

建汗城、筑王宫本由丘富负责,可丘富积劳成疾,阿拉坦汗就把这件事交给了赵全。赵全有一个愿望,就是把阿拉坦汗扶上皇位,从而达到他发展白莲教、壮大白莲教、推翻明朝的目的。赵全接手这项浩大的工程后,擅自扩大建筑规模,把银安殿改成了金銮殿。

银安殿和金銮殿有本质区别,银安殿是诸王的档次,而金銮殿却是皇帝的规格。

丘富得知后,气得胡子都翘了起来,他命家人用轿把他抬到工地。丘富一见赵全就责问:"赵全,你为什么擅自把王宫改成皇宫?"

赵全让丘富的家人在外面等候,他亲自把丘富搀进工棚。丘富坐下之后,赵全压低声音道:"先生,我有个天大的秘密告诉你,阿拉坦汗要用我们十几个白莲教的头领去换把汉那吉。据咱们的内线说,明廷已经列出了名单,上面第一个是你,第二个是我。"

丘富对明朝列名单的事并不怀疑,但他不相信阿拉坦汗会用白莲教的头目去换把汉那吉。从历史上看,历朝历代对来降的外藩贵族无不施以优厚的待遇,以显示天朝的宽容。以阿拉坦汗的睿智,他不可能想不到。

"不可能!我跟了可汗几十年,我太了解他了,他绝不可能把我们交给明廷。"

吕明镇在一旁帮腔:"先生,飞鸟尽,良弓藏;狡兔死,走狗烹。阿拉坦汗不但要用我们换回他的孙子,他还要投降朝廷呢!"

丘富喝问:"这是谁说的?"

赵全道:"是我们白莲教的密探打听到的。"

吕明镇说:"阿拉坦汗一旦投降朝廷,我们这些白莲教弟子一个也活不成。"

丘富问："可这与你们建金銮殿有什么关系？"

赵全低声道："先生，我们一直想保阿拉坦当皇帝，只要他称帝，我们白莲教就是开国元勋，白莲教就可进一步壮大。"

丘富喝问："所以你们建金銮殿？"

吕明镇诡异地说："金銮殿即将建成，如果阿拉坦出卖我们，我们就……就请辛爱黄当皇帝。辛爱黄与阿拉坦汗之间的矛盾由来已久，而且，辛爱黄早就想当皇太子。"

丘富经历的事情太多了，吕明镇的话一出口，他就明白了，让辛爱黄当皇帝，赵全、吕明镇这是要除掉阿拉坦汗哪！阿拉坦汗在塞上深得民心，深受蒙汉百姓拥戴，当年白莲教处于低谷时，阿拉坦汗收留了众多教徒，没有他，白莲教就算不被明廷铲除，也早就分崩离析了。

丘富气得浑身直抖："你们想把可汗怎么样？"

吕明镇看着丘富，一脸苦相地说："先生，我们这也是不得已，不然阿拉坦投降朝廷，我们白莲教就完了！"

丘富使劲戳着拐杖："住口！我们白莲教的宗旨既不是反蒙古，也不是反明廷，谁与老百姓过不去，我们就反谁。明廷与蒙古和平通商是造福百姓的大好事，我们只能拥护，绝没有反对的道理，你们这样做，我不答应！"

赵全强装笑脸："先生身体不好，不宜动怒，还请先生明示。"

丘富把火压了压："你们现在跟我去向可汗请罪，听候可汗发落。"

听阿拉坦汗发落？从阿拉坦汗以往的言行来看，他不是没有当皇帝的想法，只是他顾虑太多，他想与明朝保持较为良好的关系，以便从明朝得到生活必用品，如锅、碗、茶叶，尤其是布匹，但又不愿与蒙古大汗公开决裂。如果是平时，赵全先斩后奏，把银安殿扩建为金銮殿，阿拉坦汗很可能默许。可关键是现在的时间点不对，把汉那吉降明，银英哈屯整天哭哭啼啼，阿拉坦汗急于把把汉那吉接回草原。而明朝提出用白莲教的头目换把汉那吉，阿拉坦汗必然要在把汉那吉和白莲教之间作出抉择，此时挑明金銮殿的事，对赵全、吕明镇极为不利。

吕明镇不由得倒退两步，赵全给吕明镇使了个眼色："听先生的吧。"

丘富心中得到少许安慰："敢做敢当，这才是我们白莲教的弟子。"

出了工棚，丘富在前面走，赵全、吕明镇后面跟着。在经过木料堆时，吕明镇的心一动，他停住脚步，向赵全指了指堆积的木料，又咬了咬牙。赵全犹豫不决，吕明镇飞起一脚踹在木料堆上，几根圆木滚向丘富。丘富一回头，一根圆木已经到了丘富的脚后，"扑通"丘富仰面摔倒，"咣咣……"后面几根圆木相继撞在丘富的头上，血"刷"就流了出来。

赵全扑上去大叫："先生，先生……"

吕明镇假戏真唱："来人哪！丘先生被木料砸伤了。"

工地上的人们迅速围了上来，众人七手八脚地把丘富抬进工棚。

阿拉坦汗赶到工地时，已经过了半个多时辰。

阿拉坦汗破门而入，他几步来到床前，深切地呼唤："先生，先生，你醒醒，你醒醒……"

良久，丘富的眼睛慢慢睁开了，赵全和吕明镇的脸立刻都白了。

阿拉坦汗高叫："传医官！传医官！快传医官！"

赵全忙道："可汗，我已经派人去请医官了，医官马上就到。"

其实，赵全根本就没请医官。不过，他装得还挺像，赵全问吕明镇："医官怎么还没来？"

吕明镇恨不得丘富早死："我，我再叫人去请，医官马上来，马上来。"

阿拉坦汗对刘四道："你去，快把医官请来。"

刘四转身而去。

丘富的嘴唇翕动着，似乎要说话，阿拉坦汗把耳朵贴向丘富的嘴边。丘富断断续续地说："小心，小心……赵全、吕明镇……"

丘富的气息越来越弱。

阿拉坦汗心里一惊：小心赵全、吕明镇？难道他们要谋害我吗？阿拉坦汗想让丘富把话说完，可丘富的声音再也听不见了。

"先生，先生，先生啊……"

就在这时，狂风骤起，沙尘遮天蔽日，工棚"呜呜"作响，"喀嚓""喀嚓"……几棵碗口粗的大树被风刮断，接着"轰隆隆"一阵闷响，大地颤了几颤，屋里的人面面相觑，呆若木鸡，不知发生了什么事。

不一会儿，风停了，天空中飘起了雪花。渐渐地，空气变得清新起来，继而碧空如洗，阳光灿烂。

刘四带医官匆匆赶来，他一进工棚就惊叫："可汗，不好了，大殿倒了！"

阿拉坦汗走出工棚一看，不由得冒出一身冷汗，他望着不远处的大殿，眉头挑了几挑，眼睛瞪了几瞪，突然大喝道："来人！把赵全、吕明镇拿下！"

刘四以为自己听错了："可汗，拿谁？"

阿拉坦汗吼道："赵全、吕明镇！"

刘四带人一拥齐上，赵全和吕明镇被捆得结结实实。

赵全愣愣地问："可汗，这是为什么？"

吕明镇装腔作势："可汗，我们犯了什么罪，因何抓我们？"

阿拉坦汗二目圆睁："说！你们为什么要谋害我？"

赵全分辩道："可汗对臣恩重如山，臣何曾谋害可汗？"

吕明镇抵赖："可汗，冤枉啊，臣从没谋害可汗！"

阿拉坦汗用手点指："赵全呀赵全，一阵风都能吹倒的宫殿，如果我住进去，那还活得了吗？这不是谋害是什么？"

从种种历史资料上看，赵全主观上没有谋害阿拉坦汗的企图，就是到了后来，他被押回明朝，在严刑审讯的时候，他也没有一句对阿拉坦汗不恭的话，可见赵全对阿拉坦汗的感情。但是，王宫的地基是丘富按银安殿的规格设计的，赵全私自改动了王宫的设计方案，银安殿变成了金銮殿，金銮殿要比银安殿高大得多，加之为了赶工期，使这个王宫就成了一项豆腐渣工程。然而，事到如今，赵全就算有一千张嘴也说不清楚，他一下子瘫在地上。

吕明镇心存侥幸："可汗，大殿的事与我无关，我只是配合大卿施工，我冤枉啊！"

阿拉坦汗手指吕明镇："你们杀了丘先生还说冤枉？"

吕明镇一口否定："我没杀丘先生。"

"那先生是怎么死的？"

· 97 ·

"是，是木料堆坍塌致死的。"

"那木料堆为什么没有撞到你？"

"因为丘先生走在前面……"

阿拉坦汗打断吕明镇的话："所以你在后面推倒了木料堆，是不是？"

阿拉坦汗仿佛看到了一般，吕明镇张口结舌。

阿拉坦汗把参与修改施工设计的十几个人都抓了起来。回到大帐，他一会儿眉头紧锁，一会儿唉声叹气。

帐帘一挑，银英哈屯走了进来："赵全谋害可汗，吕明镇害死丘先生，事实跟山一样清楚，难道你还要把他们留在草原吗？"

阿拉坦汗的心情十分沉重："你想怎么样？"

银英救孙心切："马上把他们交给明朝，既能表达我们互市通贡的诚意，又能使吉儿早点儿回来，这不是两全其美吗？"

阿拉坦汗叹道："把赵全和吕明镇交给明廷，他们必死无疑啊。赵全、吕明镇都是不可多得的人才，我把他们送上断头台，以后中原的人才谁还敢来投奔我们。"

银英哈屯又哭开了："你不把赵全、吕明镇送上断头台，难道要把吉儿送上断头台吗？我的命怎么这么苦啊……"

阿拉坦汗宽慰银英："明廷那般厚待吉儿，他是没有危险的。钟金哈屯不是说了吗？你怎么不相信呢？"

正在这时，钟金哈屯走进帐中。见银英一把鼻涕一把泪，钟金哈屯问："一克哈屯为什么这般伤心？"

银英的眼睛肿着："可汗不顾吉儿的死活，一味包庇赵全、吕明镇，我活着还有什么意思……"

钟金哈屯的眉毛往上一挑："可汗，赵全不能留啊！"

一听钟金哈屯帮自己说话，银英止住哭声："你听见没？钟金哈屯都说赵全不能留。"

阿拉坦汗望着钟金哈屯："为什么？"

钟金哈屯道："可汗，你听我说……"

第十四章

　　太阳像一团火，烘烤着山川，烘烤着大地，野草垂下头，树叶无精打采，牛羊连草也不吃了，纷纷躲在阴凉地。钟金哈屯却跪在烈日之下。

　　钟金哈屯剖析赵全的一举一动："赵全图谋立可汗为帝，发展白莲教，居心叵测，一罪也；引诱辛爱黄向大汗请封，离间大汗与可汗，图谋不轨，二罪也；暗中在给大汗进贡的箱子里放匕首嫁祸可汗，大逆不道，三罪也；不经可汗同意，改银安殿为金銮殿，致使大殿被风吹塌，威胁可汗生命，四罪也；纵容吕明镇，害死丘先生，断去可汗膀臂，五罪也。可汗念及以往的情义，不忍杀他，而是把他交给明廷，这并不过分。可汗如果迟迟不决，那可就要养虎遗患了。"

　　阿拉坦汗长叹一声："唉！赵全作孽多端，这也是他咎由自取呀！"

　　银英哈屯睁大眼睛："还有吕明镇，还有那些白莲教的头目，他们都不要留在丰州滩，我不愿看到他们。"

　　阿拉坦汗和明廷又进行了几番接触，钟金哈屯再次前往大同，把赵全、吕明镇等十几个白莲教头目全部交给明廷。公元1570年（隆庆四年）阴历十二月，把汉那吉回到丰州滩。阿拉坦汗一看，把汉那吉不但毫发无损，反倒满面红光，精神焕发，他心中的一块石头终于落了地。

把汉那吉跪在阿拉坦汗面前："孙儿让额兀格担心了，孙儿错了，孙儿这里给额兀格叩头，请额兀格责罚。"

阿拉坦汗的心一热，眼泪掉了下来。中原就是礼仪之邦，把汉那吉在大同住了几个月，行为举止判若两人。

阿拉坦汗扶起把汉那吉，有点儿语无伦次地说："吉儿，我和额嫫格日夜为你担心，尤其是你额嫫格，你走这些日子，她天天以泪洗面。不过，坏事最终变成了好事，明蒙和平通商已经列入日程，我用了三十年都没有结果，你去了三个月，就发生了重大转机。将功补过，额兀格就不责罚你了。"

"我的孙儿呀……"银英哈屯哭着走了过来。

把汉那吉"扑通"跪在银英脚下："额嫫格，吉儿给你叩头。"

银英伏下身，捧着把汉那吉的脸："我的孙儿，快让额嫫格好好看看。"

老太太上一眼，下一眼，左一眼，右一眼："明廷威胁你没有？"

"没有。"

"明廷关押你没有？"

"没有。"

"明廷难为你没有？"

"没有，王崇古、方逢时两位大人对我特别好。"

银英把把汉那吉揽在怀中："我的孙儿呀，你可想死额嫫格了……"

银英失声痛哭。这是高兴的眼泪，这是欢喜的眼泪，这是幸福的眼泪。

几天后，各位台吉、各部首领齐集阿拉坦汗的大帐。

阿拉坦汗往下看了看："各位台吉、各部首领，今天把你们请来，是为了商量一件大事。"

阿拉坦汗看了看钟金哈屯，钟金哈屯点了点头。

大帐内安静下来，阿拉坦汗道："我们的日子正一天天好起来，有吃、有喝、有住，可是，大家看看我们身上的衣服，我们大多数人穿的是用羊皮做的衣服，这个季节倒没什么，可一到夏天，不但捂在身上难受，而且腥膻难闻，这是其一。其二，我们的人口越来越多，铁锅严重不足，一些部落连手扒肉都不能煮，甚至把石板烧热烤肉。其三，我们蒙古人以肉食为主，没有茶叶，口舌经常生疮，得一些莫名其妙的病。其四，诸如坛坛罐罐之类的器皿，我们很缺，生活十分不便。其五是我们草原上的女人没有护肤用品，致使容颜过早衰老……"

众人聚精会神地听着。

阿拉坦汗接着说："这些生活用品对我们来说十分奢侈，可对于明廷却再平常不过了。以前，我们跟明廷打，跟明廷抢，无数条鲜活的生命倒下了。一个将士战死，举家哀痛。谁没有父母？谁没有妻儿？所以，我才想与明廷互市通贡，但因各种原因没有成功。现在机会终于来了，我们不用拼命，不用流血，就可以得到绫罗绸缎，得到茶叶，得到锅碗瓢盆和化妆用品。有了这些，我们的生活就会更加舒适，我们草原上的女人就会更加漂亮，我们的日子就会更加幸福。大家说，这好不好？"

众人欢声雷动："好——"

达云恰问："阿爸，那明廷是不是有条件哪？"

"不错，他们是有条件。"

"什么条件？"

"归服明廷。"

阿拉坦汗的这句话一说完，下面立刻静了下来，空气仿佛凝固一般，人们刚才还激情如火，可眨眼间谁都不说话了。

突然，阿拉坦汗的弟弟昆都力高声道："这是投降！这是背叛大汗！背叛圣主！我决不同意！"

人们的目光一下子集中到阿拉坦汗的脸上。

阿拉坦汗的语态平和："人各有志，我不强求任何人，尽管你是我的弟弟。但我郑重地告诉大家，归顺明廷是我们最好的选择。"

昆都力的脸色铁青："把这个最佳选择留给你吧。"说完，他转身而去。

据史料记载，昆都力和他的部落从此脱离右翼，迁往张家口北部很远的草原。

大帐中的空气异常压抑，钟金哈屯站了起来："各位，有人说可汗背叛大汗，背叛圣主成吉思汗，可我跟大家说一件事，明廷不仅属于汉人，也属于我们蒙古人。"

人们窃窃私语——

"这话从哪儿说起？"

"明廷跟我们蒙古人有什么关系？"

"明廷是汉人的，怎么成我们蒙古人的了？"

钟金哈屯解释道："我们都知道，现在北京城里坐的是隆庆皇帝。可是，隆庆皇帝是谁呢？这个大家可能不太清楚，我可以明确地告诉大家，隆庆皇帝就是我大元惠帝妥欢帖穆尔的九世孙。"

妥欢帖穆尔死后有两个谥号，一个是惠宗，一个是顺宗。惠宗是元室后裔追谥的，顺宗是朱元璋给加的。惠宗是郑重其事的谥号，顺宗却有几分调侃和诙谐。明太祖朱元璋攻打大都（北京）时，元惠宗没有进行有效的抵抗就逃往上都（内蒙古正蓝旗），后又跑到应昌府（内蒙古克什克腾旗）。因此，朱元璋轻而易举地拿下北京城。如果妥欢帖穆尔死守北京，那必是一场恶战，胜负是难以预料的，至少元朝不会那么快被倾覆。对妥欢帖穆尔弃城而走，朱元璋说他知道顺天命退避到草原，所以把他惠帝的谥号改为顺帝。

下面一片哗然——

"隆庆皇帝是我们蒙古人的后代，这怎么可能？"

"隆庆皇帝是惠帝的九世孙，这是从哪儿论的？"

"汉人怎么成了我们蒙古人的后代？"

阿拉坦汗摆了摆手："大家安静，钟金哈屯读的书多，听她说下去。"

钟金哈屯朗声道："大家可能不信，但这千真万确。二百多年前，明太祖朱元璋攻进北京城，惠帝的妃子格勒台哈屯因有了三个月的身孕，没来得及出逃，朱元璋见其貌美绝伦，便把她纳为妃子。孩子降生之后，深得朱元璋的喜欢，朱元璋给这个孩子取名朱棣，朱棣就是后来的永乐皇帝。也就是说，朱棣是名正言顺的黄金家族后裔。如今的隆庆皇帝是永乐皇帝的八世孙,也就是我大元惠帝的九世孙。"

各台吉、首领顿时瞠目结舌。

钟金哈屯道:"可以说,大明的天下就是我们蒙古人的天下。"

阿拉坦汗补充道:"明廷将这件事视为最高机密,如今年代久远,知道的人就更少了。我之所以要归服明廷,这是其中一个重要因素。"

大帐中的空气又活跃起来——

"我们打了二百多年,原来是一家人内讧啊!"

"既然隆庆皇帝是咱蒙古人的后代,这就好说了。"

"如果隆庆皇帝真是黄金家族的后裔,称臣倒也无妨。"

关于永乐皇帝朱棣的身世、出生年月,一直是史学界的谜。朱元璋攻入北京,也确实把元惠帝的一个妃子收在身边,然而,《明史》却没有记载这个妃子。按《明史》所说,朱棣是马皇后所生,是朱元璋的第四子。朱棣能征善战,文武兼备,在朱元璋的几个儿子中最为出色,朱元璋一直都很赏识他。朱棣的三个哥哥死得早,如果朱棣真是马皇后亲生,以朱棣的才干,朱元璋应该把天下传给他,可朱元璋却传了他的长孙朱允炆。朱允炆的文治武功都与朱棣有很大差距。舍子传孙,这是第一谜;舍强传弱,这是第二谜;舍能传拙,这是第三谜。而蒙古史料《蒙古源流》和《黄金史纲》都认定朱棣是元惠帝的遗腹子。

类似的事在成吉思汗身上也发生过,成吉思汗十六岁时,原配夫人孛儿帖被蔑儿乞人掳走,大约十个月,成吉思汗打败蔑儿乞部,在夺回妻子的途中,术赤降生。到底术赤是不是成吉思汗的儿子,不通过 DNA 检测,恐怕只有神仙才能知道。虽然成吉思汗一直把术赤当成长子,术赤也是战功赫赫,但在接班人问题上,成吉思汗却把术赤排除在外。

在钟金哈屯的说服下,除了昆都力之外,右翼各部都同意臣属明朝。

阿拉坦汗的称臣表一到北京,整个紫禁城都沸腾了。本来是五更上朝,听到这一重要消息,四更刚过就有大臣来到殿外等候了。

"上朝——"

随着太监的一声高喊,群臣走进大殿。

"吾皇万岁，万岁，万万岁！"

"各位爱卿平身。"

群臣参拜已毕，隆庆皇帝整理一下衣冠，道："北人阿拉坦上表，请求称臣，此乃我朝开国二百多年之盛事也！现在大局已定，一些细节问题大家再商议一下。"

隆庆皇帝吩咐殿前太监："把王崇古的奏折念一遍。"

太监高声道："……第一，赏赐官爵。右翼诸部，阿拉坦为尊，宜赐王号。鄂尔多斯、永谢布两个大部落之首和阿拉坦汗的长子辛爱黄应授以都督同知之职，其他小部落及阿拉坦子孙等四十六支宜授都督指挥使，阿拉坦诸婿十余支宜授千户；

第二，定贡额。每岁入贡一次，贡马不得过五百匹，人数不得过五百人，朝廷按市价回赠布匹等生活用品；

第三，议贡期、贡道。一年两次通贡，春季和陛下圣诞之日各一次，人马都由大同入境，进京走居庸关；

第四，立互市。先开宣府、张家口和山西水泉营三市，按照当年弘治皇帝之时，达延汗通贡之法，每年四次互市，每季度第二个月初一为互市日；

第五，议抚赏。维护边市的军兵每人每年可赏布二匹，校尉可赏绸缎二匹；

第六，议归降。通贡后，再有逃往塞外的汉人阿拉坦一律不得收留，朝廷对叛逃而来的蒙古人也予以遣返；

第七，审经权。朝廷有权审查来往商贩的身份；

第八，戒矫饰。双方通贡不得有欺诈行为。"

都督同知是从一品的武官，都督指挥使是正二品。后来，把汉那吉被授予都督指挥使。

满朝文武听了王崇古的奏折都表示同意："王大人考虑周到，这八条切实可行！"

隆庆皇帝点点头，他问："王崇古奏请阿拉坦封王，各位爱卿以为应该封阿拉坦什么王合适？"

张居正道:"陛下,臣听说塞上的蒙汉百姓称阿拉坦为顺义英主,顺义就是顺应正义,顺应人心,顺应历史潮流,顺应天地万物之理。阿拉坦归服朝廷正是顺义之举,就封阿拉坦为顺义王如何?"

隆庆皇帝表示满意:"好,就封阿拉坦为顺义王。"

群臣高呼:"陛下圣明!"

公元1571年(隆庆五年)阴历三月,隆庆皇帝正式册封阿拉坦汗为顺义王。七月,隆庆皇帝接受阿拉坦汗的谢表,蒙古右翼全部接受明朝中央王朝的领导。不久,沿边多处马市开放,史书上称之为"隆庆和议"。

隆庆和议结束了蒙汉两族二百多年的战争态势,增进了蒙汉人民的物质、文化和感情交流,促进了中华民族的融合,实现了蒙汉百姓求安宁、求发展的愿望。史书载,边民常常是"醉饱讴歌,婆娑忘返"。明朝内阁首辅大学士高拱感慨地说:"数月之间,三陲晏然,无一尘之扰,边民释戈而荷锄,关城熄烽而安枕,此自古希觏之事,而今有之。"

"隆庆和议"钟金哈屯起了重要作用,直到公元1634年北元蒙古帝国灭亡,这六十多年时间里,"东自海冶,西尽甘州,延袤五千里,无烽火之警","戎马无南牧之儆,边氓无杀戮之残,师旅无调遣之劳",中国北方出现了历史上少有的和平与繁荣。

这是后话,暂且不提。

明蒙通商,阿拉坦汗封王,可钟金哈屯的心仍是放不下。晚上,阿拉坦汗躺在榻上,钟金哈屯道:"通商之事虽然已经启动,可我担心咱们的人肆意妄为,一旦与汉人发生争执,朝廷停止互市,那可汗几十年的心血就会像风一样无影无踪。"

阿拉坦汗坐了起来:"这确实是个问题,你有什么打算?"

钟金哈屯拿出一张纸:"可汗,我写了九条禁令,你看行不?"

阿拉坦汗接过一看,上面写道:一、杀人掠货者,斩;二、强买强卖者,斩;三、欺行霸市者,斩;四、聚众斗殴、扰乱边市者,斩;五、盗取汉人货物者,鞭十七,按所盗之物十倍赔偿……

阿拉坦汗道:"好!明天就把这九条禁令通告各部。"

阿拉坦汗拉过钟金哈屯的手，嘱托道："哈屯，我已经老了，你年轻有为，深谋远虑，以后右翼的事你就多操点儿心吧！"

边市开放之日，人挤人，人挨人，人碰人，蒙古民换取汉民的布匹和日用品，汉民换取蒙古民的牲畜和皮货。钟金哈屯常常亲临主持，史书载，她"勒精骑，拥胡姬，貂帽锦裘，翱翔塞下"。也就是说，在互市的时候，钟金哈屯骑着高头大马，在一些女兵的簇拥下，她头戴貂皮帽，身披锦袍，在边市上来往巡查。

沿边贸易十分活跃，就连内地的商贾也纷纷来到塞上。钟金哈屯觉得一年四次互市太少，她向明廷建议改为一月一次。可是，一月一次仍不能满足百姓的需求，明蒙双方再次商定，每月初一为大市，十五为小市，全年开放二十四次。互市的边镇也由三个增加到十一个。明蒙百姓无不叫好，钟金哈屯也赢得了边民的一致拥戴，因为她是阿拉坦汗的第三位哈屯，汉人亲切地称她为三娘子。

这天，钟金哈屯正在边市巡查，刘四跑来："哈屯，小王子病了，可汗请你马上回去。"

刘四说的小王子就是钟金哈屯的儿子布塔失里。

钟金哈屯并没放在心上："你先走吧，罢市之后，我就回去。"

刘四擦了一把脸上的汗："哈屯，你快回去吧！小王子病得很重，从早晨到现在，一直昏睡不醒。"

钟金哈屯一惊："这么严重？"

刘四急切地道："是啊，要不可汗也不会让我来。"

钟金哈屯快马加鞭回到丰州滩老营，她来到榻前一看，见小布塔失里两眼紧闭，脸色蜡黄，嘴唇发紫。

钟金哈屯抱起孩子："孩子，孩子……"

小布塔失里连眼皮都不动，钟金哈屯问："传医官了没有？"

阿拉坦汗的手一抖："医官熬了几服药，可喂不下去，一灌进去孩子就吐。"

钟金哈屯头上的汗立刻就下来了，她放下孩子，着急道："这，这可怎么办？"

银英哈屯在一旁道:"鄂尔多斯有个萨满特别灵验,把他请来给孩子看看吧。"

阿拉坦汗吩咐刘四:"你快去,越快越好。"

刘四答应一声,跑了出去。

自匈奴时期,草原就有萨满,人们往往通过萨满祭天祈福,驱鬼招魂,后来发展为萨满教。萨满也称巫神,巫神有男有女,一般都是由老萨满在本氏族中物色具有神相的青年人,然后举行"领神"仪式,一个新萨满就产生了。

阿拉坦汗时代,草原各部都有萨满的祭天台。通常是萨满站在台上,与天神对话,为病人禳病消灾。

萨满很快来到土默特大营,他看了看小布塔失里道:"杀马祭天吧。"

杀马祭天是萨满教祈祷的一种方式。

阿拉坦汗让人杀了马,把马头和马血供在祭台上。萨满洗了三遍手,漱了三遍口,然后戴上黑色神帽,身披五彩神衣,腰挂铃铛,脚踏云靴。左手持鼓,右手拿鞭,手中鼓鞭并舞,嘴里念念有词。

可无论萨满如何祷告,小布塔失里就是不睁开眼睛。

钟金哈屯望着自己的孩子,泪流满面。

整整七天过去了,阿拉坦汗换了四个萨满,小布塔失里不但不见好转,反而呼吸越来越弱,钟金哈屯急得满嘴是泡。

太阳像一团火,烘烤着山川,烘烤着大地,野草垂下头,树叶无精打采,牛羊连草也不吃了,纷纷躲在阴凉地。

钟金哈屯跪在烈日之下,祈求道:"长生天,万能的菩萨,求你们救救我的儿子……"

阿拉坦汗也跪下了:"长生天,求你救救我的孩子吧……"

两个人从中午一直跪到太阳偏西。

这时,钟金哈屯的侍女花丹跑了过来:"可汗,哈屯,阿兴活佛来了。"

"师父!"钟金哈屯心中立刻燃起希望。

第十五章

　　从此，藏传佛教就像雨后的山野，一片葱茏。从蒙古草原到青海、西藏，处处都能听见诵佛之声。蒙古民族强悍骁勇的性格，逐渐变得宽容柔和。

　　阿拉坦汗和钟金哈屯把阿兴活佛接进大帐，此时，小布塔失里已经奄奄一息了。

　　阿兴活佛翻了翻孩子的眼皮，又摸了摸胸口，他迅速从怀中取出一个小皮囊，打开它，从里面倒出一捏药粉放在孩子的鼻孔前。阿兴活佛轻轻一吹，药粉飞入了小布塔失里的鼻孔中。

　　人们都屏住呼吸，目光集中在阿兴活佛的脸上。阿兴活佛盘腿而坐，双手合十，眯起眼睛，念起经来。

　　"啊欠"小布塔失里的喷嚏声不大，可在阿拉坦汗和钟金哈屯听来，不亚于一声春雷。

　　阿拉坦汗惊道："里儿！"

　　钟金哈屯抓住布塔失里的小手："我的孩子……"

　　小布塔失里微微睁开眼睛，声音很弱："额吉，我要喝水。"

　　阿拉坦汗抢先道："快！拿水来。"

花丹立刻端过一碗水。

小布塔失里"咕嘟咕嘟"都喝了下去："额吉，我饿。"

"我去给小台吉做饭！"花丹跑了出去。

钟金哈屯跪在阿兴活佛面前："谢谢师父！谢谢师父！"

阿拉坦汗以手抚胸，深深地给阿兴活佛鞠了一躬："活佛，太谢谢你了。来人！再杀十匹马，感谢长生天！"

阿兴活佛问："可汗要干什么？"

阿拉坦汗道："长生天派活佛来给我儿子治病，我要杀马祭天哪！"

阿兴活佛摇了摇头："阿弥陀佛，可汗，上天有好生之德，我佛慈悲，杀生是第一戒呀！"

阿拉坦汗一拍脑门："哎哟！我怎么把这事忘了，真是老糊涂了，老糊涂了。"

在阿兴活佛的精心治疗下，小布塔失里一天天好起来。傍晚，阿拉坦汗和钟金哈屯来到阿兴活佛帐中。

钟金哈屯兴高采烈地说："师父，小布塔失里已经能下地玩了，他的病全好了。"

阿兴活佛盘腿而坐："万般皆有定数，因因果果，果果因因。你是我的徒儿，可汗又与佛有深厚的因缘，给小布塔失里诊治，师父责无旁贷。"

阿拉坦汗兴奋地说："上次在瓦剌时，活佛就答应我与尊师相见，不知何时才能与尊师一晤？"

阿兴活佛一笑："两年前，可汗施舍黄金五百两，白银三万两，为我佛重修庙宇。如今庙已经动工，建成之时，我请师父来为庙宇开光，也请可汗大驾光临，可汗定会与师父相见的。"

阿拉坦汗喜出望外："好！我去，一定去，一定向尊师索南嘉措活佛讨教。不过，既然索南嘉措活佛要亲自为庙宇开光，那就该把这座召庙建得更宏大一些。这样吧，叫我的四子丙兔和切尽台吉带一批工匠和银两，早日把庙修好，也使我早日见到尊师。"

阿兴活佛道："善哉善哉。可汗功德无量，功德无量啊！"

阿拉坦汗一转话题："活佛，我听说佛家有三宝、八戒，什么是三宝？"

钟金哈屯把话接过去："可汗，三宝就是佛、法、僧。"

阿兴活佛面带微笑："不错，简单地说，三宝就是佛、法、僧。具体地说，就是我佛弟子，以佛为至尊，不信旁门他教，比如萨满。同时，敬佛法，不伤害一切生灵，所谓'扫地恐伤蝼蚁命，爱惜飞蛾纱罩灯'。再有就是我佛弟子要相亲相爱，相互关照。"

阿拉坦汗手捋胡须："噢！我明白了，那什么是八戒呢？"

阿兴活佛一脸慈祥："八戒就是八条戒律：不杀生，不偷盗，不奸淫，不枉谈，不饮酒，不信他教，不与非同道者为友，不损人利己。凡我佛门弟子，必须遵守八戒，悉心修炼，方成正果。"

阿拉坦汗连连点头："这八戒定得好，定得好啊！如果人人都能如此，天下便是清平世界了。"

阿拉坦汗又问："活佛，我还见你嘴里总是念念叨叨，说的都是什么呀？"

阿兴活佛解释道："这是佛家六字箴言：'唵、嘛、呢、叭、咪、吽'。众生分为六道：天上、人间、修罗、畜牲、饿鬼和地狱。天上就是天堂，修罗就是魔鬼世界，众生通常按此六道轮回。我佛弟子多做善事，默念六字箴言就可免除六道轮回之苦，死后步入天堂极乐世界。"

阿拉坦汗越听越感兴趣："嗯，那如果我信了佛，死后也能步入极乐世界吗？"

阿兴活佛道："凡芸芸众生，笃信我佛，潜心向善，默念六字箴言，无一不能步入极乐世界。"

阿兴活佛又向阿拉坦汗讲佛祖释迦牟尼的成佛经历和释迦牟尼割肉喂虎的故事，阿拉坦汗听得十分认真，三个人一直谈到四更天。

阿拉坦汗兴致极高，毫无睡意："佛法无边，确实了不起，要是能把佛请到草原，教化众生，让百姓都沐浴在佛光之下就好了。"

阿兴活佛双手合十："阿弥陀佛，善哉善哉……"

阿拉坦汗上表给隆庆皇帝，请求朝廷派工匠来丰州滩，一方面重新修建被大风吹倒的宫殿，另一方面广建佛寺，请阿兴活佛说佛事，讲佛理，普度众生。隆庆皇帝不但派来大批工匠，还送来无数佛经，阿拉坦汗和钟金哈屯深为感激。

汗城王宫建成，阿拉坦汗取名为大板升城，这就是现在矗立在大青山中段、包头市东五十公里的美岱召。几个月后，阿拉坦汗把自己的领地称为蒙古金国，后改为大明金国。

蒙古金国就是北元蒙古帝国之下的一个诸侯国，大明金国则一语双关：阿拉坦是金子的意思，也可以解释为光明，大明金国意为阿拉坦汗主导的王国欣欣向荣、政治清明；另一层意思是，阿拉坦汗的王国是大明王朝之下的诸侯国。由此可见阿拉坦汗对明朝政府的诚意。

大板升城南抵黄河，北靠大青山，发展空间狭小，阿拉坦汗又决定在大板升城东二百里外建一座新城。

公元1575年（万历三年）阴历五月，新城竣工。此时，一克哈屯银英已经故去，阿拉坦汗携钟金哈屯搬进城中的新王宫。因为新城用青石砌成，人们称之为库库和屯，亦作呼和浩特，汉语的意思就是青色的城。八月，阿拉坦汗和钟金哈屯上疏给万历皇帝，请求为呼和浩特赐名，十月，万历皇帝赐呼和浩特为归化城，归化城之名一直延续到新中国成立。后来，国家出于对少数民族的尊重，把归化城改回原名——呼和浩特。

公元1577年（万历五年）阴历三月，阿拉坦汗的四子丙兔在日月山东克寺旧址上，建起了一座新的藏传佛教寺院——察卜齐雅勒庙，万历皇帝赐名为仰华寺。第二年阴历五月，在阿兴活佛的安排下，阿拉坦汗和钟金哈屯率各台吉、首领来到仰华寺参加开光仪式。不过，有两个人没有来，他们就是辛爱黄和把汉那吉。

三天之后，索南嘉措和阿兴活佛及数百弟子也到了。

索南嘉措头戴黄色喇嘛帽，身披猩红色袈裟，项挂念珠，手持法器，面如三秋明月，一把花白的胡须，两只眼睛炯炯放光。

阿兴活佛一指阿拉坦汗向索南嘉措介绍道："师父，这位就是顺义英主阿拉坦汗。"

索南嘉措双手合十："阿弥陀佛。"

阿拉坦汗道："久闻活佛圣名，今日一晤，真是三生之幸。"

钟金哈屯赶紧上前："钟金叩见师祖，叩见师父。"

索南嘉措问阿兴活佛："这位就是你的徒儿钟金吗？"

阿兴活佛道："正是，师父。"

索南嘉措一摆手："平身吧。"

禅房之中，双方落座。

阿拉坦汗送给索南嘉措的布施极为丰厚：有五色彩缎百匹、布帛五千匹、金鞍玉辔的白马十匹、牲畜五千匹，最引人注目的是一个用三十两黄金打造的金碗，碗中满满的，全是宝石。

阿拉坦汗问："阿兴活佛多次说我与佛家有极深的渊源，还请索南嘉措活佛像北斗星一样为我指明方向。"

索南嘉措念了几段经文，又屈指算了算，他眼前一亮："阿弥陀佛，可汗乃忽必烈汗转世，忽必烈汗与我佛之慧缘，就是可汗与我佛的渊源哪！"

钟金哈屯一惊，忽必烈是大元世祖，是蒙古帝国的大汗，索南嘉措师祖说阿拉坦汗是忽必烈转世，难道有什么寓意吗？

忽必烈是成吉思汗的孙子，是拖雷的次子，是蒙哥汗的二弟。蒙古皇族入主中原之前，并不设立太子，前任大汗可以提名接班人选，但必须由全蒙古的库里台大会通过。库里台大会相当于今天的全国人民代表大会，各部落首领相当于人大代表。只有多数代表同意才能当选，否则前任大汗的遗诏也不算数。自成吉思汗死后，历任大汗窝阔台、贵由和蒙哥都是如此。可是蒙古帝国面积太大，大汗死后，消息送到各地一来一回就得几个月，加之选大汗一职关系国家命运，所属各汗国及各部落要充分酝酿，所以，先汗死后，库里台大会难以在短时间内召开。然而，国家不可一日无主，这就需要有人代行大汗职责。

忽必烈称汗前，每位大汗崩逝都有一个人监国——成吉思汗死后，其四子拖雷监国；窝阔台汗死后，其夫人乃马真监国；贵由汗死后，其夫人海迷失监国。公元1259年阴历八月，蒙哥汗在攻打南宋襄阳时被炸受伤，不久归天。蒙哥汗死后，没有记载监国者，但从史料上分析，应该是坐镇蒙古帝国首都哈拉和林（蒙古国境内前杭爱省西北）的阿里不哥监国。

蒙哥、忽必烈、旭烈兀和阿里不哥是一奶同胞，亲兄弟四个。阿里不哥请忽必烈回草原参加大选。当时，蒙古帝国下辖四大汗国，即钦察汗国、察合台汗国、窝阔台汗国和伊儿汗国，外加忽必烈统治的长城以南、长江以北地区。忽必烈率军走到开平，也就是今天的内蒙古多伦，他停止不前，大军一驻就是三个月。公元1360年阴历三月二十四，在一些中原儒臣的怂恿下，忽必烈召开了一个没有四大汗国参加的库里台大会，他被立为大汗。这也说明忽必烈对自己参选蒙古大汗没有信心。

忽必烈这种以"地方人民代表大会"取代"全国人民代表大会"的做法，完全背离了蒙古帝国的传统，蒙古各部强烈反对。阴历四月，"全国人民代表大会"在首都哈拉和林选举阿里不哥为大汗，蒙古帝国出现了一国两汗。虽然忽必烈是阿里不哥的亲哥哥，但在权力面前，亲情就像废纸一样不堪一击。阿里不哥不承认忽必烈，忽必烈也不承认阿里不哥。那怎么办？打呗！

兄弟俩一打就是四年，忽必烈获胜。阿里不哥被软禁，两年后他莫名其妙地死了，后人都怀疑阿里不哥被毒杀，但只是怀疑，找不到任何证据。

忽必烈的主要精力在中原，他从草原撤到大都北京。公元1271年，汉臣智囊们又给忽必烈出主意，忽必烈建国号为元，公元1279年，忽必烈灭南宋一统华夏。

元朝东至库页岛，西逾新疆，北抵北冰洋，南达南海诸岛。元朝疆域的确很大，但对于囊括四大汗国的蒙古帝国来说，元朝也就是第五汗国，是个小朝廷。忽必烈把自己当成是全蒙古的大汗，可除了伊儿汗国和他自己，其他三大汗国都不承认忽必烈的正统地位，后来伊儿汗国也离他而去。

忽必烈得不到四大汗国的承认，就想得到宗教的承认。人是敬神的，如果神仙承认，四大汗国就不敢不承认。于是，忽必烈把藏传佛教的红教立为国教，封教主八斯巴为国师、天下宗教的领袖。投之以桃，报之以李。八斯巴认定忽必烈是文殊菩萨化身，是"转千金法轮咱克喇瓦尔第彻辰汗"。"法轮"是佛家法器，无坚不摧；"转千金法轮"应是意译梵语，意为法力无边；"咱克喇瓦尔第"是音译梵语，是转轮圣王，是佛教中天下的统治者；"彻辰汗"是蒙古语，是睿智帝王。"转千金法轮咱克喇瓦尔第彻辰汗"简单地翻译就是宇宙之王。

阿拉坦汗主导的蒙古右翼那么强大，如果说他没有当蒙古大汗的想法是不符合常理的。但他不篡位，不夺权，更不叛乱造反。他厌倦战争，不想打仗，可野心、雄心并没泯灭。索南嘉措把阿拉坦汗比为忽必烈，就是把阿拉坦汗尊为藏传佛教的最高领袖。蒙古大汗是行政上的大汗，阿拉坦汗就是宗教上的大汗。阿拉坦汗以神的名义主宰草原，这才是他与索南嘉措相见的真实意图。

索南嘉措一句话，阿拉坦汗就成神了。索南嘉措说阿拉坦汗是忽必烈的化身也有他的考虑。西藏、青海当时统称土伯特，这里曾是元朝领土，元室皇族退出中原时，北元蒙古帝国自顾不暇，失去了对土伯特的统治。土伯特各派纷争，明朝的势力也曾一度到达这一地区，但因环境恶劣，没能有效控制，因此，土伯特一直处于部落割据的无政府状态。藏传佛教虽然渗透到每个角落，但派别很多，群龙无首，索南嘉措领导的黄教只是其中一支。

索南嘉措要使自己的黄派处于藏传佛教的统治地位，就必须借助外援。明朝以天朝自居，这棵大树太高，索南嘉措攀不上。蒙古草原整体分裂，局部统一，只有和阿拉坦汗抱团取暖，才能相得益彰，互利共赢，各得其所。应该说，索南嘉措早注意到了阿拉坦汗。

阿拉坦汗反应迅速，他立刻道："我是忽必烈汗转世，莫非索南嘉措活佛是八斯巴活佛转世吗？"

索南嘉措双手合十："阿弥陀佛，可汗慧通大海，睿智无边哪！"

两个人心照不宣，都明白了。

阴历五月十五这天，蒙、藏、汉等各族佛教信徒十万余人齐聚仰华寺参加开光仪式。

阿兴活佛高声道："现在请可汗向索南嘉措活佛赐尊号。"

按照事前的准备，阿拉坦汗道："索南嘉措活佛是忽必烈汗时期的八斯巴帝师转世，他苦修佛法，法力无边，普度众生，四海仰望，今赐索南嘉措为'圣识一切瓦齐尔达喇达赖喇嘛'。"

"圣识一切"应是意译的梵语，就是世间万物无所不知；"瓦齐尔达喇"是音译的梵文，意为"执法金刚"，是佛教中的护法神；"达赖"是蒙古语的"大海"；"喇嘛"是藏语"上师"。"圣识一切瓦齐尔达喇达赖喇嘛"简单地说，就是万事万物的护法佛。

　　"圣识一切瓦齐尔达喇达赖喇嘛"简称达赖，这就是达赖喇嘛的由来。索南嘉措十分谦虚，他追认自己的师祖根敦朱巴为一世达赖喇嘛，他的师父根敦嘉措为二世达赖喇嘛，索南嘉措谦称三世。

　　众信徒口念六字箴言，向索南嘉措行五体投地礼。

　　阿兴活佛又道："下面请索南嘉措活佛为可汗敬尊号。"

　　索南嘉措声如洪钟："阿拉坦汗乃忽必烈汗的化身，雄才伟略，体恤众生，声震环宇，八方仰慕，实为'转千金法轮咱克喇瓦尔第彻辰汗'。"

　　阿拉坦汗就是忽必烈汗，忽必烈汗就是阿拉坦汗。阿拉坦汗正式成为藏传佛教的最高领袖，是宇宙之王，而索南嘉措只是宇宙王的护法神。

　　众信徒转而向阿拉坦汗行五体投地礼。

　　索南嘉措还认定钟金哈屯是多罗菩萨转世。多罗菩萨是观音菩萨二十一个化身中的一个。

　　最后，阿兴活佛高声道："各位佛门弟子，各位施主，阿拉坦汗是忽必烈汗转世，达赖喇嘛是帝师八斯巴的化身，他们就是我们草原的太阳和月亮，他们的光芒，将照亮雪山和草原的每一个角落，众生从此将脱离苦海，永享太平。"

　　索南嘉措给了阿拉坦汗一个支点，阿拉坦汗把地球撬了起来。凭借仰华寺法会，阿拉坦汗以宗教形式，把西藏、青海和蒙古草原统一于自己的领导之下。阿拉坦汗的夙愿实现了，索南嘉措的梦想成真了。从此，藏传佛教就像雨后的山野，一片葱茏。从蒙古草原到青海、西藏，处处都能听见诵佛之声。蒙古民族强悍骁勇的性格，逐渐变得宽容柔和。

　　这天，索南嘉措正在给阿拉坦汗和钟金哈屯讲经，把汉那吉慌慌张张地跑了进来："额兀格，额兀格？"

　　阿拉坦汗抬起头："吉儿，你不在丰州滩，怎么跑到仰华寺来了？"

隆庆和议之后,把汉那吉仿佛一下子成熟了,他在阿拉坦汗耳边低声说:"额兀格,出大事了,伯父辛爱黄调集各部人马,要出其不意地进攻大同!"

阿拉坦汗的眉头一皱:"你听谁说的?"

把汉那吉道:"是扯力克告诉我的。扯力克苦劝辛爱黄伯父,可伯父根本不听,他说,要趁额兀格不在丰州滩之际,一举拿下大同。伯父还说,如果顺利,他就杀奔通州,打进北京城!"

阿拉坦汗捻佛珠的手越来越快:"这个畜生,难道他忘了在瓦剌挨的那一刀吗?吉儿,你马上回去,就说我说的,他要敢动一兵一卒,我就像宰只羊一样处死他!"

盘坐在一旁的达赖喇嘛道:"阿弥陀佛,杀生是佛门第一戒,可汗还是不要轻易言杀呀!"

钟金哈屯深感情况严峻:"明蒙通商来之不易,如果战争爆发,可汗几十年的心血就会像风一样无影无踪。辛爱黄只怕可汗一人,如果可汗不回去,后果不堪设想!"

把汉那吉也说:"是啊,额兀格,你快回去吧。"

阿拉坦汗望着达赖喇嘛,达赖喇嘛说:"救人一命,胜造七级浮屠。可汗能挽救成千上万条生命,功德无量啊!"

阿拉坦汗一跃而起:"备马!回丰州滩。"

第十六章

　　我想告诉你，佛家八戒的第一戒是不杀生。我虽信了佛，可难保我不破杀戒。你明白吗？

　　右翼蒙古有鄂尔多斯、土默特和永谢布三个万户，永谢布有个台吉叫庄秃赖，隆庆和议中，他嫌明朝给他的官小。趁阿拉坦汗和钟金哈屯西赴仰华寺之机，庄秃赖来找辛爱黄。

　　几年前，辛爱黄大战铁木尔，因违反军规，阿拉坦汗将他处斩。可是，他个头太高，刽子手踩着石头行刑，结果一刀没砍下他的人头。钟金哈屯好说歹说，阿拉坦汗才饶辛爱黄一死。虽然辛爱黄的命保住了，可伤得不轻，足足一年才恢复过来。此后辛爱黄回到自己的封地，不再参与右翼政事。

　　庄秃赖二十六七岁，头大如斗，一对斗鸡眉，两只金鱼眼。见辛爱黄正吹着口哨逗鸟，庄秃赖走上前："辛爱黄叔叔好悠闲哪！"

　　辛爱黄回头看了看他，又接着逗鸟："老爷子给我一刀，我吃饭的家伙差点儿没了；我喜欢听赵全讲故事，赵全也被朝廷处死了。除了悠闲，我还能干什么？"

　　庄秃赖的眼睛转了转，他也拿一根草棍来逗鸟："长生天不知道是怎么安排的,人这一生啊,不经历七灾八难,你就成就不了一番伟业。圣主成吉思汗那么神武,也中过箭,受过伤,还曾被人杀得大败。最惨的一次身边仅剩十九个人,可圣主咬着牙坚持下来,最终缔造了蒙古帝国,当上了蒙古帝国的大汗。我就觉得,长生天也是公平的,只要坚持,就没有做不成的事。"

辛爱黄没说话,庄秃赖又说:"我小时候听人说辛爱黄叔叔走马挑哈森,单骑毙四将,一招擒仇龙,马踏小白河,枪挑王汝孝,孤身闯大同,飞马斩杀仇氏父子。我就佩服你,不管多么惨烈的恶仗,只要辛爱黄叔叔一出马,必胜无疑。可这几年,叔叔每天躲在家里,什么也不说,什么也不做,辛爱黄叔叔这只老虎就要变成绵羊了。"

辛爱黄叹了口气:"老爷子不想打仗,我这只虎已经没用了。"

庄秃赖的两只金鱼眼一转:"辛爱黄叔叔,明蒙互市通商,明廷疏于防范,可汗现在不在大板升城,这可是长生天给叔叔的机会呀。如果我们出其不意,攻其不备,不但可以一举拿下大同,就是打下北京城也是大有希望啊!"

庄秃赖嘿嘿一笑:"到那时,如果辛爱黄叔叔愿意,侄儿就保你坐那个金銮殿,你说不好吗?"

辛爱黄陡然一振,可眼中的光芒瞬间又消失了:"兵权在老爷子手里,我没兵啊!"

庄秃赖的斗鸡眉往上一挑:"兵权在老爷子手里,可右翼的军队都在。叔叔,你就说老爷子被汉人害了,我们打过长城,给老爷子报仇。各部落必然响应。"

辛爱黄大喜:"好!这招好!你先回去,把你的部落全部组织起来,我现在就让扯力克通知各部落。"

庄秃赖奸笑道:"这才是我当年的辛爱黄叔叔。"

辛爱黄把牙一咬:"我终于可以一吐胸中的恶气了!"

庄秃赖走后,辛爱黄立刻叫来自己的长子扯力克,他把偷袭大同的想法一说,扯力克当即反对:"阿爸,你想得太简单了,就算你能打进大同,打进北京,可只要额兀格一句话,各部就会迅速撤回来的。"

辛爱黄把手一扬："我不相信，我打进北京，要金钱有金钱，要美女有美女，吃香的，喝辣的，各部人马会不跟我？"

扯力克苦劝："阿爸，你也不去问问，现在明蒙通商，百姓衣食无忧，谁不想过安稳的日子？谁还想打仗？"

辛爱黄吼道："我只有这一次机会了，我不能这样坐吃等死！"

扯力克劝不了辛爱黄就把这件事告诉了把汉那吉。当年王崇古待把汉那吉甚厚，把汉那吉向王崇古报告之后还不放心，这才来到仰华寺。

庄秃赖的计划果然很有效果，右翼各部人马都到了，只等明日五更出兵。

辛爱黄伸个懒腰，突然，帐外有人高声道："可汗到——"

辛爱黄猛地坐了起来。

阿拉坦汗从帐外走进来，辛爱黄揉了揉眼睛，吃惊地说："阿爸，你，你不是在仰华寺吗？"

阿拉坦汗神色自然，仿佛什么也没有发生："阿爸放心不下你的身体，特意回来看看。近来你脖子后的刀疤还痒吗？"

辛爱黄用手摸了摸长长的疤痕："我，一到阴天就痒……"

阿拉坦汗和蔼地说："黄儿呀，你要记得，我是你的亲生父亲，我所做的一切都是为你好。也许你现在不理解，可总有一天你会明白阿爸的一片苦心。"

离开辛爱黄的驻地，阿拉坦汗又来到庄秃赖的营中："庄秃赖，你知道我为什么到你这儿来吗？"

庄秃赖很紧张，脸上的肉直颤："回可汗，我，我不知道。"

阿拉坦汗旁敲侧击："我想告诉你，佛家八戒的第一戒是不杀生。我虽信了佛，可难保我不破杀戒。你明白吗？"

庄秃赖诺诺连声："是是是……"他吓得出了一脑门子汗。

公元1579年（万历七年）秋，归化城中又建起了一座新庙，明朝赐名为宏慈寺。蒙古降清后，清帝皇太极赐名为无量寺，蒙汉百姓俗称为大召寺。时至今日，这座寺院仍然矗立在今天的呼和浩特市内。

阿拉坦汗不但建寺，还根据当时蒙汉人民的生活需要制订了一部法典，即《阿拉坦汗法典》。这是蒙古皇室退到草原二百多年以来的第一部法典，其依法执政的理念深为后世称道。

秋风过后，草原一片枯黄，阿拉坦汗已经老了，右翼蒙古事无巨细，全都由钟金哈屯决断。

公元1581年（万历九年）初冬，七十五岁的阿拉坦汗一病不起，钟金哈屯一面请大板升城的喇嘛来归化城王宫念经祈祷，一面派刘四骑快马到仰华寺，请师父阿兴活佛来为阿拉坦汗治病。

可是，刘四一去便无音信。阿拉坦汗眼窝深陷，一天天消瘦，钟金哈屯日夜守在他身旁。

后殿之中，钟金哈屯正在给阿拉坦汗喂药，前殿一阵大乱——

"你们这些秃脑袋，念了这么多天经，可汗的病却不见任何好转，留你们还有什么用！"

"可汗不是'转千金法轮咱克喇瓦尔第彻辰汗'吗？他不是神吗？神还能得病吗？"

"你们平时说佛法无边，普度众生，可连可汗都度不了，你们还度个屁！"

"他们就是骗人，把他们哄出去！"

"把他们宰了！"

钟金哈屯不知发生了什么事，侍女花丹跑了进来："哈屯，辛爱黄和庄秃赖在外面殴打喇嘛，眼看就要出人命了，你快去看看吧。"

钟金哈屯放下药碗，她三步并作两步来到前殿。见辛爱黄和庄秃赖带着十几个人正在用棍棒驱赶喇嘛，钟金哈屯大喝一声："住手！"

辛爱黄和庄秃赖转过头，庄秃赖的大脸蛋子上挂着不屑："钟金哈屯，这些喇嘛连可汗的病都治不好，人们都怀疑他们是假和尚。"

辛爱黄气壮如牛："阿爸没信佛时，身体那么强壮，可自从信了佛，一天不如一天，这些喇嘛都该杀！"

钟金哈屯的话软中带硬："辛爱黄台吉，皈依佛门、尊重僧侣是可汗的决定，难道你要违背可汗的旨意吗？"

辛爱黄瞪了瞪眼:"这,可汗是被这些秃脑袋给骗了!"

钟金哈屯反驳道:"可汗被这些喇嘛欺骗了,难道忽必烈汗也被喇嘛欺骗了吗?忽必烈汗在世时就把礼佛、敬佛定为国策,大元朝政教合一,全天下的人都知道,难道你也怀疑忽必烈汗吗?"

辛爱黄哪里说得过钟金哈屯,他被噎得说不出话来。

庄秃赖皮笑肉不笑:"钟金哈屯,辛爱黄叔叔这不是着急嘛!我们怀疑这些喇嘛是假的,所以才要把他们赶出去。"

辛爱黄气哼哼地说:"我再给这些秃脑袋三天时间,如果他们治不好可汗的病,我就把他们统统杀光!庄秃赖,我们走。"

辛爱黄和庄秃赖扬长而去。

钟金哈屯安慰这些喇嘛:"各位大师受惊了,你们不用担心,只要有我三寸气在,绝不允许他们胡作非为。好了,继续为可汗祈祷吧。"

诵经声又起。钟金哈屯回到后殿,见布塔失里走来。布塔失里今年已经十二岁了,他十分气愤:"额吉,阿爸已经把兵权交给了你,你干脆下令把辛爱黄和庄秃赖杀了,免除后患!"

钟金哈屯斥道:"里儿,我和你阿爸礼佛就是要与人为善,使人们免受杀戮之灾。你小小年纪,怎么动不动就是杀呀砍的?"

布塔失里理直气壮:"可三天后,辛爱黄和庄秃赖就要杀这些喇嘛了!"

钟金哈屯看了看布塔失里,她沉思片刻:"来人!"

两个侍卫走了进来。

钟金哈屯吩咐道:"传令右翼二十七部,没有我的兵符,任何人不得离开驻地半步,违令者军法处置!"

下午,钟金哈屯来到把汉那吉家中,把汉那吉在外练兵,五兰叫人献上奶茶,钟金哈屯跟五兰拉家常:"五兰比姬,你们结婚也有十年了吧?"

可汗的夫人称哈屯,台吉的夫人称比姬。

五兰道:"十一年了。"

钟金哈屯关切地说:"都这么长时间了,你们也该要个孩子。"

五兰的脸一红:"回哈屯,我,我已经有了。"

钟金哈屯喜上眉梢:"真的!这可太好了。你可要多注意身体,回头

121

我叫人给你做点儿好吃的，补补身子。"

五兰心中欢喜："谢哈屯。"

钟金哈屯又问："近来，把汉那吉台吉可好？"

五兰点点头："从大同回来之后，他酒也不喝了，脸上也有笑容了，清晨礼佛，白天练兵，晚上看书。遇事沉着、冷静，仿佛脱胎换骨一般。"

钟金哈屯叹道："台吉能有今天，你对他的影响最大。中原人说：妻贤夫祸少，子孝父心宽。你就是台吉的贤妻，功不可没呀！"

五兰谦虚了一番，钟金哈屯话题一转："五兰比姬，我有个想法，想听听你的意见。"

五兰受宠若惊："哈屯只管吩咐。"

钟金哈屯望着五兰："我想把归化城的守护职责交给把汉那吉，你看行不？"

五兰一下子站了起来："哈屯，这可使不得！归化城关乎右翼安危，这么大的事，他，他怎么能行？"

钟金哈屯把五兰按下了："如果是前些年，不用你说，我也不会把这一重要岗位交给把汉那吉台吉。可现在的把汉那吉已经不是当年的把汉那吉了，他有能力，有水平，想做事，能做事，只有他守护归化城，我才放心。"

一天，两天，三天，阿拉坦汗仍昏迷不醒。第四天一早，辛爱黄和庄秃赖带着五十多人就到了。

辛爱黄大喝："把这些秃脑袋拉出去，都砍了！"

二十几个喇嘛被押到殿外，庄秃赖举刀就剁。

就在这千钧一发之际，突然有人大喝一声："住手！"

庄秃赖顺着声音的方向一看，见是把汉那吉。庄秃赖手中的刀停了，目光转向辛爱黄。

辛爱黄的眼睛一瞪："吉儿，你要干什么？"

把汉那吉望着辛爱黄："伯父，你不能杀这些喇嘛，右翼三个万户实行的是政教合一的体制，无论是谁，都不得对喇嘛无礼。"

辛爱黄嗤笑道:"行啊,你小兔崽子居然管起我来了!"

把汉那吉以手抚胸:"我不是管大伯父,我是在维护额兀格的权威。"

辛爱黄反驳道:"阿爸老糊涂了,他是受了这些秃脑袋的蒙蔽!"

辛爱黄大声道:"行刑!"

把汉那吉见无法阻止辛爱黄,他一摆手:"弓箭手?"

数百名弓箭手就像从地下钻出来似的,一下子把辛爱黄和庄秃赖等人围在当中。

把汉那吉喝道:"谁要向这些喇嘛靠近一步,我立刻把他射成刺猬!"

辛爱黄二目圆睁:"你敢!"

把汉那吉的脸绷得很紧:"大伯父想试试我的胆量吗?"

辛爱黄手按佩刀:"你在威胁我?"

两方僵持不下,一场流血冲突一触即发。

就在这时,殿外有人高喊:"阿兴活佛到——"

123

第十七章

　　你有狮子一样的雄心和体魄，兵符令箭就是尖牙利爪。如果你有了尖牙利爪，就要呼啸山林，呼啸草原。

　　话音一落，阿兴活佛稳步走了进来，刘四紧随其后。只见两个人满身是土，胡子眉毛上面都挂了一层霜。
　　阿兴活佛口诵佛号："阿弥陀佛，我佛慈悲，何事这般剑拔弩张？"
　　把汉那吉迎上前，他双手合十："活佛，可把你盼来了，额讹格的病情不见好转，他们要杀这些喇嘛。"
　　阿兴活佛道："罪过！罪过！先收起箭吧。"
　　把汉那吉一摆手，弓箭手退了下去。
　　阿兴活佛对庄秃赖说："把这些喇嘛先放了，听贫僧说几句话。"
　　庄秃赖看了看辛爱黄，辛爱黄把头扭向旁边。
　　庄秃赖一挥手，那些人放开了众喇嘛。
　　阿兴活佛坐在佛像前，包括庄秃赖在内，众人双手合十，向他行五体投地礼，只有辛爱黄冷冷地看着。
　　阿兴活佛往下瞧了瞧："凡世间生灵，没有不病不死者，病者，魔之侵体；死者，人之转世。佛祖释迦牟尼也是如此，不然，如何才能到极乐世界呢?"

辛爱黄一脸不耐烦地道:"你别拿佛祖搪塞我,就说你能不能把阿爸的病治好,如果能治好,我们仍然信佛敬僧,如果治不好,你们这些喇嘛统统为阿爸殉葬!"

阿兴活佛也不跟辛爱黄争辩:"阿弥陀佛,辛爱黄台吉想治好可汗的病,以尽人子之孝,这与佛法完全一致,贫僧能够理解。"

得知阿兴活佛到了,钟金哈屯立刻迎了上来:"弟子叩见师父。"

"免了。"

阿兴活佛目光凝重:"可汗现在怎么样了?"

钟金哈屯眼中含泪:"可汗他,他一直昏迷不醒。师父快去看看吧!"

钟金哈屯把阿兴活佛请到后殿,阿兴活佛往炕上一瞧,见阿拉坦汗面如黄钱纸,唇似靛叶青,一点儿血色都没有。

阿兴活佛双眉紧皱,他摸了摸阿拉坦汗的脉,又翻开眼皮。人们屏住呼吸,大气都不敢出。

阿兴活佛从怀里拿出一黄一白两个小瓶,从黄瓶中倒出两粒丹药,掰开阿拉坦汗的嘴,放在他的舌苔上。然后又从白瓶中倒出半匙药粉放在阿拉坦汗的鼻孔边,轻轻一吹,药粉飞入他的鼻孔中。

阿兴活佛把腿一盘,眼睛一眯,念起经来。

午后,阿拉坦汗慢慢地睁开了眼睛,钟金哈屯又惊又喜:"可汗,你终于醒了。"

阿兴活佛长长地呼出一口气:"阿弥陀佛。"

刘四跑出后殿,他高喊:"可汗醒了!可汗醒了!"

大殿内外,人们全部跪倒,就连辛爱黄也向后殿叩头,人们都感到了藏传佛教的神奇,从此,笃信佛教的人更多了。

半个月后,阿拉坦汗升坐银安殿,各台吉、首领都到了。阿拉坦汗高声道:"人之生死,如春秋更替。我已经老了,佛祖在召唤我到极乐世界去。佛法是智者之法,是宇宙万物之法,是造福万民之法。我走之后,信佛、礼佛、敬佛不能有一丝改变。"

众人齐声道:"是,可汗。"

众人散去，阿拉坦汗把辛爱黄留了下来："黄儿呀，这里只有我们父子，我想把埋在心底的话告诉你。你知道阿爸为什么把兵权交给钟金哈屯，而没有交给你吗？"

辛爱黄摇了摇头："不知道。"

阿拉坦汗毫不隐讳："我把兵权交给钟金哈屯就是为了控制你。"

辛爱黄愣愣地看着阿拉坦汗："控制我？"

阿拉坦汗脸色平和："你有狮子一样的雄心和体魄，兵符令箭就是尖牙利爪。阿爸心里十分清楚，如果你有了尖牙利爪，就要呼啸山林，呼啸草原，没有人能管得了你。我死之后，你必定要挑起明蒙战争。"

阿拉坦汗叹了一口气："二百多年来，我们蒙古草原太苦了，老百姓再也经不起战争的蹂躏了。我之所以用几十年的心血与明廷建立互市通贡关系，就是为了让我们的子孙远离战争，过上太平的日子，可你却始终不理解阿爸的一片苦心，这也是阿爸当初要杀你的原因。"

辛爱黄的神情一变，他静静地听着。

阿拉坦汗又说："阿爸来日不多了，只要你不叛乱，维护右翼来之不易的和平，阿爸还是想把汗位传给你。黄儿，你能做到吗？"

辛爱黄非常意外："阿爸还想把汗位传给我？"

阿拉坦汗点点头："不过，兵权仍不能交给你，这不但是为了你，也是为右翼的所有蒙汉百姓。"

辛爱黄心潮翻滚："黄儿还以为阿爸像吃剩的骨头一样把黄儿抛弃了。"

阿拉坦汗动情地说："你是阿爸的长子，永远都是阿爸的长子。"

辛爱黄心中一热，跪倒在地："黄儿对长生天发誓，对佛祖发誓，我继承汗位之后，如果发动叛乱，发动战争，就让我万箭穿心，死无葬身之地！"

辛爱黄走后，阿拉坦汗又把钟金哈屯叫到身边："右翼几十万蒙汉百姓我就交给你了，这既是权力，也是责任，希望你把我的事业发扬光大。"

钟金哈屯郑重地说："请可汗放心，只要钟金的生命没有像水一样干涸，钟金就会为蒙古右翼、为蒙汉百姓的团结殚精竭虑，死而后已！"

阿拉坦汗满意地点点头："我走之后，你要保证三不变：第一，藩属朝廷不变；第二，互市通贡不变；第三，政教合一不变。"

钟金哈屯重复了一遍，然后道："可汗，我都记住了。"

阿拉坦汗犹豫一下，又说："我们蒙古人有收继婚的习俗，这是因为草原上人烟稀少，人丁不旺，祖先把女人和孩子像牛羊一样看成是自己的财产。如今中原人进入草原，蒙汉两族像奶和水一样融合在一起。在汉人心中这是乱伦，收继婚的风俗应该抛弃，但你不嫁给黄儿就无法控制他，也就不能稳定右翼的局势呀！"

钟金哈屯含泪点了点头："钟金明白可汗的良苦用心。"

公元1581年（万历九年）阴历十二月，阿拉坦汗坐在佛椅上无疾而终。钟金哈屯派人到土伯特蜇蚌寺向达赖喇嘛报丧，请求他为阿拉坦汗超度。但因路途近万里之遥，钟金哈屯只得先把阿拉坦汗下葬，等待达赖喇嘛到来。

钟金哈屯的丧折报到朝廷，首辅大臣张居正派鲍崇德专程赶赴塞外悼唁。

如今的鲍崇德已经是吏部郎中了，这个职位相当于现在人事部的一个司长。鲍崇德一到归化城，见家家挂孝，户户哀痛。他感慨万千，看来，我这位同母异父的哥哥深受百姓爱戴呀！

鲍崇德祭拜亡灵之后，他劝钟金哈屯道："人生七十古来稀，顺义王七十有五，更是稀之又稀。中原有句话：老丧为喜。要是按佛教的说法，顺义王是到西天极乐世界去了，请三娘子不要过于悲痛，以免伤了身体。"

称钟金哈屯为三娘子是汉人对她的敬称。

钟金哈屯轻声道："谢朝廷圣恩，谢大人关心。"

鲍崇德寒暄了几句之后，又说："顺义王走了，朝廷非常关注塞外的局势，不知三娘子有什么打算？"

钟金哈屯平静地说："这个问题可汗临终前已有交代，简单地说就是三不变：藩属朝廷不变，互市通贡不变，政教合一不变。"

鲍崇德深深地点了点头："虽然如此，可朝廷对塞外仍放心不下。按蒙古惯例，辛爱黄为可汗的长子，汗位当由他继承。继承汗位，就意味着袭封顺义王，可辛爱黄生性好战，朝廷担心边境上烽烟再起。"

钟金哈屯道："大人尽可放心，可汗临终前也做了安排，汗位可以由辛爱黄继承，但兵符大印由我掌管。钟金一定不负朝廷，不负可汗，不负塞上蒙汉百姓的期望。"

鲍崇德仍是面带忧虑："三娘子深明大义，真女中丈夫。回去之后，我一定要把此事奏明圣上。只是辛爱黄一旦坐上汗位，他就可以号令整个右翼蒙古，就算没有兵符大印，可他想要发动战争，也不是不可能啊！"

钟金哈屯一皱眉，她想了一下说："大人说得也是，那朝廷有什么意见？"

鲍崇德回避钟金哈屯的目光："听说草原上有收继婚的风俗？"

钟金哈屯马上就明白了："朝廷让我嫁给辛爱黄吗？"

鲍崇德点点头："朝廷认为，如果三娘子能下嫁辛爱黄，以心动之，以情感之，辛爱黄定会有所收敛。不过，圣上也说了，此事由三娘子做主，朝廷不勉强。"

钟金哈屯沉思良久，没有答话。

辛爱黄如愿登上可汗之位，右翼的蒙汉百姓也逐渐从悲痛中走了出来。

阳春三月，边市上人头攒动，熙熙攘攘，各种生活用品琳琅满目，有买的，有卖的，热闹非凡。在花丹等众女兵的簇拥下，钟金哈屯来到边市。有个卖瓷器的汉人一捅身边卖瓦盆的："三娘子来了，快看！"

卖瓦盆的刚到边市做生意，一听三娘子，他立刻伸长了脖子："咿！这么漂亮！"

卖瓷器的说："三娘子是昭君娘娘转世，能不漂亮嘛！"

卖瓦盆的道："噢，怪不得三娘子对我们汉人也这么好，原来她前生是昭君娘娘啊！"

旁边有个卖坛子的也搭腔：

"不对，三娘子是观音菩萨下凡，她是来普度众生的。"

"不对不对，是昭君娘娘转世。"

"不对不对，是观音菩萨下凡。"

卖瓷器的和卖坛子的争执起来。

一匹快马飞奔而来，这匹马远远地趟起一溜尘土，人们吓得直往两边躲。钟金哈屯的脸色立刻沉了下来，心说，这是谁呀？怎么如此放肆？

这个人一边跑，一边高喊："钟金哈屯在哪儿，快告诉我，钟金哈屯在哪儿？"

他越是这么叫，人们越是不理他。

此人急得抓耳挠腮："出大事了！快告诉我，钟金哈屯在哪儿？"

花丹看清了来人的面孔："哈屯，是刘四。"

钟金哈屯上前喝道："刘四，你喊什么？"

刘四心急火燎地说："哈屯，出大事了！你快去看看吧，可汗的女婿塔什在杀虎口边市杀人掠货，抢了汉人大批丝绸。"

钟金哈屯的双目立刻透出一股杀气。自从她和阿拉坦汗礼佛之后，这种目光还是第一次出现。

钟金哈屯把手一挥，对花丹等女兵道："走！随我去杀虎口。"

塔什平时傲慢成性，在他心中只有两个人，一个是阿拉坦汗，另一个就是辛爱黄。虽然他也顾及钟金哈屯，但在塔什看来，钟金哈屯再有本事，可她毕竟是一介女流。所以，阿拉坦汗在世时，他装得跟猫似的。阿拉坦汗下世，辛爱黄当了可汗，塔什的腰杆挺了起来，他走起路来一步三摇，就连看别人的眼睛都是朝天的。

杀虎口是明朝开放的十一个边市之一，因为这里离归化城近，交易的人特别多。塔什带几个人来到边市，东瞅瞅，西看看，针头线脑不值钱，香粉胭脂是女人用的玩意儿。塔什往东北处一看，瞧见几个卖绸缎的。嗯，这东西不错。

塔什恨不能眼睛里伸出两把钩子，他来到几个绸缎摊位前："别卖了，这些绸缎我都包了。"

做买卖的一听有人包他们的货，心中高兴："好嘞……"

一股酒气扑面而来，卖绸缎的见塔什一脸横肉，不由得心中一颤。

塔什吩咐手下人："收拾收拾，把这些绸缎都拉走。"

"塔什，你杀人掠货，公然违反互市禁令，来人！把他就地斩首。"

这下塔什可害怕了，他"扑通"一声跪倒："哈屯，我是可汗的女婿，你不能杀我！"

钟金哈屯把牙一咬："我杀的就是你！"

塔什叩头如捣蒜："哈屯，你是多罗菩萨转世，是佛家弟子，杀生是佛法第一戒呀！"

钟金哈屯狠狠地说："佛家的戒律不杀好人，可对魔鬼绝不留情！你问问这些商客，哪个说你不该死？"

蒙汉百姓异口同声："杀了他！杀了他！"

塔什却站了起来，他轻蔑地说："哈屯，你敢杀我，可汗是不会饶你的。"

钟金哈屯圆睁二目："本来我还想给你留个全尸，就凭你这句话，我非让你身首异处不可。来人！把他的人头割下，挂在高杆之上示众。"

花丹一刀下去，塔什人头落地。

塔什手下的这群人都傻了，一个个跪在地上，面色如土，体似筛糠。

钟金哈屯用手点指："你们恃强凌弱，罪不可赦，但念你等是从犯，死罪饶过，活罪不免，每人罚羊百只，鞭三十七。"

一般来说，抽鞭子或二十下，或三十、四十、五十，怎么打出个三十七下来？这是蒙古人的传统。最初成吉思汗处罚犯人时主要是鞭刑，也是二十、三十这样的整数。蒙古帝国创立后，成吉思汗为表达对天地的敬畏和自己对犯人的体恤，在处罚非死刑罪犯时，采取"天饶一下、地饶一下、我饶一下"的方式，这样一来，无论是打五十也好，八十也罢，都要减去三下。虽然经历了三四百年，蒙古这个传统依然没变。

钟金哈屯环视蒙汉百姓，高声道："今后不论是谁，凡是违反互市禁令者，塔什就是他的下场！"

蒙汉商贾拍手称快。

塔什死了，塔什的夫人哭着来找辛爱黄，她在辛爱黄面前寻死觅活。辛爱黄勃然大怒，他一脚踢开钟金哈屯寝宫的屋门。

辛爱黄一指钟金哈屯："你为什么杀塔什?"

钟金哈屯面色平和："可汗还记得阿拉坦汗生前定下的九条互市禁令吗?"

辛爱黄没好气地说："不记得!"

钟金哈屯的声音不高："那我告诉可汗：一、杀人掠货者，斩；二、强买强卖者，斩；三、欺行霸市者，斩；四、聚众斗殴、扰乱边市者，斩；五、盗取汉人货物者，鞭十七，按所盗之物十倍赔偿……塔什连杀三人，罪大恶极，我依律将他斩首，难道错了吗?"

辛爱黄喘着粗气："可他是我的女婿!"

钟金哈屯的话软中带硬："九条禁令中，好像没说什么人可以免死。"

"咣"的一声，辛爱黄一脚把桌子踹翻了，他气呼呼地转身而去。

银安殿里一片狼藉，辛爱黄把东西摔得满地都是，王宫里的侍卫都躲得远远的。庄秃赖并不害怕，他皮笑肉不笑地走了进来，劝道："可汗，气大伤身，何必发这么大火呢?"

辛爱黄大骂："这个娘们儿，胆子也太大了，她居然把塔什杀了!"

庄秃赖煽风点火："可汗，杀塔什仅仅是一个开始。"

"啪"的一声，辛爱黄一巴掌把桌子拍碎了："难道他还敢杀我不成?"

庄秃赖道："杀可汗她倒不敢，可是，可汗身边的人就难说了。"

辛爱黄的眼睛瞪得跟牛眼一样："她敢!"

庄秃赖火上浇油："她手握兵权，有什么不敢?"

庄秃赖一句话说到了辛爱黄的痛处，让他无言以对。

庄秃赖接着说："我们蒙古人退到草原，先后有六位大汗被杀，都是因为手中没有兵权。可汗，没有兵权，就像苍鹰失去利爪，雄狮没有牙齿，只能任人宰割。"

辛爱黄的眉毛往上挑了挑："是啊，她手握兵权，说不定哪天，她一不高兴，就把我给杀了……"

辛爱黄转身就往外走。

庄秃赖拦住辛爱黄："可汗，你要去哪儿?"

"我去把兵符大印要过来!"

133

"可汗，你这么去她是不会给的。"

"你有什么办法？"

庄秃赖的两只金鱼眼一转："我们蒙古人父死子娶后母，兄亡弟纳寡嫂。可汗要是能把她娶到身边，让她变成你的人，那一切不都解决了吗？"

辛爱黄的眉头一皱："这个办法虽好，可她要是不答应呢？"

庄秃赖的两只金鱼眼一转："当年，三十三岁的满都海彻辰哈屯曾嫁给七岁的达延汗，她钟金为什么不能嫁给可汗？如果她不嫁，就是违反老祖宗的规矩，就是离经叛道，可汗怎么处理她都不过分。"

辛爱黄心头一喜："说得对！我这就向钟金哈屯提亲。"

庄秃赖的大脑袋一晃："此事不宜可汗出面，我给你推荐一个人，保准能成。"

达云恰虽然是阿拉坦汗的义子，但与阿拉坦汗之间的感情跟亲生父子没有什么差别。如今右翼稳定，物阜民丰，百姓安居乐业，达云恰一有空闲就找来中原的史书翻看。他边看边想，中原人那么多王侯将相都有传记，阿爸没流一滴血，就以宗教形式统一了雪山草原，功劳可比他们大多了。我能不能给阿爸立个传？好让后人知道阿爸的丰功伟绩。于是，达云恰去找一些老人聊阿拉坦汗，着手准备资料。辛爱黄在一个老千户的家中找到了达云恰，他把要娶钟金的事跟达云恰一说，达云恰当即就答应了。

达云恰来到钟金哈屯的后殿，钟金哈屯十分热情："恰台吉，近来总见你来去匆匆，忙什么呢？"

恰台吉是钟金哈屯对达云恰的昵称。

达云恰笑道："回哈屯，阿爸生前做了四件大事：一是开发丰州滩，蒙汉百姓和睦相处；二是与朝廷互市通贡，塞上安乐祥和；三是赐索南嘉措达赖喇嘛尊号，以宗教形式把土伯特重新纳入蒙古帝国版图；四是修建归化城，中原文明和草原文明融为一体。这些功绩对后世将产生不可估量的影响，因此，我想效仿汉人给阿爸立个传。"

钟金哈屯大喜："你要把先可汗的事迹写出来，那可是功德无量。恰台吉，需要什么只管说，我全力帮你。"

达云恰道:"哈屯,我还在收集资料,需要时我一定禀报。现在有一件事,不知当讲不当讲?"

钟金哈屯脱口道:"恰台吉不必客气。"

达云恰犹豫了一下:"哈屯也知道,草原上的女子嫁到一个部落就被视为这个部落的财产,为防止本部落的人丁流到外部,从匈奴时就传下了'父死子娶后母,兄亡弟纳寡嫂'的风俗。哈屯还年轻,以后的路还很长,哈屯不能总为右翼操劳,也该考虑一下自己的事。"

为了维护明蒙和平,把阿拉坦汗生前的事业发扬光大,在达云恰的撮合下,钟金哈屯二嫁辛爱黄。明廷专程派鲍崇德前来贺喜,并宣读皇帝诏书,正式确认辛爱黄为第二代顺义王。

钟金哈屯和辛爱黄刚把鲍崇德送走,刘四来报:"哈屯,可汗,布延济农的三个儿子为夺继承权剑拔弩张,眼看就要出人命了!"

右翼三个万户名义上归鄂尔多斯济农领导,但从阿拉坦汗开始,实权就落在了土默特。如今布延济农下世,他的三个儿子都想当济农。

辛爱黄刚才还是笑容满面,一听这件事,他的眼睛立刻瞪了起来:"长子袭位,这是先祖达延汗定的规矩。长子不在,长孙袭位。怎么三个人都争济农?你去告诉他们,谁要敢违背祖制,我就宰了谁!"

钟金哈屯劝道:"可汗,我们都是礼佛之人,不可轻谈杀生。要不这样,先把切尽台吉从瓦剌请回来,他在鄂尔多斯八部中威信很高,让他先调解一下。如果布延济农的三个儿子仍不听,我们再想办法。你看行不?"

辛爱黄这回挺痛快:"就按哈屯说的办。"

窗棂呜咽,殿前的蒲公英颤抖着,阴云像青纱一样紧紧地捆着草原。钟金哈屯的心里阵阵发慌,她想平静下来,便跪在佛祖释迦牟尼像前,可无论念什么经,心如同窗外飘落的梨花瓣,上下飞舞,片片惊魂。

刘四破门而入:"哈屯,出事了!"

钟金哈屯没回头:"慢慢说。"

刘四道:"切尽台吉和塔娜比姬回鄂尔多斯途中,突然蹿出一头黑熊,塔娜比姬受了重伤,情况十分危险!"

钟金哈屯转过脸："快，备马！叫王宫的医官跟我一起去鄂尔多斯。"

风越刮越大，沙尘像汹涌的波涛，一浪高过一浪，天地一片昏暗。钟金哈屯刚出归化城，"丁零零……"背后传来一阵急促的马挂銮铃声，一匹马疾驰而来。钟金回头一看，这不是把汉那吉嘛！

钟金哈屯高声道："把汉那吉台吉，你去哪儿？"

把汉那吉头也没回："我去鄂尔多斯看塔娜……"

话没说完，把汉那吉就消失在漫天的黄沙之中。

钟金哈屯催促刘四："快走！"

钟金哈屯的马如腾云驾雾一般，衰草一个劲地往后倒，板升一个劲地后退，刘四等人被甩在后面。正跑着，一根碗口粗的树枝横在眼前，钟金哈屯发现时，这根树枝已经到了她的额头。钟金哈屯武艺高强，反应机敏，她猛地往后一仰，树枝紧贴着她的鼻尖擦过。

钟金哈屯顿时惊出一身冷汗，她一勒马的丝缰，朝后面大喊："小心树枝！"

刘四等人并没有听清钟金哈屯说什么，见她停了下来，刘四等人也纷纷带住马。这根树枝是被大风刮断的，钟金哈屯想叫人砍下来，以免有人撞上。突然，刘四大叫："哈屯，那里躺着一个人！"

刘四跳下马来到草丛前，惊呼："把汉那吉台吉！"

把汉那吉昏迷不醒，额头流着血，沙土被染红一大片，显然把汉那吉是撞在了这根树枝上。

钟金哈屯大叫："医官！医官！"

医官检查一下把汉那吉的伤，立刻道："哈屯，把汉那吉台吉伤得很重，此处风沙太大，无法处理，赶快到鄂尔多斯找顶帐篷。"

钟金哈屯命道："快！扶把汉那吉上马。"

鄂尔多斯大营内，医官洗去把汉那吉伤口上的血迹和沙土，却摇了摇头。钟金哈屯的心都提到了嗓子眼，她对医官说："你可一定要把台吉救过来！"

医官无奈地说："哈屯，把汉那吉台吉的额骨已碎，我无能为力呀！"

钟金哈屯呆若木鸡。

把汉那吉的眼睛睁开了，他喃喃地说："塔娜，塔娜，我要见塔娜……"

人们把把汉那吉抬进塔娜帐中，把汉那吉的头虽然不能动，可两眼不停地搜索着："塔娜，你在哪儿？你，你怎么样……"

塔娜的伤虽然很重，但已经脱离生命危险了。这次从瓦剌回来，塔娜在林中小解，一头黑熊把她扑倒。黑熊咬上塔娜的脖子，在千钧一发之际，切尽射中黑熊的眼睛，塔娜这才熊口逃生。

塔娜躺在榻上睡着，切尽守在一旁，人们的脚步声惊醒了她。塔娜睁开眼睛问切尽："我怎么听到了把汉那吉的声音？"

切尽双眉紧皱："是他，他来了。"

塔娜对把汉那吉的成见刘四非常清楚，他怕塔娜还像过去那样不理把汉那吉，便道："比姬，把汉那吉台吉急于来探视你，可马跑得太快，头撞在树枝上，人已经不行了……"

塔娜惊道："把汉那吉……"

塔娜的表情与当年判若两人，她挣扎着坐起来，切尽忙扶着她来到把汉那吉近前。

把汉那吉终于看见了塔娜："塔娜……"

把汉那吉的头一歪，脸上留下最后一抹笑容。

把汉那吉气绝身亡，塔娜禁不住流下两行热泪："你这是何苦啊……"

塔娜的眼睛一闭，人事不知。

帐中更乱了，这个呼"塔娜"，那个唤"把汉那吉"。

钟金哈屯手里捻着佛珠："万事皆有定数，非人力所为。刘四，你去准备灵车，把把汉那吉送回归化城，请宏慈寺和大板升城的喇嘛为他超度吧。"

把汉那吉突然逝去，五兰比姬悲痛欲绝，钟金哈屯每天陪在五兰身边，安慰她，开导她。

月光暗淡，窗棂沙沙作响。钟金哈屯刚从五兰的府上回来，刘四走了进来："哈屯，扯力克台吉来了，说有十万火急的事要见哈屯。"

钟金哈屯步入偏殿，扯力克紧走几步来到她面前："哈屯，大事不好了!"

　　钟金哈屯的语调很平和:"不要着急,慢慢说。"

　　扯力克道:"阿爸调集十万大军,准备明日清晨向大同发起突然攻击!"

　　钟金哈屯暗道,兵符在我手中,他没有兵符大印怎么调兵……钟金哈屯的眉毛往上一挑:"难道他偷了我的兵符大印?"

第十九章

　　一方是自己的儿子，另一方是辛爱黄的儿子，中间还夹着一个达云恰，这可如何是好？

　　二更时分，归化城外的校军场上人山人海，点将台上灯火通明，辛爱黄拿起第一支令箭……
　　刘四老远就喊："钟金哈屯到——"
　　辛爱黄大吃一惊，庄秃赖就在辛爱黄身边，他一转身，躲进了黑影里。
　　军兵往两旁一闪，钟金哈屯迈大步来到辛爱黄面前。
　　辛爱黄觉得浑身不自在："哈屯，你，你怎么回来了？"
　　钟金哈屯单刀直入："你要带兵攻打大同？"
　　辛爱黄支吾道："我……是又怎么样？"
　　钟金哈屯责问："可汗，自从明蒙互市通贡以来，可汗坐享其利，百姓衣食无忧，我们右翼缺什么？什么也不缺嘛！你为什么还要进攻大同？"
　　辛爱黄把手一扬："我缺的是江山！那北京城本来就是我们蒙古人的，不光复祖先的基业，我还算什么圣主成吉思汗的子孙？"
　　钟金哈屯注视着辛爱黄，她没有正面回答："可汗，我想问你，你的能力比达延汗强吗？你的韬略比先可汗高吗？"

"我，我，我……"

钟金哈屯把辛爱黄问住了。

钟金哈屯慷慨陈词："你不好说是吧？我来讲。不错，我承认你是个英雄，但你无法与达延汗和阿拉坦汗相提并论。达延汗是我蒙古帝国的中兴英主，我们蒙古人退出中原之后，达延汗再次统一草原，人们像赞美太阳一样歌颂他的功绩。你不但不能与达延汗相比，也不能与阿拉坦汗相比。阿拉坦汗南围北京，西平瓦剌，互市通贡，仰华迎佛，以宗教形式统一了草原和雪山，蒙藏汉百姓无不拥戴，人称顺义英主。以达延汗之神武，阿拉坦汗之睿智，尚不能光复圣主的大业，难道你能吗？"

辛爱黄想发火却发不出来："你，你，你……"

钟金哈屯柔声道："可汗，互市通贡耗尽了阿拉坦汗的毕生心血，这是造福子孙的千秋大计，如果我们破坏明蒙之间的和平，我们就是历史的罪人。你都是奔六十岁的人了，为什么不能好好享享清福，偏偏要带将士打打杀杀呢？既然我们做了夫妻，我就想与你相守百年，一旦你有个三长两短，难道就忍心抛下我吗？可汗，听我一言，不要让将士再流血了，行不？"

辛爱黄低下头："别说了，我把兵符大印还给你。"

钟金哈屯又化解了一场危机。

秋去秋又回。这天布塔失里来到后宫，他跪在钟金哈屯面前："额吉，有件事你能不能答应我？"

钟金哈屯手捻佛珠："里儿，起来，有什么话站起来说。"

布塔失里站起身，他咬了咬嘴唇："额吉，我看上一个人，我想娶她当我的比姬。"

钟金哈屯很高兴："哟！我的里儿长大了，想要媳妇了。好啊，是哪个部落的姑娘？"

布塔失里不敢正视钟金哈屯："是，是五兰。"

钟金哈屯不由得一愣："你要娶五兰比姬？"

布塔失里点点头："嗯……"

钟金哈屯一皱眉："五兰同意吗？"

布塔失里拿出一个香囊："这是五兰给我的，她说，只要额吉不反对，她就嫁给我。"

钟金哈屯沉吟一下："可五兰比你大十多岁呀！而且，在辈分上你还是她的叔叔。"

布塔失里道："我不在乎，她也不在乎！"

钟金哈屯想了想："那好吧，既然你们两情相悦，我也不阻拦。"

布塔失里激动地说："谢谢额吉！谢谢额吉！"

天灰蒙蒙的，空气十分沉闷，钟金哈屯跪在释迦牟尼佛像前，一遍又一遍地念着六字箴言。门开了，刘四慌慌张张地走了进来。

钟金哈屯没有回头："是刘四吗？"

刘四道："是刘四。哈屯，布塔失里台吉找扯力克拼命去了。"

钟金哈屯转过身，问："为什么？"

刘四咧了咧嘴："为了五兰。扯力克向五兰的阿爸达云恰台吉下了聘礼，达云恰台吉答应把五兰嫁给扯力克，所以，就……"

五兰想嫁给布塔失里，达云恰却把她许配给了扯力克，这真是蹊跷！一方是自己的儿子，另一方是辛爱黄的儿子，中间还夹着一个达云恰，这可如何是好？

钟金哈屯觉得布塔失里找扯力克滋事还是理亏，便吩咐道："去，马上把布塔失里叫回来。"

"是，哈屯。"刘四应声而去。

扯力克台吉府内，布塔失里和扯力克面对面地站在院中。

布塔失里气冲冲地大叫："扯力克，五兰和我真心相爱，不准你打她的主意！"

扯力克瞥了布塔失里一眼，没理他。

布塔失里喝问："难道我的话你没听见吗？"

扯力克仍不答话。

布塔失里大怒，他拽出刀压在扯力克的脖子上："我不准你打五兰的主意，你听见了吗？"

"布塔失里，你欺人太甚！"

扯力克的火也上来了，他一抬手"啪"扣住布塔失里的腕子，用力一拧，布塔失里背朝内，面朝外。扯力克用力一推，将布塔失里推出了院子，"咣当"大门关上了。

布塔失里一个跟头摔在地上，他站起身，举刀就要劈门，刘四从后面抱住他的腰，喊道："台吉，住手啊！"

布塔失里挣扎着："你放开，我非把他宰了不可！"

刘四苦劝："台吉，哈屯叫你马上回去，这事哈屯给你做主，你千万不能胡来。"

刘四连拉带拽地把布塔失里弄到后宫。

一见钟金哈屯，布塔失里的眼泪就掉下来了："额吉，扯力克跟我抢五兰，你得给我做主……"

钟金哈屯看也没看布塔失里，厉声道："跪下！"

布塔失里不由得倒退两步："为啥让我跪下？我做错了什么？"

钟金哈屯喝道："我让你跪下！"

布塔失里只得跪倒，钟金哈屯训斥道："你长出息了，居然跑到人家家里争女人，这和地痞无赖有什么区别？"

布塔失里委屈地说："额吉，扯力克狡诈多端，他根本没安好心！他想把五兰骗到身边，霸占把汉那吉的封地，壮大他的实力，挑战额吉的权威。"

钟金哈屯的心一动，难道扯力克娶五兰真有不可告人的目的？如果是这样，这个扯力克的心机就太深了。

扯力克的确很有心计，他父亲辛爱黄两次要偷袭大同，都是他向阿拉坦汗和钟金哈屯告的密。阿拉坦汗死后，扯力克看得更清楚了，表面上自己的阿爸是可汗，可实际上大权却掌握在钟金哈屯之手，扯力克要想有所作为，就必须取悦于钟金哈屯。然而，把汉那吉之死为他提供了一个良机。

把汉那吉留下一个没断奶的儿子，这孩子虽小，可子袭父爵，把汉那吉的封地都是他的，而把汉那吉的封地在右翼各部之中面积最大，土质最好。事实上，谁能娶到五兰，谁就能控制这一大片领地的人口和牲畜。于是，扯力克就带着聘礼来到达云恰家中。

达云恰既是个传统的蒙古人，也是个学识丰富的蒙古人。在五兰再嫁的问题上，他具有双重身份，一方面他是五兰的阿爸，另一方面他又是阿拉坦汗的义子。按照北方少数民族收继婚的风俗，扯力克是长门长子，是未来可汗的继承人，要娶五兰，扯力克是第一人选，所以，达云恰就答应把五兰嫁给扯力克了。

扯力克得到达云恰的首肯，心里十分得意。

扯力克一进家门，庄秃赖就迎了上来，他把两只金鱼眼一眯："扯力克台吉，恭喜呀！"

扯力克假装糊涂："什么恭喜？"

庄秃赖的大脑袋一晃："达云恰台吉答应把五兰比姬嫁给你，这难道不值得恭喜吗？"

扯力克既没否定也没肯定："这事还没影呢！"

庄秃赖"吧嗒"一下嘴："台吉说得也是，就算达云恰台吉答应了，你也不过娶了半个五兰……"

扯力克没听明白："娶半个五兰？什么意思？"

庄秃赖诡秘地说："据我所知，五兰想嫁的人不是你扯力克，而是布塔失里。布塔失里是钟金哈屯的亲生子，如果钟金哈屯出面，达云恰台吉不能不重新抉择呀！"

扯力克仔细地打量庄秃赖，这个人长得跟个大头鬼似的，脑子还挺聪明。

扯力克问："你有什么办法？"

庄秃赖凑到扯力克耳边："你看这样行不行……"

下午，钟金哈屯果然来到达云恰家中，达云恰迎了出来："哈屯大驾光临，里面请，里面请。"

两个人坐下之后，仆人献上奶茶，钟金哈屯喝了一口，道："恰台吉，阿拉坦汗的传记写得怎样了?"

"回哈屯,已经完成了一万多字,不过资料还是不足,我只能一边搜集,一边整理。"

"好,好,如果有什么事需要我去做,恰台吉只管说话。"

"多谢哈屯。"

说到这儿,钟金哈屯长叹一声:"唉!把汉那吉已经走了快一年了,五兰还年轻,她不能这样过一辈子。别人给我提了两个人,一个是扯力克,一个是布塔失里。按说扯力克跟五兰倒挺合适,可五兰和布塔失里两情相悦,我有点儿拿不定主意,不知恰台吉有什么看法?"

达云恰一听就明白了:"哈屯,实不相瞒,前几天扯力克来求亲,我答应他了,也收了他的聘礼,要不,要不我把他的聘礼退回去?"

钟金哈屯笑而未答:"在别人看来,我位高权重,可人们哪里知道,我是如履薄冰啊!阿拉坦汗用尽毕生心血,才换来今天的大好局面,我生怕出现半点儿差错。现在辛爱黄可汗的身体一天不如一天,我真担心他走了,别人继承汗位还能不能与朝廷保持这种良好关系。"

钟金哈屯暗指扯力克心机太深,恐怕日后他继承汗位不按阿拉坦汗的章法处理与明朝的关系。

达云恰心知肚明:"哈屯,我一定尽力。"

达云恰想退还扯力克的聘礼,可出尔反尔,实在难以开口。他左思右想,也没理出个头绪。

天黑了,一弯月亮斜卧在夜空中。酥油灯下,达云恰提笔写阿拉坦汗传记,可脑子里一会儿是扯力克,一会儿是布塔失里,没写百字,竟错了七八处。他把这张纸揉成一团,狠狠地摔在地上。

达云恰往椅子上一靠,尽可能使自己平静下来。

突然,人影一闪,一把刀横在达云恰的脖子上。

就听背后有人阴沉地说:"别动!动我就要你的命!"

第二十章

切尽是我爱的人，把汉那吉是爱我的人。女人择偶，到底是选择我爱的人，还是选择爱我的人呢？

达云恰大惊："你要干什么？"
背后那人道："我来告诉你，五兰只能嫁给布塔失里。"
"我要是不答应呢？"
"那我现在就杀了你！"
那人的刀已经划破了达云恰的肉皮："我最后给你一次机会，你到底答不答应？"
达云恰从牙缝里挤出："我答应……"
那人一声冷笑，他威胁说："哈屯不怕你反悔，反正你家还有几十口人。"
那人把刀一撤，飞身而去。
达云恰惊魂未定，就听门外传来惨叫声："啊，啊……"
达云恰提刀出门，见两具尸体倒在院子当中。家人围上来，可再找那刺客已经踪迹不见。达云恰回味着刺客的话——"五兰只能嫁给布塔失里"，"哈屯不怕你反悔"……就是傻子也能猜出哈屯是谁。钟金呀钟金，你居然用这么卑劣的手段！

· 145 ·

达云恰咬牙切齿："我就是把五兰喂狼，也不会嫁给你儿子！"

达云恰一夜没睡，第二天一早，他把扯力克叫到自己家中，达云恰张口就问："我问你，你想不想娶五兰？"

扯力克双手垂立："叔叔，我聘礼都下了，当然要娶。"

达云恰斩钉截铁地说："那好，明天我就给你们办婚事。"

五兰听说阿爸要把自己嫁给扯力克，她呆若木鸡："阿爸，我不嫁。"

达云恰断然道："难道你也要拿刀逼我不成？"

五兰不知发生了什么事："阿爸，这话从何说起？"

达云恰没有提及有人行刺，而是说："按照我们蒙古人收继婚的风俗，布塔失里是你的叔叔，他没有资格娶你，你只能嫁给扯力克！"

五兰无力地坐了下来。

太阳偏西了，扯力克志得意满，就等天黑之后接五兰拜堂。就在这时，大门外传来一阵吵闹声。布塔失里带五十多人堵在家门外，要和扯力克决斗。

扯力克很是不屑："一头愚蠢的骆驼羔子，想跟我决斗……"

扯力克吩咐家兵："你带二十个家人从后门出去，分散到归化城各个街道，见人你就说布塔失里包围咱家行凶，听明白了吗？"

"听明白了。"

这个家兵担心扯力克的安全："可是，我们走了，台吉不是更危险吗？"

扯力克得意地一笑："放心，你们喊的声音越大，我就越安全。"

切尽从瓦剌归来后，右翼济农之位的争执平息了，可塔娜的心里却掀起了波澜。把汉那吉之死，塔娜既自责，又愧疚。十余年来，塔娜以为把汉那吉早把她忘了，没想到，把汉那吉不但没忘，反而对自己更加执著。按说自己当年那样伤害把汉那吉，这次被熊扑伤他应该幸灾乐祸，可把汉那吉不但没有幸灾乐祸，反倒顶着那么大的风沙从归化城来看自己，这种感情足以打动天下所有的女人。

切尽也爱塔娜，但与把汉那吉太阳一般久而不熄的爱还是不能相比。这几年，切尽天天礼佛，对塔娜的热情日益冷淡。伤愈之后的塔娜开始思考，当年自己是不是对把汉那吉太过分了？她不停地反思，切尽是我爱的人，把汉那吉是爱我的人。女人择偶，到底是选择我爱的人，还是选择爱我的人呢？

塔娜索性也在脖子上挂起佛珠，每天念佛家的六字箴言。切尽没有察觉到塔娜的心态，见塔娜礼佛，他的心反倒踏实了。塔娜心中的火更大了，一气之下她把头发剪了，一个人离家而去。这下轮到切尽苦恼了，他来到归化城王宫。

钟金哈屯让侍女花丹献上奶茶，切尽目光暗淡："我真不明白，塔娜为什么要落发？为什么要离家出走？为什么不辞而别？"

钟金哈屯安慰他："人与人都是因缘始而聚，缘尽而散。如果有缘，相信你们还会见面的；要是没缘，强求只能是徒增痛苦。"

两个人正说着，刘四跑了进来："哈屯，街上到处都在传，说布塔失里台吉堵在扯力克的台吉府前要与他决斗！"

钟金哈屯疑惑："恰台吉已经答应把五兰嫁给里儿，他还说要退回扯力克的聘礼，里儿怎么还要与扯力克决斗？"

刘四连连摇头："哈屯，不是那么回事，扯力克和五兰今夜就要成亲了。"

万事皆有定数，既然达云恰已经决定了，那就顺其自然吧。虽然钟金哈屯宽慰自己，可心中还是有点儿堵："刘四，你马上把布塔失里叫回来。"

见钟金哈屯着急，切尽只得起身告辞。

不一会儿，刘四就回来了："哈屯，布塔失里台吉不回来。"

扯力克的府前人山人海，布塔失里左一刀，右一刀，刀刀不离扯力克的要害。扯力克闪转腾挪，并不还手。

"钟金哈屯到——"

人们往两边一闪，钟金哈屯步入当中。

扯力克紧走几步来到钟金哈屯面前："钟金哈屯……"

布塔失里追到扯力克背后，举刀就剁。扯力克纹丝未动，眼看布塔失里的刀就到他的头顶了，钟金哈屯一伸手，"啪"抓住布塔失里的腕子。

钟金哈屯斥道："畜生！今天是扯力克的大喜之日，你却动刀行凶，成何体统？马上跟我回去！"

布塔失里脸上的肌肉抽搐着："你骗我！你骗我！你明明答应把五兰嫁给我，为什么又突然把五兰嫁给扯力克？"

钟金哈屯无法解释："不得啰唆！马上跟我回去。"

布塔失里吼道："不！我不回去。"

钟金哈屯的火也上来了："刘四，把他给我绑回去！"

扯力克如愿以偿。然而，他与五兰成亲没有半个月，五兰却发现自己的孩子不要奶吃，你给，他就吃两口；不给，他不哭，也不闹。

孩子一天比一天瘦，五兰心如火焚，她请了蒙古医又请中医，请了中医又请喇嘛。可孩子不但不见好转，反而瘦得就剩了一层皮，五兰终日以泪洗面。

布塔失里一副幸灾乐祸的样子："额吉，告诉你一个好消息。"

钟金哈屯手捧经书，不经意地问："什么好消息？"

布塔失里脱口道："五兰的孩子就要死了。"

钟金哈屯合上书："你说什么？"

布塔失里喜形于色："五兰的孩子要死了。这个孩子一死，把汉那吉后继无人，额吉就可以把把汉那吉的封地收回来，扯力克的美梦就会像云一样飘走，他什么也得不到！"

钟金哈屯面沉似水："这么说，你娶五兰也是为把汉那吉的封地？"

布塔失里支吾道："我……我怎么会呢……"

钟金哈屯问："那你还爱五兰吗？"

布塔失里脱口道："当然爱。"

钟金哈屯和蔼地说："里儿呀，你这样做不对。中原有句话，叫爱屋及乌。爱一个屋子，连在房上做窝的乌鸦看着都顺眼。五兰的孩子病成这样，不知道她心里有多难受，多着急，你应该帮她，怎么能幸灾乐祸呢？"

布塔失里愤愤不平："我是恨扯力克！"

钟金哈屯柔声道："这就更不对了。孩子是五兰的，你怎么能把对扯力克的不满转嫁到孩子身上？"

布塔失里撅着嘴:"虽然这孩子不是扯力克的,可没有这孩子,扯力克就不会打五兰的主意。他不打五兰的主意,五兰早就嫁给我了。"

钟金哈屯引导布塔失里:"命里有时终须有,命里无时莫强求。你要是真爱五兰,不但不该恨这孩子,反而应该想办法救这个孩子才对。"

布塔失里不以为然:"五兰请了那么多郎中,又是求长生天,又是祭敖包,这都救不了孩子,我有什么办法?"

钟金哈屯平静地说:"达赖喇嘛即将来丰州滩为你阿爸超度亡灵,现在已经到了亦集乃。达赖喇嘛的道行高深莫测,如果他给这孩子治病,或许还有希望。"

亦集乃是鄂尔多斯八部之中最西面的一个小部落,位于现在的内蒙古额济纳旗居延海附近。

布塔失里犹豫一下:"那我去亦集乃,请达赖喇嘛快点儿来。"

钟金哈屯满意地点点头:"这就对了。"

布塔失里很快把达赖喇嘛及其徒子徒孙接到归化城,钟金哈屯和辛爱黄带着王宫的所有官员及佛教信徒一万多人出城迎接。众人行完五体投地礼,纷纷给达赖喇嘛献哈达。

人群中不见阿兴活佛,钟金哈屯一问才知道,就在达赖喇嘛动身之前,阿兴活佛圆寂了,她的心一下子沉入谷底。

五兰抱着孩子跪在地上:"达赖喇嘛,求你救救我的孩子,救救我的孩子吧!只要能救活我的孩子,我愿施舍白银一万两,天天烧香,日日念佛。"

达赖喇嘛双手合十:"阿弥陀佛,五兰施主,平身吧。我佛慈悲,救人一命,胜造七级浮屠。满珠?"

达赖喇嘛叫身后的一个喇嘛,满珠喇嘛恭恭敬敬地应道:"师祖。"

"你给这孩子看看。"

"是,师祖。"

钟金哈屯一看满珠喇嘛,心顿时狂跳起来。这个满珠怎么那么像自己的师兄铁木尔?她心中不停地念着六字箴言,努力使自己平静下来。

五兰把孩子放在一张床上,满珠喇嘛摸了摸孩子的脉,又翻开孩子的眼皮，然后道："五兰施主，请把孩子的衣服脱下来。"

五兰脱下孩子的衣服，见孩子浑身发青，骨瘦如柴，跟死孩子没什么两样。五兰用乞求的目光看着满珠喇嘛："活佛，请你一定治好我的孩子，我给你磕头，我给你磕头……"

满珠喇嘛神态安详："五兰施主莫急。"

满珠喇嘛微闭双目，屏气凝神，口中念念有词。片刻，他睁开眼睛，运气于双掌，五指分开，向孩子身上发功。一盏奶茶的工夫过去了，满珠喇嘛收功屏息，双手从孩子的头到脚心反复捏了三遍，最后，他照孩子的后背轻轻拍了两下。

"哇……"孩子哭出声来。

虽然声音很弱，可五兰听来却是惊天动地。

五兰扑上前："孩子，我的孩子！我的心肝！"

满珠喇嘛道："五兰施主，孩子太饿了，快叫奶妈喂奶吧！我这儿还有两瓶药粉，用奶水化开，早晚两次给孩子服下，不出七日，这孩子就会痊愈的。"

五兰万分感激地给满珠喇嘛磕响头："谢活佛！谢活佛！"

五兰把孩子抱出大殿，奶妈接过孩子，孩子啜着奶头，用力地吸吮起来。

傍晚，钟金哈屯一会儿拧眉，一会儿发呆，一会痴痴地望着窗外。花丹把一碗奶茶端给她，钟金哈屯接奶茶时，手居然伸进了碗中，烫得她一缩手。

吓得花丹一下子就跪下了："奴婢该死，奴婢该死。"

钟金哈屯没有接花丹的话茬儿，而是说："我想见见满珠喇嘛。"

花丹若有所悟，她站起身："那我把他请来。"

花丹去不多时就回来了："哈屯，满珠喇嘛正在打坐，他说有空来看望哈屯。"

钟金哈屯在宫中来回走了几趟："走！我们一起去看他。"

钟金哈屯和花丹来到满珠喇嘛的禅房，满珠喇嘛忙站了起来："哈屯……"

钟金哈屯的两只眼睛盯着满珠喇嘛，心"怦怦"直跳："师兄！"

满珠喇嘛后退两步："阿弥陀佛，哈屯，贫僧满珠，你认错人了。"

钟金哈屯愣住了："你不是铁木尔师兄？"

满珠喇嘛的神色有些紧张："阿弥陀佛，贫僧是满珠，不是铁木尔……"

满珠喇嘛往蒲团上一坐，两眼微闭，嘴唇翕动，他念上经了，不再理钟金哈屯。钟金哈屯使劲地摇着头，她十分肯定："不！我不会认错的，你就是铁木尔师兄！"

无论钟金哈屯怎么叫，满珠喇嘛只是念经。

阿拉坦汗的尸体先前安葬在大板升城北的宝丰山下，达赖喇嘛叫人把阿拉坦汗的坟墓挖开，人们一看，阿拉坦汗的遗体跟生前一模一样，没有一丝腐烂。按照喇嘛教的葬礼，达赖喇嘛在大板升城中架起木柴，把阿拉坦汗的遗体放在柴上火化，众喇嘛随达赖喇嘛在火堆旁为阿拉坦汗念经超度。

余火燃尽，人们收起阿拉坦汗的舍利子，达赖喇嘛下法旨，将阿拉坦汗的骨灰和舍利子就近存放在大板升城。据说，阿拉坦汗的舍利至今还保存在美岱召。

明朝政府得知达赖喇嘛在归化城讲经，特意派人请他赴京。达赖喇嘛把满珠喇嘛留在大板升城，钟金哈屯送达赖喇嘛及其随行的徒子徒孙。

长城脚下，钟金哈屯停下了脚步："师祖一路保重！"

达赖喇嘛点点头，他往四下看了看："阿弥陀佛，这里佛光万丈，满目生机，真是一片神奇的净土啊！"

达赖喇嘛回过头对徒子徒孙说："我年事已高，待我圆寂之后，就在此地转世。"

众僧连诵佛号："阿弥陀佛。"

钟金哈屯激动万分："师祖能在土默特转世，那蒙古草原将不胜荣耀。"

达赖喇嘛看了看钟金哈屯："师祖观你的面相，你后半生坎坷在所难免。满珠喇嘛道行高深，师祖把他留在大板升城，一来守护彻辰汗的舍利，二来为你消灾解难。"

彻辰汗是指阿拉坦汗，因为达赖喇嘛尊阿拉坦汗为"转千金法轮咱克

· 151 ·

喇瓦尔第彻辰汗"。

一提到满珠喇嘛,钟金哈屯的心又狂跳起来,她忍不住问:"师祖,满珠喇嘛的俗名是不是铁木尔?"

达赖喇嘛眼望远方:"是是非非,非非是是。"

钟金哈屯还想问,可达赖喇嘛头也不回地走了。

第二十一章

　　钟金哈屯这才觉得自己有些唐突,也没问问这个人是谁,叫什么名字,就冒冒失失地认了个爹。

　　一年后,三世达赖喇嘛圆寂,果然,他的弟子在蒙古右翼找到了转世灵童,这个灵童就是阿拉坦汗的孙子松木儿之子虎督度,也就是后来的四世达赖喇嘛云丹嘉措。云丹嘉措是藏传佛教格鲁派中唯一的一位蒙古族达赖,他十四岁被接到蜇蚌寺,二十八岁圆寂。

　　此是后话,暂且不提。

　　归化城南五十里有一座高大的青冢,相传是王昭君的衣冠墓,人称昭君墓。昭君在草原民族百姓心中其高如日,其洁如雪,其纯如玉,其重如金。两千年来,祭墓的人一直没有断过。

　　清明时节,昭君墓前的小草悄悄地钻出地面,远远望去,一片生机。这天,蒙汉百姓从四面八方赶来,人们神情肃穆,烧香祭拜。钟金哈屯心中充满敬意,一个汉家女子,为了匈汉两族的和平,抛弃个人得失,不惧艰险来到塞外,来到一片陌生的土地,这种精神太伟大了。

　　钟金哈屯怕惊动祭祀的人群,她叫军兵远远地等着,自己带着刘四和花丹走了过去。

花丹得意地说:"这算什么,我们哈……"

花丹想说"哈屯",可那就暴露了钟金的身份,花丹忙改口:"……我们夫人'五经'、'四书'无一不精,《大学》、《中庸》倒背如流,吟诗作对脱口而出,如果是男儿,早就是大明的状元郎了!"

睿气男子十分吃惊:"才女呀,才女!"

正在这时,一书童模样的人慌慌张张地跑来:"老爷,老夫人不行了,夫人叫你赶紧回去……"

书童一眼发现了钟金哈屯:"小姐!老爷,你找到小姐了!这下老夫人可有救了!小姐,你好像老了许多……你,你这怎么穿上了蒙古袍?"

花丹绷起脸:"你看清了,谁是你家小姐?这是我们……我们夫人。"

被称为老爷的睿气男子一脸愁云,他对书童道:"这不是小姐……"

睿气男子仰天长叹:"娘啊!儿子不孝,没能找回你那不争气的孙女……"

睿气男子跌跌撞撞地往回走。

钟金哈屯心头一热,她赶上前:"老先生,你不是说我很像你女儿吗?如果你不嫌弃,就把我当成你的女儿,我随先生一同去探视老人家如何?"

花丹不知该怎么劝:"夫人……这,这不合适吧?"

刘四也说:"是啊,这不合适啊……"

钟金哈屯打断花丹和刘四的话:"救人一命,胜造七级浮屠。我们信佛之人哪有见死不救的道理?说不定,我一去老人家的病就好了。"

睿气男子又惊又喜:"那可太好了!夫人若能屈尊,家母的病就能好一半呀!"

书童也高兴了:"是啊!是啊!"

钟金哈屯道:"既然老人家答应了,那不要叫我夫人了,就叫我女儿吧,我叫你爹,免得到了你家被老夫人发觉。"

睿气男子大喜过望:"女儿!"

"爹。"

花丹一拉钟金哈屯的衣襟,她用蒙古语提醒钟金哈屯:"哈屯,那边咱们还有卫队呢!"

钟金哈屯也用蒙古语道:"让刘四带他们回宫。"

花丹道："那哈屯的安全怎么办？"

钟金一笑："你随我去不就行了吗？"

睿气男子和书童带着钟金哈屯过了长城，来到大同府衙。几个门军口称"大人"向这个人打招呼。钟金哈屯这才觉得自己有些唐突，也没问问这个人是谁，叫什么名字，就冒冒失失地认了个爹。

钟金哈屯问书童："你家大人叫什么名字？"

书童笑了："小姐，这回你可赚大了！我家老爷就是刚刚上任的大同巡抚吴大人，你有这样的爹，可是一步登天了。"

钟金哈屯一愣："吴大人的名讳可是吴兑吗？"

书童自豪地说："正是。"

花丹把嘴一撇："赚大了？你们才赚大了呢！你知道我们夫人是谁吗？我们夫人是顺义王妃，是哈屯。"

吴兑闻声转过身，他两眼望着钟金哈屯："难道夫人就是蒙汉百姓人人颂扬的三娘子？"

没等钟金哈屯回话，花丹把头一扬："那还有假。"

吴兑"扑通"一声跪倒在地："原来是顺义王妃，下官吴兑有眼无珠，请王妃治罪。"

钟金哈屯忙把吴兑搀了起来："天下间哪有爹拜女儿的道理，要拜也是女儿拜爹。"

说着钟金哈屯就要给吴兑叩头，吴兑忙把钟金哈屯搀起来："使不得，使不得……"

钟金哈屯道："爹，祖母病体沉重，我们还是先看祖母吧。"

吴兑惦记自己的母亲："哎！好，好！"

小书童还挺机灵："老爷，小姐还穿着蒙古袍呢，老夫人看到是不是不合适啊？"

吴兑跟做梦似的："把小姐的衣柜打开，给三娘子换上汉服如何？"

钟金哈屯嗔道："爹，你又说错了，叫女儿。"

吴兑乐得都找不到北了："对对对，叫女儿，女儿，我的女儿。"

换完了衣服，吴兑带钟金哈屯来到后宅。屋里草药味十足，地上有个

157

方桌，桌上凉着一碗药汤。炕上躺着一个老人，老人眼窝深陷，面无血色。

吴兑对老夫人道："娘，儿子把你孙女找回来了！"

老太太的眼睛立刻放出光芒："我的孙女，我的孙女……"

老太太的眼睛看不太清，她用手摸索着。

钟金哈屯忙上前："祖母，你好些了吗？不孝孙女回来了。"

吴兑把老太太扶起来，老太太坐在炕上，紧紧地拉住钟金哈屯的手，泪水夺眶而出："我的宝贝孙女，你可想死祖母了。"

钟金哈屯感慨万千，不由得也落下了热泪。

心病还得心药治。钟金哈屯这个冒牌孙女一到，吴老夫人居然转危为安。

钟金哈屯对老太太一口一个祖母，对吴兑一口一个爹。吴兑虽然听着舒服，可心里明白，三娘子是顺义王妃，按照朝廷的规矩，三娘子是君，自己是臣。

晚上，老太太睡了，钟金哈屯和吴兑守在炕边。

钟金哈屯对吴兑说："爹，你回房休息吧。"

吴兑心中惶恐，他给钟金哈屯使了个眼色，两个人一前一后进了大厅。

吴兑道："以后不在老夫人面前，王妃就不要称爹了。"

"怎么？爹不要我这个女儿了？"

"不是，不是！说句犯上的话，下官何尝不想把王妃当成自己的女儿！只是，我们毕竟有君臣之分，像你这样的女儿吴兑不敢贪哪！"

"爹还是想要我这个女儿呀？"

"我连做梦都想！"

钟金哈屯吩咐花丹："把香案摆上，我要正式拜爹。"

吴兑大喜过望："王妃乃金枝玉叶，下官如何担当得起？"

花丹摆上香炉，燃上香，钟金哈屯一提罗裙跪倒在地："西天的佛祖，过往的神仙，钟金愿拜吴兑老人家为义父，今生今世都将以女儿的身份孝敬他老人家，请佛祖和神仙作证。"

· 158 ·

钟金哈屯又以汉人的礼节叩拜吴兑："爹爹在上，请受女儿一拜。"

吴兑跟掉进蜜坛似的，乐得嘴都合不上了："我的宝贝女儿，快快请起，快快请起。"

吴老夫人一天也离不开钟金哈屯，钟金哈屯也愿意在老人膝下尽孝，双方简直成了一家人。这期间，钟金哈屯渐渐地喜欢上了汉人的服饰，吴兑特意叫人把明朝贵妇人戴的什么八宝冠、什么百凤云衣，还有各式各样的裙子给钟金哈屯买来，钟金哈屯穿在身上，乐在脸上。在照顾老夫人之余，她和吴兑两个人谈书论画，吟诗作赋，相处得跟亲生父女一般。

钟金哈屯在大同一住就是两个月。

这天，钟金哈屯和吴兑正在吟诗，刘四气喘吁吁地跑了进来："哈屯，可汗病危，你快回去看看吧！"

第二十二章

　　扯力克死了,你再嫁他儿子,他儿子死了,你嫁他孙子,嫁给他重孙子,这样一直嫁下去……额吉,我不难为你,你想嫁谁我都不管,可你为什么不早告诉我?为什么?

　　辛爱黄已经奄奄一息了,扯力克和几个弟弟守在他身边。回到归化城王宫,钟金哈屯立即来到辛爱黄的寝殿:"可汗怎么样?"
　　扯力克的眼睛红红的:"回哈屯,医官说他们已经无能为力了。"
　　见辛爱黄病成这样,钟金哈屯为自己没有服侍他而愧疚。她几步来到辛爱黄身边,轻声道:"可汗,可汗?"
　　辛爱黄听到钟金哈屯的声音,慢慢地睁开眼睛:"哈屯,我还能见你最后一面……"
　　钟金哈屯不由得落下眼泪来:"可汗,我没有好好照顾你,我对不起你。"
　　"不要这么说,你回来我就放心了。"
　　辛爱黄断断续续地说:"我,我现在,明白了,不,不打仗的日子真好……我,我走之后,一定要,要与朝廷保持,保持,保持……"
　　辛爱黄的话没说完,头一歪,再也没有了声息。

钟金哈屯的身子一软，扑倒在辛爱黄的身上："可汗……"

安葬了辛爱黄，立新可汗的事又提上了日程。这天各位台吉、各部首领齐集银安殿。

钟金哈屯高坐在上，她往下看了看："各位台吉，各部首领，辛爱黄可汗已经到西天陪伴佛祖去了，今天把大家请来就是商议立新可汗之事。大家都说说，立谁合适？"

土默特万户之一的杭锦部首领第一个走了出来："哈屯，布塔失里台吉身为阿拉坦汗之子、辛爱黄汗之弟，年轻有为，智勇双全，应当立布塔失里台吉为可汗。"

巴林部首领也说："布塔失里台吉文武兼备，应当立为可汗。"

一些台吉、首领也都表示同意。扯力克站在下面，他脸色铁青，一言未发。其实，早在把汉那吉死后，布塔失里和扯力克就开始了汗位之争。表面上两个人都想娶五兰，可心里谁都明白，娶五兰的目的就是为壮大自己的实力，为日后争夺汗位赢得筹码。布塔失里没有得到五兰，当然也就得不到把汉那吉的封地，因此，在势力上处于下风。

怎么才能挽回这种被动的局面呢？布塔失里想到一个人，此人就是满珠喇嘛。布塔失里隐约听说满珠喇嘛很像额吉的师兄铁木尔，他眼前一亮，满珠喇嘛主持右翼的佛教事务，他在大板升城守护着阿爸的舍利子，如果能争取到满珠喇嘛的支持，那对自己可太有利了。

布塔失里以布施为名，带重金来到大板升城。

有个小喇嘛把布塔失里领进内堂，满珠喇嘛坐在释迦牟尼佛像前："阿弥陀佛，台吉布施如此之巨，功德无量啊！"

布塔失里双手合十："应该的，应该的。"

满珠喇嘛看了看布塔失里："台吉印堂发暗，想必是有什么事吧？"

布塔失里屏退左右，他"扑通"跪在满珠喇嘛面前："活佛，请你告诉我，我，我还有没有希望？"

满珠喇嘛捻着佛珠，半晌才说："布塔失里台吉是走错路了，右翼各部的台吉、首领无人不敬仰钟金哈屯，你去找他们，他们一定会让你满意的。"

一句话提醒了布塔失里,是啊!我额吉大权在握,我为什么不到各部落走走?我是额吉唯一的儿子,众台吉、首领只要提出来,额吉肯定会顺水推舟。扯力克呀扯力克,只要我当上可汗,我绝不会让你好过!

布塔失里到各部落走了一圈,绝大多数部落首领都答应立布塔失里为土默特十二部可汗。

大殿之中,庄秃赖瞅了瞅扯力克,又左右看了看:"我记得,当年达延汗驾崩前曾留下遗言,蒙古帝国的汗位一律由长门长支继承,不但大汗继立按此而行,各部首领的继承人也依此而定。扯力克台吉是辛爱黄可汗的长子,他既没有智力缺陷,又没有忤逆行为,不立他恐怕不合适吧?"

杭锦部首领不温不火:"别忘了,窝阔台汗可是圣主成吉思汗的三子,忽必烈汗是蒙哥汗的二弟。"

声音一落,立刻有人附和:"是啊,就是!"

庄秃赖一脸不屑:"没错,窝阔台汗是圣主成吉思汗的三子,忽必烈汗是蒙哥汗的二弟,可那个时候立大汗要召开全蒙古的库里台大会进行选举。我请问大家,达延汗中兴以来,有哪位大汗是库里台大会选举出来的?没有,都是由长门长子继承,难道有人要违背达延汗的遗训,破坏达延汗定下的规矩吗?"

庄秃赖把目光转向钟金哈屯:"哈屯,我们蒙古人退到草原二百多年,几乎打了二百多年,为什么?就是因为一些人总是存在非分之想,致使草原血流不止。如果废长子而另立他人,这个头一开,以后不知还会有多少人争夺汗位,那可是后患无穷啊!哈屯是女中豪杰,我相信哈屯会作出明断。"

布塔失里手按佩刀,怒目横眉:"谁还要争夺汗位?站出来!站出来!"

见众人没反应,布塔失里一甩手:"哪有人争夺汗位?危言耸听!"

布塔失里不可一世,扯力克的心却平静下来,布塔失里呀布塔失里,虽然你是钟金哈屯的儿子,可你太不了解她了。你要是不放狂言,说不定钟金哈屯还可能考虑立你为可汗。你这一闹,钟金哈屯必然对你失望。

钟金哈屯强忍怒火,如果是当年,她非上去扇布塔失里几个嘴巴不可。但由于多年礼佛,钟金哈屯的心可以装下一座山。

钟金哈屯表情严肃:"庄秃赖台吉言之有理,我决定,立扯力克台吉为新可汗。"

布塔失里以为自己听错了:"额吉,你说立谁?"

钟金哈屯一字一顿地说:"扯力克。"

再看布塔失里,鼻子歪了,脸也青了:"额吉,我可是你的亲生儿子!"

钟金哈屯目光冷峻:"我的亲生儿子也不能违反祖制!"

布塔失里哪肯死心:"扯力克不能服众,怎么能当可汗?"

钟金哈屯驳斥:"扯力克不能服众,你能服众吗?"

布塔失里手一扬:"这么多人推举我,我当然能够服众!"

钟金哈屯的目光如两把匕首:"你这些混账话首先就不能服我!又何以服众?"

布塔失里一时哑口无言。

突然,布塔失里狂笑起来:"哈哈哈……我明白了,我明白了……"

随即,布塔失里的声音低了下来,他怪声怪气地说:"额吉,你不是要嫁给扯力克吧?我们蒙古人可有收继婚的风俗。扯力克当了可汗,你又是汗妃。当汗妃的感觉一定是好极了……"

布塔失里一下子提高语调,他狠狠地说:"扯力克死了,你再嫁他儿子,他儿子死了,你嫁他孙子,嫁给他重孙子,这样一直嫁下去……额吉,我不难为你,你想嫁谁我都不管,可你为什么不早告诉我?为什么?"

布塔失里的这番话就跟刀子一样,字字扎在钟金哈屯的心上,让她忍无可忍:"来人!把这个疯子拉出去,乱棍打死,就当我没生这个畜生!"

刘四不得不带人把布塔失里往外拖,扯力克"扑通"就跪下了:"哈屯手下留情!布塔失里虽然出口不逊,可他毕竟是哈屯的亲生子,念他年轻气盛,一时冲动,你饶了他吧!"

钟金哈屯真急了:"不行!"

各台吉、首领都跪下了:"哈屯,布塔失里怒不择言,触犯了哈屯,看在逝去的阿拉坦汗面上饶了他吧!"

虎毒尚不食其子。钟金哈屯就这么一个儿子,她哪下得了手啊!可不给布塔失里一点儿教训,他也太嚣张了。

· 163 ·

钟金哈屯的眼睛一瞪："拉出去，鞭笞三十七！"

三十七鞭子下去，抽得布塔失里都爬不起来了。

大板升城庙里香烟缭绕，钟金哈屯跪在佛祖释迦牟尼像前，泪水无声地落了下来。

"哈屯真要立扯力克吗？"

满珠喇嘛不知什么时候也跪在释迦牟尼像前。钟金哈屯听出了满珠喇嘛的声音，她没有擦眼泪，也没有看满珠喇嘛："难道还有挽回的余地吗？"

满珠喇嘛的声音很低："佛法无边哪……"

钟金哈屯是何等聪明，满珠喇嘛的话她怎么能不明白？只要满珠喇嘛假以佛祖的名义，扯力克定然是空欢喜一场，但钟金哈屯对布塔失里失去了信心，她沉默不语。

满珠喇嘛问道："哈屯改变主意了吗？"

钟金哈屯摇了摇头："没有。"

又是沉默。

过了一会儿，满珠喇嘛问："哈屯会嫁给扯力克吗？"

"不会，扯力克登上汗位之后，我就搬出归化城。"

"去哪儿？"

"在这座大板升城侍奉佛祖。"

"那哈屯手中的兵符大印如何处置？"

钟金哈屯看了满珠喇嘛一眼："我带在身边。"

满珠喇嘛口诵佛号："阿弥陀佛，看来哈屯已经深思熟虑了。"

公元 1586 年（万历十四年）夏，扯力克即汗位。明廷派钦差前来祝贺，却没有提扯力克袭封顺义王的事。

送走了钦差，扯力克把庄秃赖叫进宫中："我既是可汗，朝廷为什么不册封我为顺义王？"

庄秃赖皱了皱眉："可汗，明蒙通商以来，朝廷只认钟金哈屯。现在可汗住在归化城王宫，而钟金哈屯却搬进了大板升城，给人的第一印象就是可汗与钟金哈屯不睦，朝廷不封可汗为顺义王就不足为怪了。"

扯力克一皱眉："右翼军、政、宗教三权分立，钟金哈屯手握兵符大印，满珠喇嘛主持佛事，他们控制着军权和宗教，朝廷又这么信任她，我怎么觉得哈屯像悬在我头上的刀啊！"

庄秃赖摇了摇头："钟金哈屯对可汗不放心倒是真的，可要说她威胁到可汗的安全，这还不太可能。"

"何以见得？"

"钟金哈屯把两件事视为生命：一件是明蒙和平，另一件就是我们右翼的稳定。"

扯力克往椅子上一靠："你说得不错，可是，这么窝窝囊囊地当可汗我不甘心哪！你说我亲自到大板升城去接她，她能回来不？"

庄秃赖道："她既然搬出了归化城，回来的可能就不大。"

扯力克向庄秃赖移了移身子："怎么才能让她回来呢？"

庄秃赖沉吟良久："只有一个办法……"

"合婚。"两个人几乎同时说出口。

但扯力克立刻否定了："这不可能。"

庄秃赖诡秘地一笑："不见得，关键要看谁去提这桩亲事。"

"谁去能成？"

"吴兑。"

"吴兑？你是说大同的新任巡抚？"

"正是。"

扯力克一下子站起身："你马上去一趟大同。"

隆庆和议以来，明蒙边境的驻军大大减少，沿边几乎不设防。庄秃赖骑上快马，很快就到了大同。

一见吴兑，庄秃赖以手抚胸："参见吴大人。"

吴兑挺客气："庄秃赖台吉，请坐。"

有人给庄秃赖献上奶茶，庄秃赖喝了一口，他以迂为直："大人，扯力克可汗即位以来，蒙古右翼一直存在不稳定因素，巡抚大人是朝中倚重的老臣，扯力克可汗特命庄秃赖前来向大人请教。"

吴兑一拱手:"不敢当,不敢当,请庄秃赖台吉明示。"

庄秃赖不慌不忙:"大人博通古今,可听说天有二日、国有二君吗?"

吴兑不知庄秃赖的葫芦里卖的什么药:"好像没有。"

庄秃赖侃侃而谈:"庄秃赖也没听过。如今蒙古右翼汗权和兵权分立,名义上只有一个可汗,实际却有两个君主。虽然现在还没有出现大的问题,可时间久了,难免发生冲突。右翼不稳,明蒙之间的和平不保啊!"

吴兑若有所思:"辛爱黄可汗在位时,也是汗权和兵权分立,那不是挺稳定吗?"

庄秃赖就等着吴兑说这句话:"对了,问题就出在这儿。辛爱黄可汗在位时,虽然两权分立,可是辛爱黄可汗和钟金哈屯是一家人,是夫妻,夫妻一体,利益一致,当然不会产生冲突。"

吴兑觉得庄秃赖的话有理:"庄秃赖台吉认为我能做什么?"

庄秃赖诡秘地说:"如果能使扯力克可汗与钟金哈屯结为夫妇,那可是稳定右翼蒙古的良方啊!"

吴兑一笑:"这么说,台吉是来让我做大媒的?"

庄秃赖没有回避吴兑的目光:"大人果然是朝廷命官,佩服,佩服。"

庄秃赖说的也是吴兑所担心的,扯力克雄心勃勃,没有三娘子在身边约束,难免他不会威胁边境安全。吴兑向万历皇帝上了一道奏折,分析了右翼蒙古的形势,提出了钟金哈屯嫁给扯力克的必要性。

说起万历皇帝,人们的感慨很多,他十岁继位,继位之初,在张居正的辅佐下,国家比较稳定。可张居正死后,从张家抄出无数金银珠宝,万历皇帝对张居正大失所望,他决心凭自己的智慧,干一番轰轰烈烈的事业。

然而,大臣们就是跟他过不去。首先是在立贵妃这件事上,群臣一致抵制,虽然最终万历如愿,可在立太子的问题上,群臣毫不让步。万历有两个儿子,李贵妃生的是长子,郑贵妃生的是次子,万历要立郑贵妃之子,群臣以"立长不立幼"的古训坚决反对,他们在宫门外长跪不起。万历大为恼火,他传旨,将跪在宫外的大臣杖毙。被打死的大臣一个接一个,可群臣视死如归,没有一个退却。

打死一个两个能说得过去,三个五个也伤不了大体,可总不能把大臣都打死吧?万历皇帝实在没办法,只得采取拖延战术,以消磨群臣的意志。这一拖就是十五年,无数大臣被斥、被贬、被打死,但群臣的主张丝毫没有改变。万历不但没有把群臣的意志磨掉,反而把自己搞得身心交瘁。万历把手一挥,你们想怎么着就怎么着吧,他屈服了。

从此,万历皇帝心灰意冷,他把自己关在皇宫内闭门不出,国家大事全都抛给了群臣,就是天塌下来,他也不闻不问,以此报复群臣。

万历皇帝在位四十八年,在后二十年中,几乎没上过一次朝。各地官员缺额过半,兵、吏、礼、户、刑、工六部是国家的中枢,可六个部五个没有尚书,他却跟没事人一般。

不过,此时的万历皇帝倒是意气风发,心系天下,他对吴兑的建议十分欣赏。吴兑心里清楚,自己这个干女儿三娘子既然离开了归化城王宫,就表明了她对扯力克的态度。

吴兑正在冥思苦想,一个军兵跑了进来:"启禀大人,镇羌堡边市出事了!"

第二十三章

　　扯力克身后跟着三百多骑兵，这些人一个个手提弯刀，怒目横眉。吴兑心中一紧，扯力克气势汹汹，这是来兴师问罪吗？

　　镇羌堡离大同只有四五十里，明蒙互市以来，在这里交易的人非常多。扯力克的长子晃兔就驻牧在镇羌堡北。中午时分，仆人抱着两坛酒来到晃兔帐中。
　　仆人满面春风："台吉，酒！酒！"
　　蒙古人对酒的感情很深，晃兔更是如此，一见到酒，他搬起一坛子，"咕嘟咕嘟"半坛子下去了。
　　晃兔把嘴角一抹："好酒，真是好酒。哪儿来的？"
　　仆人眉飞色舞："这是奴才刚从边市上给台吉换的。"
　　明蒙边市交易主要是以物易物。
　　晃兔打了个嗝："一只羊能换几坛子？"
　　仆人摇了摇头："台吉，一只羊连一坛子也换不了，五只羊才换一坛。奴才赶去十只羊，就只换了两坛子……"
　　晃兔一把揪起仆人的衣领，仆人吓得脸都白了，心说，我的主人，你这是喝多了还是怎么着？我好心好意给你换酒，你怎么还要打我？

晁兔二目圆睁:"十只羊换两坛酒!你告诉我,是哪个贪婪的家伙换给你的?"

仆人结结巴巴地说:"是,是从一个大脑袋汉人手里换的。"

晁兔拉着仆人往外就走。

仆人咧着嘴:"台吉,你这是怎么了?"

晁兔喘着粗气:"怎么了?你上了大当!什么酒一坛子能换五只羊?就是玉皇老子的琼浆玉液也换不了五只羊!"

仆人战战兢兢:"台吉,扰乱边市,那是要受重罚的。"

晁兔吼道:"重罚?重罚的应该是那个狼心狗肺的大脑袋汉人,今天我非向他讨个公道!"

以往边市上以粮食、食盐和日用品居多,很少有卖酒的,蒙古贵族要喝酒都是跟明朝官府交换,通常一只羊可换六七坛酒。今天早上,仆人在边市上看到了酒,他心中一喜,由于语言不通,双方只能用手比划。仆人指了指羊,又指了指酒。卖酒的是亲哥仨,大脑袋是老大,他伸出五个手指头,意思是说一只羊换五坛酒。仆人却以为五只羊换一坛酒。因此,他搬了两坛酒,就把十只羊给了大脑袋。边市上蒙古民很多,仆人这么一开头,蒙古民都围了上来,虽然五只羊换一坛酒,但换的人还不少。

大脑袋哥仨乐得直蹦,今天这是撞到财神爷怀里了。他们正高兴呢,晁兔带着十几号人来了。

晁兔喝问仆人:"那个大脑袋在哪儿?"

仆人用手一指:"台吉,在那儿,那不,还围着好几个人呢!"

晁兔来到近前高声道:"蒙古民弟兄们,都不要换了,都听我说,大同府的官价是一只羊六坛酒,可他却是五只羊一坛酒,这个大脑袋的心太黑了!"

晁兔的一番话把大家都惊呆了,人们议论纷纷——

"什么?官价一只羊六坛子!"

"那我们不是太亏了吗?"

"这简直就是明抢,是强盗!"

就是那个老二打的，我不得已才还手。"

吴兑把脸一沉："晁兔，你是不是也该跪下回话呀？"

晁兔没好气地白了白眼睛，只得跪下。

吴兑把惊堂木一拍："我都听明白了——是大脑袋先发不义之财，之后晁兔来找大脑袋退酒，大脑袋不退，你们双方就动起手来。老二打了晁兔，晁兔砍掉了老二的胳膊，大脑袋就回去找来三百多人报复。是不是？"

晁兔望着吴兑："大人说得一点儿不错。"

"嗯……是这么回事。"大脑袋也点头。

吴兑又拍了一下惊堂木，他手指大脑袋："朝廷规定：凡在边市上欺行霸市、聚众斗殴者格杀勿论。你天价卖酒，拒不退货，即为欺行霸市；找来三百多人大打出手，即为聚众斗殴。如此刁民，本官岂能饶你！来人，把这个大脑袋就地正法。"

有几个明军过来就把大脑袋摁住了，大脑袋跟杀猪一般嚎叫："大人，冤枉啊……"

当兵的把刀高高举起，眼看大脑袋就要人头落地，突然，远处有人高喊："住手——"

"三娘子来了！"

"钟金哈屯来了！"

人群往两边一分，钟金哈屯跳下马走到吴兑近前："爹。"

吴兑一见钟金哈屯，心里跟打开两扇门似的："女儿，你来得正好。"

有人给钟金哈屯搬过一把椅子，钟金哈屯坐在吴兑身边。

大脑袋甩开明军，连滚带爬地来到钟金哈屯脚下："三娘子，我们汉人都说你是观音菩萨下凡，昭君娘娘转世。我错了，我知错了，求你大发慈悲，救我一命啊！"

钟金哈屯问："到底是怎么回事？"

大脑袋把事情的经过如实地说了一遍，钟金哈屯绷着脸，她一指晁兔："我问你，你带十几个人动手行凶，是不是扰乱边市？"

阿拉坦汗生前定的九条禁令规定"扰乱边市者，斩"。钟金哈屯几年前曾杀过辛爱黄的女婿塔什，晁兔能不记得嘛。听她这么一问，晁兔不由

172

得打了个寒战，酒全醒了。

"我，我……是大脑袋欺行霸市在先，我找他评理在后。"

钟金哈屯二目如电："我没问谁欺行霸市，我问你带十几个人行凶，是不是扰乱边市？"

晃兔的汗一下子就流了下来，他忙叩头："是……哈屯开恩，哈屯饶命啊！"

钟金哈屯没有理会晃兔，她压低声音在吴兑耳边说："爹，不杀晃兔和大脑袋行不？"

吴兑也低声道："晃兔是蒙古人，他的生死由你决定，可大脑袋是汉人，按律当斩。"

钟金哈屯道："爹，大脑袋也不能杀。"

钟金哈屯对这件事特别慎重，这不是一般的事件，而是蒙汉两族百姓之间的群殴。吴兑要杀大脑袋，钟金哈屯就不能放过晃兔。晃兔并不像塔什那样目中无人，而且，他不但为自己，还为蒙古民争取利益。两个人一死，大脑袋那三百多人就会记恨蒙古人，边市上的蒙古人也会记恨汉人，蒙汉百姓一旦结仇，必然威胁到塞上的稳定。因此，钟金哈屯以为，这件事应该灵活处理。

吴兑顿悟："死罪可以饶过，但必须处罚，以儆效尤。"

钟金哈屯点了点头："嗯，我也是这样想的。爹，你看这样行不行——晃兔砍掉老二的胳膊，罚他三百只羊，作为老二养家之用；大脑袋谋取暴利，带人群殴，罚酒百坛；先前大脑袋一坛酒换五只羊，现在全部退回，如果双方还愿意交易，就比官价稍高一点儿，一只羊换五坛酒；其他人等暂不追究。"

吴兑一伸大拇指："女儿，怪不得蒙汉百姓拥戴你，爹服了！"

吴兑把惊堂木交给钟金哈屯："蒙汉百姓都信任你，还是由你来决断。"

钟金哈屯接过惊堂木，"啪"地一拍："大脑袋，晃兔，你们可知罪？"

大脑袋和晃兔刚才的气焰都没了——

"知罪，我知罪。求三娘子开恩，我以后再也不敢了。"

"我知罪，求钟金哈屯开恩，我一定改，一定改。"

钟金哈屯高声道："既然你们都想改过自新，那我就给你们一次机会……"

钟金哈屯宣布判决之后，大脑袋和晁兔一同叩头——

"谢谢三娘子不杀之恩，我认罚，我认罚。"

"谢钟金哈屯不杀之恩，我也认罚。"

钟金哈屯又对其他参与斗殴的人道："上天有好生之德，念你们是初犯，就不加追究了。如果再有寻衅滋事者，定斩不饶！你们都听见了吗？"

蒙汉边民齐声应道："我们听见了，我们再也不敢了。"

钟金哈屯向晁兔、大脑袋以及所有下跪之人挥了挥手："都起来吧。"

人们刚站起身，一队人马风驰电掣般跑来。钟金哈屯抬头一看，为首之人是扯力克。扯力克身后跟着三百多骑兵，这些人一个个手提弯刀，怒目横眉。吴兑心中一紧，扯力克气势汹汹，这是来兴师问罪吗？

钟金哈屯向扯力克打招呼："可汗。"

晁兔迎上前："阿爸！"

吴兑向扯力克一拱手："扯力克可汗。"

扯力克的脸上阴云密布，他没有理晁兔和吴兑，而是对钟金哈屯说："钟金哈屯也在，是不是晁兔和人家打起来了？"

晁兔有了底气，他抢先道："阿爸，那个大脑袋不讲理……"

钟金哈屯道："可汗，是这么回事……"

钟金哈屯和晁兔两个人都要说事情的经过，扯力克斥责晁兔道："听哈屯说！"

钟金哈屯把事情的经过和她对这个案件的处理情况，向扯力克简单地说了一遍，她很客气地问："可汗，你看这样处理行不行？"

吴兑盯着扯力克，心中一个劲打鼓。

扯力克想问为什么不把大脑袋斩首？但又一想，按律晁兔也该处斩，他只得把到嘴边的话又咽了下去。

扯力克看了一眼晁兔，又瞅了瞅吴兑，他对钟金哈屯说："宽严得当，不偏不倚。"

吴兑悬着的心这才落地。

扯力克换成一副笑容："钟金哈屯，你在王宫里居住的大殿还空着，大板升城毕竟比不上王宫，还请哈屯早点儿回来。"

钟金哈屯微微一笑，未置可否。

扯力克的目光移到吴兑脸上，他意味深长地说："吴大人，你们父女多日不见，一定有很多话要说，我就不打扰了。"

吴兑向扯力克作了个揖："可汗慢走。"

扯力克对晁兔道："晁兔，还不跟我回去！"

"是，阿爸。"

扯力克和晁兔飞马而去。

吴兑和钟金哈屯并马而行："女儿，今天多亏有你在此，不然，看扯力克这阵势，一场冲突在所难免。看来，朝廷的担心还是很有道理的，如果扯力克没人约束，明蒙之间小则发生纠纷，大则爆发战争啊！"

钟金哈屯看了看天："所以，我才没把兵权交给他。"

吴兑带住马："女儿，虽然你掌握兵权，可这并非长久之计。扯力克不但继承了辛爱黄的牧场，还得到了把汉那吉的封地，如果他想招一支万人军队并非难事。"

钟金哈屯半晌才说："这也是我所担心的。"

吴兑灵机一动："既然女儿也为此忧虑，爹有个想法，不知当讲不当讲？"

· 175 ·

第二十四章

  三娘子身为蒙古女子,她忠于朝廷,顺应民意,虚怀若谷,深明大义,开天辟地也找不出第二人。这真是古有王昭君,今有三娘子啊!

  望着吴兑的眼神,钟金哈屯猜到了几分:"说吧,爹。"
  吴兑犹豫一下,道:"你和扯力克合婚如何?"
  钟金哈屯没有回答。
  吴兑劝道:"女儿呀,阿拉坦汗用尽毕生心血,才换来明蒙之间的和平。如果明蒙之间的和平毁在我们手里,那我们何以对得起阿拉坦汗的在天英灵?可要把这种和平局面保持下去,就得有人作出牺牲。我知道,只要有利于明蒙和平,女儿都不惜粉身碎骨。女儿连死都不怕,还有什么事能难倒女儿呢?"
  钟金哈屯淡定地问:"扯力克找过爹了?"
  吴兑坦然道:"他没来,庄秃赖来了,他说扯力克的态度十分诚恳,女儿有什么条件都可以提。"
  钟金哈屯长叹一声:"我能有什么条件?我最担心的是布塔失里,为争五兰,他差点儿和扯力克拼命。我就布塔失里一个儿子,如果我与扯力克合婚，布塔失里还能认我这个额吉吗？"

吴兑深有感触："女儿想得也对，这样吧，我跟扯力克好好谈谈。"

归化城王宫内，身为可汗，手中没有兵权，扯力克很不踏实，他总觉得自己被一条无形的绳索捆着。扯力克一边喝着奶茶，一边揣测：庄秃赖跟吴兑说了有两个月，昨天在镇羌堡边市，我也给吴兑和钟金哈屯创造了说话的机会，也不知吴兑跟钟金哈屯提没提这桩亲事？钟金哈屯到底能不能答应？扯力克正在胡思乱想，吴兑来了。

扯力克心中一喜："吴大人，晁兔在边市闯了大祸，差点儿闹出人命，虽然钟金哈屯罚了他几百只羊，可我觉得还是有点儿轻。大人来得正好，我想听听大人的意见，怎么处罚晁兔？"

吴兑一笑："可汗，都是大脑袋见利忘义所致。晁兔虽然有错，可他主持公道，胸怀坦荡。再说三娘子也处罚了他，同一件事不能两次受罚。"

扯力克卖了个人情："大人说得也是，那我就听大人的。"

吴兑一转话题："可汗，今天我来还有一件事。"

扯力克等的就是吴兑的下文："大人请讲。"

吴兑道："两个月前，庄秃赖找到我，谈到可汗与三娘子合婚之事，我很是赞同，昨天在边市上，我也跟三娘子谈了。"

扯力克有点儿沉不住气了："她怎么说？"

吴兑面有难色："三娘子顾及的是布塔失里。当初布塔失里与可汗为了五兰闹得不可开交，三娘子担心她与可汗合婚，布塔失里会难以接受。"

扯力克欠了欠身："这，这不难，他要是对五兰痴情不改，我，我可以把五兰赐给他。"

扯力克又补充说："无论布塔失里要什么，我都可以满足他。"

吴兑点点头："可汗不计前嫌，令人敬佩，这就好办了。"

扯力克把五兰赐给布塔失里，布塔失里觉得十分突然，他转了转眼睛："噢，我明白了！想用五兰堵住我的嘴，扯力克，你想得太天真了！你以为我只要五兰吗？我还要她的封地呢！"

有人把布塔失里的话传给扯力克，扯力克把手一挥："给，我全给。"

与扯力克合婚，钟金哈屯除了顾及布塔失里，她心中还装着另外一个人，这个人就是师兄铁木尔。不过，钟金哈屯没有对任何人讲过，她一直把师兄铁木尔埋在心底。

　　钟金哈屯认定满珠喇嘛就是铁木尔，满珠喇嘛越是闪烁其词，她越是坚信自己的判断。唉！都是东克寺那场大火把我和师兄无情地分开了。当年如果知道铁木尔师兄还活在世上，我一定会去找他，哪怕找到天涯海角。可是，命运偏偏跟自己开了个大玩笑，我刚刚嫁给阿拉坦汗，铁木尔师兄就出现了。

　　阿拉坦汗去世后，钟金哈屯也想过师兄铁木尔，她曾派人秘密打听铁木尔，但没有消息。后来，在达云恰的撮合下，为了阿拉坦汗的事业，为了明蒙和平，钟金哈屯二嫁辛爱黄。如今辛爱黄也离她而去，而她心中的铁木尔师兄就在大板升城，两个有情人同在一城，钟金哈屯的心能平静吗？

　　佛堂之上，香烟缭绕，满珠喇嘛盘腿而坐，他两眼微闭，口念箴言。
　　"活佛。"
　　满珠喇嘛听出了钟金哈屯的声音，他轻轻地睁开眼睛："哈屯。"
　　"我想跟活佛打听一个人。"
　　"哈屯请讲。"
　　"我有个师兄叫铁木尔，他也在达赖喇嘛身边，不知活佛可认识他。"
　　满珠喇嘛悠悠地说："他已经圆寂了。"
　　钟金哈屯的身子一颤，她似乎自言自语，又似说给满珠喇嘛听："要是师兄能在我身边该多好，遇事我也有个人商量，总不至于憋在心里，就像这次，义父劝我与扯力克合婚，我真不知自己该怎么做……"
　　钟金哈屯的目光落在满珠喇嘛的脸上。
　　满珠喇嘛沉吟半晌："哈屯与扯力克可汗合婚，应该是最好的选择吧。"
　　钟金哈屯问："为什么呢？"
　　满珠喇嘛的语速很慢："如果哈屯不与扯力克可汗合婚，那哈屯和扯力克难免会发生冲突，而哈屯与扯力克的冲突，必然影响到明蒙边境的安定。一旦出现这种局面，阿拉坦汗一生的心血将化为乌有，明蒙之间的和平也将像流水一样一去不返哪！"

钟金哈屯顾虑重重："可是，与扯力克合婚，我怎么向布塔失里解释？"

满珠喇嘛双手合十："阿弥陀佛，金无足赤，白玉有瑕。天下之事，没有尽善尽美的。"

归化城，大雪纷飞，朔风怒吼。王宫里，烛光跳动，美酒飘香。

钟金哈屯和扯力克的婚期与布塔失里和五兰的婚期是同一个日子，显然，这是钟金哈屯精心安排的。

钟金哈屯与扯力克的婚礼并不隆重，席间只有十几个人，大家一一为钟金哈屯和扯力克敬酒祝福。

"咣"的一声，宫门被撞开了，布塔失里一个跟头跌在地上，"啪"他手中的酒碗摔得粉碎。

刘四上前把他扶起来："布塔失里台吉……"

布塔失里把手一甩："我没喝多，不要扶我！"

钟金哈屯起身来到布塔失里身边："里儿，今天也是你和五兰的好日子，你该去陪她，别让她一个人独守空房。"

布塔失里的舌头跟短了半截似的："不用。我，我，我要先给额吉敬酒，以尽孝道。"

说着，布塔失里从桌子上拿过一个碗，他倒上酒："额吉，这碗酒儿子敬你，祝你们白头到老。"

钟金哈屯皱了皱眉，她一饮而尽。

布塔失里又倒了第二碗酒："额吉，这碗儿子祝，祝你，祝你早生，早生一个小台吉……"

虽然这碗酒难以下咽，可钟金哈屯还是喝了下去。

布塔失里把第三碗酒又端了过来："额吉，这碗儿子祝你永远年轻，长生不老……"

钟金哈屯就觉得这句话顺耳，哪知道布塔失里的话还没说完——

"额吉，额吉长生不老，扯力克死了，你还可以嫁给他儿子。"

钟金哈屯的头就像被重锤猛地击了一下。

布塔失里并不顾及钟金哈屯的感受，他敬完额吉，又到扯力克面前。扯力克想躲，布塔失里一把拉住他："可汗，你今天就，就成我阿爸了，我敬阿爸一碗。"

扯力克是阿拉坦汗的孙子，布塔失里是阿拉坦汗的儿子。从父辈上论，布塔失里是扯力克的叔叔，可布塔失里却叫扯力克阿爸。一句"阿爸"，就像鞭子抽在扯力克的脸上。

刘四忙过来拉布塔失里："台吉，五兰比姬在等你呢，快回去吧。"

刘四架起布塔失里就走，布塔失里挣扎着："我不走，我还没敬完酒，我不走……"

刘四往外拖，布塔失里像狼一样嗥叫："放开我，放开我……"

刘四带着几个人把布塔失里架了出去，布塔失里的吼叫声被风雪淹没了。

清晨，风停了，雪也不下了。扯力克还躺着，钟金哈屯已经下了炕，花丹端来洗脸水。钟金哈屯挽起袖子，手还没伸进水中，五兰就风风火火地跑进宫来："哈屯，布塔失里可在宫中？"

钟金哈屯一愣："昨天晚上刘四把他送回去了。怎么，他没和你在一起？"

五兰惊道："刘四是把他送回来了，可他又出去了，之后就再也没回来。"

昨夜风雪交加，天那么冷，布塔失里能去哪儿？一种不祥之兆袭上钟金哈屯的心头。

扯力克从炕上跳了下来："快！快派人去找。"

钟金哈屯跪在释迦牟尼佛像前一个劲地捻着佛珠，额上的冷汗直往外冒。扯力克也在宫中来回踱步。

侍女花丹急匆匆地走了进来，扯力克见面便问："找到没有？"

花丹的眼睛湿润了："找到了，可是，布塔失里台吉，他，他……"

扯力克急道："说呀！他到底怎么了？"

花丹哭着说："他冻死在雪地里……"

钟金哈屯如遭晴天霹雳，就觉得天旋地转，她身子一软，人事不知。

钟金哈屯醒来的时候，扯力克、满珠喇嘛以及刘四、花丹等人满满地站了一屋子。

钟金哈屯的脸色苍白,她平静地说:"小素囊在哪儿,把他给我抱来。"

素囊是布塔失里和一个永谢布姑娘生的孩子。四年前,五兰嫁给了扯力克,为了安慰布塔失里,钟金哈屯给他娶了一个永谢布姑娘。

扯力克忙叫奶妈把素囊抱过来。小素囊已经会叫额嬷格了,这孩子长得白白胖胖,十分讨人喜欢。

钟金哈屯抱过小素囊,泪如泉涌:"我苦命的孙子……"

小素囊用小手给钟金哈屯擦眼泪:"额嬷格乖,额嬷格不哭……"

钟金哈屯的心如同被揪了似的:"额嬷格不哭,额嬷格不哭……"

钟金哈屯强忍眼泪,她吩咐奶妈:"把孩子留在我这儿,你也搬过来吧。"

吴兑得知布塔失里被冻死的消息后大吃一惊,他来到归化城王宫。一见钟金哈屯,吴兑的眼圈红了:"女儿,是爹不好,爹不该让你嫁给扯力克。是爹害了你,害了布塔失里……"

钟金哈屯强装笑脸:"一切自有定数,布塔失里命该如此,不怪爹。"

吴兑既愧疚又伤情,回到大同后,他给万历皇帝上了一道奏折,从钟金哈屯协助阿拉坦汗促成明蒙互市通贡,到维护明蒙和平;从处斩辛爱黄的女婿塔什,到平息晁兔事件;从钟金哈屯嫁给扯力克,到她失去亲生儿子布塔失里。吴兑把钟金哈屯的功绩写了数十页。最后写道:有三娘子在,边境无忧矣!

万历皇帝大为感慨,都说昭君出塞千古流传,可昭君毕竟是汉家姑娘,而三娘子却是一个蒙古女子,她忠于朝廷,顺应民意,虚怀若谷,深明大义,开天辟地也找不出第二人。这真是古有王昭君,今有三娘子啊!

公元1587年(万历十五年)阴历三月,万历皇帝册封钟金哈屯为忠顺夫人,官居一品,同时,册封扯力克为第三代顺义王。

一个外族女子,被授予一品夫人,这在中国历史上绝无仅有。

夏季的塞外,清爽怡人。三世达赖喇嘛圆寂已有几年了,寻找达赖转世灵童的事紧锣密鼓地进行着。

太阳偏西了,钟金哈屯拉着小素囊,祖孙二人走出后宫,花丹和几个暗中派人与扯力克接触。

扯力克把这事跟庄秃赖一说，庄秃赖哈哈大笑："恭喜可汗，贺喜可汗，机会来了。"

扯力克没动声色："你也认为这是一次机会？"

庄秃赖眉飞色舞："可汗，这个机会太难得了。其一，你可以趁机从钟金哈屯手中收回兵权，摆脱她的控制；其二，你可以向大汗表明忠心，改变大汗对我们右翼的猜疑；其三，这也是最关键的，你可以与汗廷合兵进攻明朝，一旦占领中原，那可汗就不是可汗了……"

扯力克明知故问："不是可汗还能是什么？"

庄秃赖的两只金鱼眼狡黠地看着扯力克："说不定可汗就成大汗了……"

扯力克心里高兴，可嘴上却道："不得胡说！这可是谋逆大罪。"

庄秃赖赔着笑脸："是是是，可汗。"

扯力克皱了皱眉："你认为钟金哈屯会把兵权给我吗？"

庄秃赖晃着大脑袋："话得分怎么说。钟金哈屯一心维护明蒙和平，她把明蒙和平看成眼珠一样重要，可汗要说与舒哈首领一道进攻明廷，钟金哈屯决不同意。可要说驻防亦集乃，阻止舒哈东进，那就不一样了。"

扯力克仍有顾虑："这个主意倒是不错，可如果钟金哈屯提出和我一起统兵，那不露馅儿了吗？"

庄秃赖诡异地说："不能等钟金哈屯提出来，可汗应该主动邀请钟金哈屯一起统兵。"

扯力克没转过弯来，庄秃赖嘿嘿一笑："可汗，你看这样行不行……"

扯力克听完，连连点头。

扯力克把舒哈占领瓦剌的事添油加醋地说了一遍，钟金哈屯思索再三："阿拉坦汗在世之际就想把瓦剌献给大汗，舒哈既然占领了瓦剌，就把瓦剌交给汗廷吧。"

"可是，我们已经接受了明廷的册封，舒哈陈兵亦集乃，不日即将东进，我们不能这样等着挨打呀！"

"那可汗认为该怎么办？"

"我想和哈屯一同领兵前往亦集乃,舒哈退兵则罢,如果他一意孤行,我们只能迎头痛击。"

钟金哈屯想了一下:"你看我们要率多少人马?"

"舒哈有五万之众,兵少了难以对他产生威慑,我看怎么也不能低于五万。"

经过数日准备,右翼五万大军整装待发。

小素囊一直在钟金哈屯身边,听说钟金哈屯要走,他拉住钟金哈屯的手不放。

归化城外校军场上,扯力克站在大军前面,他一指传令兵:"去,再催一下哈屯。"

传令兵来到王宫:"哈屯,大军集结完毕,就等哈屯了。"

"知道了,我马上就去。"

小素囊连哭带闹,就是不让钟金哈屯走。

过一会儿,传令兵又来催:"哈屯,可汗说吉时已到,大队再不出发就不吉利了。"

钟金哈屯只得吩咐奶妈:"把小素囊抱走。"

奶妈抱起小素囊,可小素囊拼命挣扎。钟金哈屯狠了狠心转身出宫,她带着卫队飞一般地赶到军前。见钟金哈屯来了,扯力克下令,大队人马西行。然而,刚走了没有五里,后面尘土飞扬,刘四跑到钟金哈屯面前:"哈屯,不好了,白羊口蒙汉边民发生纠纷,大同巡抚吴兑大人请你马上过去。"

白羊口位于山西天镇县北,这也是明廷开放的一个边市。

边市发生纠纷都是由钟金哈屯亲自处理,钟金哈屯不能不回去,可她要是回去,大队人马又不能停下来等她一个人,钟金哈屯只得把兵符大印交给扯力克:"可汗一路小心,不到万不得已,不可用兵。"

扯力克应道:"哈屯放心,我心中有数。"

望着钟金哈屯的背影,扯力克和庄秃赖一阵奸笑。

钟金哈屯来到边市,几个蒙古民正围着吴兑,其中一个说:"大人给

185

我们做主啊！他们偷了我们的马还不认账。"

几个汉民争辩："大人，我们没偷他们的马，这些马是我们花银子买的。"

"我们根本就没卖过，不是你们偷的是什么？"

"你血口喷人，我们没偷！"

双方争执不下。

一见钟金哈屯，蒙汉百姓自动闪出一条路。

钟金哈屯拜过吴兑之后，她先问汉民："怎么回事？"

汉民道："回三娘子，十天前，我们弟兄合伙买了五十匹马，今天牵到边市上来卖，可他们却说这些马是他们的，还诬陷说是我们偷的。"

蒙古民道："对，我们的马就是十天前丢的。"

钟金哈屯一摆手，她又问汉民："你们花多少银子买的？"

"一匹马十两银子。"

"你们要卖多少钱？"

"我们卖十五两一匹。"

钟金哈屯一听就明白了，这是有人把偷来的马低价卖给了汉民，汉民觉得有利可图，就牵到边市上来卖。蒙古民要牵回自己的马，汉民说自己花了银子。这该怎么处理？

钟金哈屯问吴兑："爹，你看这事该怎么办？"

吴兑道："不找到卖马的人，不好结案哪！"

可是，钟金哈屯调查了十余日，没有一点儿消息。

孤灯之下，钟金哈屯坐在桌前冥思苦想。"啪"不知从哪里飞来一个纸团，纸团从桌上滚到地上。钟金哈屯一愣，她推开门四下看了看，并不见人影。钟金哈屯回身捡起纸团，打开一看，上面写着八个汉字：

盗马贼已随军而去

钟金哈屯的眉头皱了起来，这个纸团是真是假？会不会有人怕我查下去，故意用纸团来迷惑我？

然而，一晃就是三个月，案子毫无进展。盗马贼能跑到哪里去呢？难道真的"随军而去"？钟金哈屯带着花丹在花园里散步，"啪"又一个纸团落在脚下。

钟金哈屯立刻警觉起来，她对侍女花丹道："快！给我搜。"

花丹把花园都找遍了，还是不见人影。

钟金哈屯把纸团打开，上面又是一行汉字：

扯力克与舒哈合兵进攻西宁

钟金哈屯大惊，扯力克领兵去了亦集乃，怎么突然进攻西宁？

正在这时，刘四带着吴兑匆匆而来，吴兑一见面就说："女儿，出大事了！扯力克勾结舒哈犯边，现在临洮、渭源、河州三地相继失守，圣上震怒，责成我立刻通知你，让你想尽一切办法阻止扯力克，以免发生更大的流血冲突！"

临洮就是今天的甘肃省临洮县，渭源即为甘肃渭源，河州位于甘肃和政县西北。

钟金哈屯心潮翻滚，原本我要和扯力克共同领兵西进，阻止舒哈，白羊口却突然发生边民争端；我把兵权交给扯力克，他不但不阻止舒哈，反而与之联手进犯大明……钟金哈屯恍然大悟，扯力克早有预谋啊！

钟金哈屯把纸团交给吴兑，并告诉他前一个纸团的内容，钟金哈屯断定："白羊口盗马的案子不用查了，这一定是扯力克设的圈套！他与舒哈沆瀣一气，试图夺取大明边城，南下中原，因怕我反对，他就制造盗马案，把我拴住。扯力克诓走我五万大军，这个如意算盘打得真好啊！"

吴兑如梦初醒："原来如此！"

钟金哈屯传令："来人！抬刀备马，我要亲赴西宁！"

吴兑不放心："女儿，你可要多带些人，万一扯力克和你反目……"

钟金哈屯信心十足："爹不用担心，谅他还没有这个胆量。"

离开归化城，扯力克可谓虎入山林，龙归大海，心情无比舒畅，甚至他还大喊了几嗓子。当兵的不知发生了什么事,纷纷投以惊诧的目光。大军本来是西行奔亦集乃,可半路上扯力克下令绕路向南。扯力克与舒哈两军会师,连破临洮、渭源、河州,兵锋直指西宁。

陕西总督梅友松总辖临洮、渭源、河州和西宁等地。隆庆和议以来,明蒙边境十分安定,梅友松以为是小股流寇,他只命当地官员带兵弹压。直到舒哈和扯力克打到西宁了,他才调集人马增援。

梅友松的大队人马一到,就与蒙古军摆开阵式。

舒哈趾高气扬:"众位将军,谁去把梅友松的人头取来?"

话音刚落,一员战将提大斧子走出来:"舒哈首领,我去把梅友松擒来。"

舒哈见是大将火落赤。火落赤手中的这把大斧子足有一百多斤,这么重的兵刃,在他手里跟玩根棍儿差不多。

舒哈点点头:"火落赤将军,多加小心。"

火落赤把大嘴一咧:"你就放心吧!"

火落赤晃斧子来到两军阵前,梅友松也不含糊,两个人通报姓名之后战在一处。

也就是三个回合,梅友松手中的枪正碰在火落赤的斧子上,"噔——""嗖"枪就飞了,梅友松大骇,他拨马就跑。

火落赤高举大斧子:"梅蛮子,我看你往哪里走……"

火落赤的话音未落,"丁零零"远处传来一阵马的威武铃声,一哨人马冲向两军阵。为首之人手提大刀,高声断喝:"住手!"

话到,马到,人到。火落赤扭头一看,见来人是一员女将,头戴珍珠盔,身披大红袍,眉如黛,颜如玉,皮肤细嫩,方额弯眉,皓齿如银,美目流盼。

扯力克和舒哈正在观阵,一看来人,扯力克不禁惊道:"钟金哈屯!"

扯力克不由自主地后退了两步,一闪身,躲在舒哈身后。

火落赤并不认识钟金哈屯,他的眼睛当时就直了:长生天!我见到仙女了吧?看这长相,看这风度,看这气质,是仙女,一定是仙女!凡间怎么可能有这么漂亮的女人?

钟金哈屯拦住火落赤，梅友松逃回本部军队，他不停地向阵前张望。

火落赤皮笑肉不笑："仙女，你找谁呀？"

钟金哈屯反问："你是什么人？"

火落赤没笑挤笑："我？嘿嘿嘿，我是舒哈首领帐下大将火落赤啊。"

钟金哈屯不温不火："你马上回去，叫舒哈阵前答话。"

火落赤把嘴一撇："你是谁呀？"

钟金哈屯正颜厉色："我是钟金。"

梅友松也听见了，噢，这位就是人们说的三娘子！朝廷册封的忠顺夫人！蒙古右翼的实际领导者！梅友松又惊又喜。

火落赤闻听钟金的名字，他一吐舌头，什么？眼前这位"仙女"就是钟金哈屯！草原上人人都说钟金哈屯貌美如花，今日可算开眼了。扯力克可汗真有福气，居然娶了一个天仙般的女人。

火落赤正在胡思乱想，钟金哈屯喝道："火落赤，你还不回去？"

火落赤没话找话："哈屯找舒哈首领有事吗？"

钟金哈屯的脸一沉："我有必要告诉你吗？"

火落赤不想走，他要多看钟金哈屯几眼："哈屯有事只管跟我说，我去向舒哈首领禀报。"

钟金哈屯的脸一绷："少说废话，马上去叫舒哈！"

火落赤龇着牙："让舒哈首领出来也行，不过有个条件。"

"什么条件？"

"你得赢了我手中的斧子。"

钟金哈屯的眉毛挑了几挑："火落赤，刀枪无眼，还是不动手的好！"

钟金哈屯正要绕过火落赤去找舒哈，火落赤把斧子一横："哈屯，你不能走！"

·189·

第二十六章

　　蒙古人和汉人就像是两只雄鹰，一只生在草原，一只长在中原，它们拥有共同的祖先，只是出生地不同而已。

　　钟金哈屯从左边走，火落赤从左边拦；钟金哈屯从右边走，火落赤从右边拦。这么多年礼佛，钟金哈屯的定力像山一样稳重，可见火落赤不怀好意，她只得提起手中的大刀："火落赤，你再不让开就别怪我不客气了！"

　　火落赤的眼睛跟蚊子一样，直往肉里叮："哈屯，我就怕你客气，你千万不要对我客气。"

　　钟金哈屯举刀就剁，火落赤用斧子往外就崩。钟金哈屯不敢硬碰，腕子划了个弧，绣绒大刀奔火落赤的软肋而来。火落赤把斧子向下一滑，又去崩钟金哈屯的刀。钟金哈屯只得抽刀换式，以刀当枪，直刺火落赤的前心。火落赤把身子往旁边一闪，"啪"大斧子压在钟金哈屯的刀上。

　　火落赤想跟钟金哈屯多搭讪几句，多看她几眼。同时，也显示一下子自己不是个饭桶。火落赤一摁斧柄，钟金哈屯就觉得他的斧子跟一座山相仿。

　　钟金哈屯急中生智，她把大刀贴着火落赤的斧柄往前一推，刀背

"刷"就奔火落赤的手去了。

"啊！"火落赤大叫一声。

虽然说钟金哈屯用的是刀背，可这要碰到手上，十个指头照样保不住。火落赤想抽斧子已经来不及了，他双手一松，"咣当"大斧子落在地上。

就在电光石火的一瞬，钟金哈屯的刀又奔向火落赤的软肋。火落赤想躲，躲不开；想往外拨，没了兵刃。他猛地一闪身，可动作太急，"扑通"从马上掉了下去，钟金哈屯顺势把大刀架在火落赤的脖子上。

钟金哈屯回头命令自己的军兵："绑！"

舒哈看得目瞪口呆，人都说钟金哈屯文武双全，今日一见，果然名不虚传，他的部将在后面也是一阵唏嘘。

梅友松以为自己是在做梦，他咬了咬舌头，还真疼，不是梦！想到刚才败在火落赤手里，梅友松恨不能把火落赤吃了，他高喊："三娘子！忠顺夫人！我是陕西总督梅友松，留着火落赤是一大祸害，杀了他！"

钟金哈屯有几分反感，梅友松身为总督，朝廷一品大员，哪有抓到敌将就杀的道理？不过，转瞬间钟金哈屯就明白了，梅友松觉得在两军将士面前丢了面子，他想杀火落赤找回一点儿可怜的尊严。

钟金哈屯暗道，此人肚量如此狭窄，怎么能胜任总督之职？

梅友松也确实不能胜任总督，这场冲突结束后，明廷把他削职为民，一撸到底。这是后话，暂且不提。

扯力克更是惊诧不已，他也知道钟金哈屯的武艺很高，可高到什么程度，扯力克还是第一次见到。

钟金哈屯呼唤舒哈："舒哈首领，请阵前答话。"

舒哈不知钟金哈屯的来意，他想跟扯力克商量一下，可找了半天，才发现扯力克躲在自己身后："可汗，要不你去劝劝哈屯？"

扯力克的军队是从钟金哈屯手中诓来的，他自觉理亏，哪有颜面去见钟金哈屯！

扯力克连连摇头："我不能去。"

阵前的钟金哈屯又道："舒哈，速请阵前答话！"

明军这边梅友松沉不住气了，心说，三娘子，你可是圣上册封的忠顺夫人，两军阵前怎么对敌方如此客气？

正在这时，从舒哈身边冲出一骑战马，马上之人高声断喝："钟金，我来会你！"

马到近前，钟金哈屯一看，这是一个典型的蒙古汉子，黑脸膛，高颧骨，细眼睛，宽宽的肩膀，粗壮的手臂，胯下一匹乌骓马，手中一条大铁枪。

钟金哈屯问："你是什么人？"

此人单手提枪："大将炒花。"

图们汗驾前有三员虎将，排在第一位的是舒哈，第二位就是炒花，第三位才是刚才的火落赤。

其实这三个人的武艺不分上下，论力气，舒哈和炒花都不及火落赤，而炒花性情暴躁，勇猛异常，打起仗来不要命，只有舒哈谋略过人，所以，图们汗才把兵权给了他。钟金哈屯连叫几声，舒哈并不应答。炒花按捺不住了，也不等舒哈同意，他提枪冲到阵前。

炒花怒道："钟金，你为虎作伥，叛国投敌，今天我非宰了你不可！"

说着话，炒花一抖大枪，分心便刺。

见炒花的枪到了，钟金哈屯往旁边一闪，炒花的枪走空了，两个人马打盘旋，战在一处。二十几个回合过去了，炒花急得跟个猴似的，他一枪紧似一枪，一招快似一招，枪枪致命。

钟金哈屯有点儿不高兴，这个人出招怎么这么狠？我得给他点儿厉害，教训教训他。

与炒花相反，钟金哈屯的刀却慢了下来。炒花大喜，心说，钟金不行了。炒花把枪抖开了，恨不能一下把钟金挑于马下。就在二马错镫之际，奇迹出现了，"扑通"钟金哈屯马的两只前蹄跪下了，她的身子往前一倾，差点儿从马上摔下去。

炒花激动万分，这可是长生天助我，他举大枪照钟金哈屯的软肋就刺，钟金哈屯一下子从马背上掉了下去。炒花一愣神，我刺上她没有？说刺上了，我一点儿感觉也没有；说没刺上，她却落马了……

就在炒花狐疑之际，一道寒光已经到了他的咽喉，"啪"炒花的脖梗儿被刀面拍了一下，"扑通"炒花摔于马下。

钟金哈屯这招叫卧马绝命刀，是阿兴活佛教的索命招。钟金哈屯这匹马不是随便跪下的，更不是马失前蹄，那是经过专门训练的。在马往下一跪之际，她必须从马鞍上滚下来，一只脚踩住马镫，另一只脚踏在地上，身体重心下移，人藏到马的侧面，给敌方以错觉，从而出奇制胜。

佛家慈悲为本，善念为怀，卧马绝命刀有违佛家之道，可阿兴活佛心疼徒弟，一个女子，在力气方面是个大缺陷，万一遇到强劲的对手，就有性命之忧。当年阿兴活佛犹豫再三，才教了钟金哈屯这个狠招。本来钟金哈屯可以结果了炒花的性命，但她没有这么做，就在自己的刀刃到了炒花脖子的刹那间，钟金哈屯把腕子转了九十度，用刀面拍向炒花。

说时迟，那时快。钟金哈屯一带胯下这匹马的丝缰，这匹马"噌"站了起来。

钟金哈屯翻身跳上马鞍，刀尖随之顶在炒花的胸前，她吩咐身后的军兵："绑！"

这下倒好，上来俩，被钟金哈屯生擒一对。

梅友松高叫："好！好！"

扯力克的眼睛都看直了，长生天！我的这位钟金哈屯太厉害了！

目睹眼前的一切，舒哈大惊失色，他身后的队伍一阵骚动。

钟金哈屯往前提了提马，她又朝舒哈高喊："舒哈，难道你还不出来吗？"

舒哈的头皮一阵阵发麻，钟金哈屯连叫了几次，如果自己再不出去，岂不被众将耻笑？可我去了怎么办？打不打？打，就算能胜她，我堂堂一个大男人，赢了一个女子，那也是胜之不武；如果我败了，传扬出去，一个三军主帅，败在女人手下，这人我丢得起吗？

舒哈正不知如何是好，钟金哈屯又道："舒哈首领，莫非要我上前请你不成？"

舒哈没有办法，只得催马来到阵前："钟金哈屯的威名像白云一样高洁，刀法像闪电一样凌厉，今日一见果然名不虚传，不知哈屯来到阵前有什么事吗？"

钟金哈屯见舒哈五十多岁，鹰目低眉，高颧洼脸，头戴金盔，身披金甲，外罩雪青色战袍，威风凛凛，相貌堂堂。

钟金哈屯直截了当："舒哈首领，我先向你交个底，我不是来打仗的，我是来劝你的。"

舒哈问："你劝我什么？"

钟金哈屯道："劝你撤兵。"

舒哈一捋胡须："钟金哈屯，当年你协助阿拉坦汗降明，大汗没有追究，已经是法外开恩了。现在，我奉大汗之命，收复我大元江山，岂能因你一言轻易撤兵？我倒要劝哈屯，哈屯是蒙古人，是圣主成吉思汗黄金家族中的一员，收复大元基业是每一个蒙古人义不容辞的责任，何况你是哈屯。佛语云：孽海无边，回头是岸。"

钟金哈屯淡然一笑："舒哈首领不愧为三军主帅，钟金佩服。不过，我想告诉舒哈首领，我们蒙古人退到草原二百余载，从惠帝到图们汗已立二十二世，其间也不乏像达延汗那样的中兴英主，还有像也先汗那样的天圣大汗，虽然他们的控弦之士都在三十万以上，但都不能重振大元雄风。也先汗打到北京城，甚至生擒了明朝正统皇帝朱祁镇，可还是无果而还。就算当今大汗有达延汗的睿智，有也先汗的强悍，他有三十万大军吗？"

也先是出身瓦剌的蒙古大汗，他篡取汗位之前，曾以十万大军大败明英宗朱祁镇的五十万精兵，就连朱祁镇也成了俘虏。这场战争发生在土木堡，也就是今天的河北省怀来县土木镇，史称"土木堡之变"。

"我，这个……"

舒哈一时语塞，钟金哈屯接着说："你不好说，我替你说，图们汗能调遣的人马最多不过十万。明朝有多少人马，舒哈首领不会不知道吧？明朝带甲之士达八十余万，这只是平时的作战军队。中原地广人众，一旦战争打起来，就是再征两个八十万也不难做到。这并不是问题的关键，关键是这二百多年来，我们蒙古人战死的将士太多了，我们再也伤不起了。为什么我们不能与明廷和睦相处，为什么要拼个你死我活？"

舒哈反驳道："钟金哈屯，这都是因为你等背叛大汗，归降明廷，致使大汗不能调动草原上的所有人马。你不好好反省，反来劝我，这是错上加错。哈屯,我知道你是巾帼英雄,如果你现在与明廷决裂,我担保,大汗绝对不会追究,你仍可掌握右翼兵权,仍是右翼的实际统治者。"

钟金哈屯摇了摇头:"舒哈首领,你的好意我领了,可是你错了,明廷是谁的明廷?难道仅仅是汉人的明廷吗?不是。大明永乐皇帝是黄金家族的后代。当年惠帝妥欢帖穆尔大汗离开北京之时,他的妃子格勒台哈屯因有了三个月的身孕,没来得及出逃,后被明太祖朱元璋纳为妃子,这个孩子就是后来的永乐皇帝……"

舒哈打断钟金哈屯的话:"可永乐皇帝的后代娶的都是汉女,现在的万历皇帝是永乐皇帝的第九代孙。就算当初的永乐皇帝是黄金家族的贵胄,可经过这么多年,万历皇帝早就变成汉人了。"

钟金哈屯的话铿锵有力:"蒙古人和汉人有什么区别?就像是两只雄鹰,一只生在草原,一只长在中原,它们拥有共同的祖先,只是出生地不同而已。为什么一只要霸占另一只的空间?为什么不能在各自的领地上自由地生活,过着和睦的日子?现在明摆着,明蒙和则两利,战则两害。我们蒙古人丁不旺,再也受不了这样的劫难了。我还是劝舒哈首领收兵回去劝谏大汗,如果他肯罢兵,我立刻上疏给万历皇帝,大汗也可以像右翼一样与大明互市。通贡互市所得到的远比战争得到的容易,最重要的是我们蒙古人可以休养生息,百姓不再受战乱之苦。"

舒哈的心为之一动:"哈屯能保证大汗与明廷互市通贡?"

钟金哈屯深深地点了点头:"舒哈首领,我是万历皇帝御封的一品夫人,我自信在圣上面前说话还是有分量的。"

舒哈想了想:"如果明廷能与大汗互市通贡,我倒可以向大汗谏言。"

钟金哈屯以手抚胸:"那就有劳舒哈首领了。"

舒哈还礼:"哈屯,那火落赤和炒花……"

钟金哈屯一笑:"我这就还给你。"

钟金哈屯对身后的军兵道:"给二位将军松绑。"

火落赤和炒花低着头回到本部军队。

舒哈转身要走,钟金哈屯道:"且慢!舒哈首领,我还了你两员大将,你是不是该还我丈夫啊?"

舒哈支吾道："……这，这，这是你们夫妻间的事，我不好多说……"

钟金哈屯一催马，随舒哈到了蒙古军队伍之前。扯力克想溜，钟金哈屯一把拉住他的衣襟："可汗，我千里寻夫，你总不能把我扔下吧？"

钟金哈屯的话既给了扯力克面子，又绵里藏针。

扯力克的脸火烧火燎："哪，哪能呢？我哪舍得扔下哈屯……"

舒哈把情况奏明图们汗，图们汗权衡利弊，最终表示愿意罢兵互市。明蒙边境全面实现和平，边市进一步开放，百姓安分守己，塞上歌舞升平。钟金哈屯又化解了一场危机。

如今的钟金哈屯，每天除了礼佛就是教孙子小素囊读汉籍、识蒙古文。

归化城王宫后殿内，钟金听小素囊念《千字文》："天地玄黄，宇宙洪荒，日月盈昃，辰宿列张，寒来暑往，秋收冬藏……"

"嗖"一把飞刀扎在柱子上，钟金哈屯一惊，她四下看了看，并不见人影，小素囊不知怎么回事："额嬤格，刀上有张纸。"

钟金哈屯高声道："来人！"

刘四带着卫队跑来："哈屯，什么事？"

钟金哈屯一指柱子上的那把刀，刘四拔下刀来，把纸条递给她。

钟金哈屯一看，上面写着四个汉字：

哱拜要反

哱拜是蒙古人，原是图们汗手下大将，后来归降明廷。二十年前他当上了宁夏副总兵，可总兵换了一个又一个，他还是副总兵，哱拜愤愤不平。

钟金哈屯意识到，这绝不是空穴来风。她想找到打飞刀的人把情况了解清楚，可是，刘四把王宫翻遍了，并没有发现可疑之人。

钟金哈屯把以前的两个纸团拿出来，三张纸的字体一模一样。她眉头一皱，这个人为什么不直接告诉我，而是采取这种方式？

第二十七章

  这个人每每给我送信,却一直隐而不露,他到底是谁?谁能有这么大的能力?谁又能有这么好的功夫——投掷纸团,却又瞬间消失?难道是师兄?

情况紧急,钟金哈屯立刻飞报朝廷。
  此时,万历皇帝与群臣的冷战刚刚开始,但他还上朝,得到钟金哈屯的急报,万历皇帝责成兵部对哱拜进行暗中调查。然而,数月过去了,什么也没查出来。
  钟金哈屯有点儿疑惑了,会不会送纸条的人搞错了?抑或是别有用心?
  钟金哈屯正在思索,听到宫外传来小素囊的哭声。
  对于这个孩子,钟金哈屯不止是愧疚,甚至还有一种负罪感。如果当初自己不是嫁给扯力克,布塔失里也不会死,这孩子也不会失去父亲。因此,钟金哈屯把全身心的爱都给了小素囊。
  钟金哈屯闻声跑出去,见小素囊正在地上打滚:"我要鸟,我要鸟……"
  奶妈想把他抱起来,可小素囊手刨脚蹬,就是不起来。
  钟金哈屯走上前:"宝贝,怎么了?告诉额嬷格。"

小素囊这才坐起来,他抹着眼泪指着奶妈道:"她不给我抓鸟。"

钟金哈屯斥道:"奶妈这么大年纪怎么能抓住鸟?你要是再胡闹我就罚你抄三遍《千字文》。"

小素囊眨了眨眼:"那我抄三遍《千字文》,额嬷格叫人给我抓鸟。"

贪玩是孩子的本性,只要孩子学习,给他抓只鸟玩玩,也算不了什么。

"那就一言为定。"

小素囊进了屋,钟金哈屯把刘四叫了过来:"你想想办法,抓只鸟来。记住,不要把鸟弄死。"

"是,哈屯。"刘四带着几个人下去了。

天灰蒙蒙的,太阳就像烙在锅上的饼子,没有一点儿光泽。刘四把一个箩筐扣在地上,用一根短棍支起筐沿,短棍上拴着绳子,箩筐下撒些谷子,人远远地牵着绳子,只要鸟儿到箩筐下吃谷子,猛地一拉绳子,鸟儿就会被扣在筐里。

钟金哈屯瞧了半天,也不见有鸟飞来。她想看看小素囊抄了多少字,可小素囊的屋门紧关着,钟金哈屯推了两下没推开。

钟金哈屯高声道:"开门。"

小素囊隔着门对钟金哈屯道:"我在抄《千字文》,额嬷格不能进来。"

钟金哈屯怀疑孩子没在好好地抄文章,她坚持道:"不行,不让额嬷格进去,就不给你抓鸟了。"

小素囊慢慢腾腾地打开了门,钟金哈屯往里一看,好嘛!奶妈和两个侍女都在帮小素囊抄《千字文》。

钟金哈屯责问:"你们怎么能帮小台吉抄书呢?"

三个人都跪下了:"哈屯,我们也不想……可我们不抄,小台吉就拿鞭子抽我们。"

果然桌子上放着鞭子。

钟金哈屯的脸当时就沉下来了,但她口气很柔和:"孩子,你可以衣来伸手,饭来张口,可学问这东西,你不学,它永远都不属于你。人要想成就一番大事,必须学习,你明白不?"

小素囊不服气地道:"圣主成吉思汗不识几个字却打下那么大的江山,

额嬷格一肚子学问，不还是待在归化城吗？"

一个七八岁的孩子竟说出这种话，让钟金哈屯很吃惊。

钟金哈屯虽然不高兴，可仍很和气地说："告诉额嬷格，这是谁对你说的？"

小素囊仰着小脸："前几天我跟卜石兔抓鸟，他告诉我的。"

卜石兔是扯力克的长孙，他的父亲就是㬎兔，㬎兔几年前去世了。卜石兔今年十三四岁，这孩子有个特点，不读书活蹦乱跳，一拿起书本就打瞌睡。

钟金哈屯耐心地说："我们是最尊贵的黄金家族，对吗？"

"对。"

"当年圣主成吉思汗打下的天下最大，对吗？"

"对。后来忽必烈汗继承汗位，在北京建立了大元帝国。"

"小素囊说得很好，可是，你知道我们的大元帝国统治了中原多少年吗？"

小素囊摇了摇头："不知道。"

钟金哈屯道："我们的祖先在北京前后不到一百年就被明军打败了。汉朝四百多年，唐朝将近三百年，而我们的大元帝国在中原为什么只有短短的一百年呢？"

小素囊又是摇头。

钟金哈屯意味深长地说："就是因为我们蒙古人没有文化，换句话说，就是没有学问。"

"这与学问有什么关系？"

"孩子，以武定国，以文安邦。武力可以开疆拓土，可以征服一个又一个部落。可国家稳定需要文治，也就是说，必须要用学问来治理天下。而我们蒙古人不懂其中的道理，坐了江山，还是用武力统治百姓，这就是我们大元朝失去中原的原因。"

钟金哈屯又说："打江山容易，坐江山难。我们蒙古人只知道把反对自己的人杀掉，却不知道水和船的道理。"

"水和船有什么道理？"

"孩子，天下间最弱的莫过于水，你把它倒进碗里，它就是碗的形状；你把它倒进盆里，它就是盆的形状。可是，当很多很多水汇聚在一起，那力量就无穷无尽了。船本在水上，可一旦遇到大浪，水就能把船打翻。所以说，水能载舟，也能覆舟。这就是水和船的道理。"

祖孙二人正说着，花丹匆匆地走了进来："哈屯，可汗正在四处找你。"

"什么事？"

"陕西新任总督把日月山仰华寺烧了，可汗大怒，他要出兵逼明廷交出这个肇事的总督。"

钟金哈屯疾步来到银安殿，扯力克一把抓住她的两肩："哈屯，你把人马全交给我，我要打到北京城，找万历皇帝算账！"

钟金哈屯从容镇定："可汗，到底是怎么回事？"

扯力克把一张急报拍到钟金哈屯的手上："你看，他们烧了仰华寺！仰华寺是什么地方？是佛教圣地！是当年祖父阿拉坦汗与达赖喇嘛会晤的地方！是祖父阿拉坦汗信佛敬佛的起点！这次你必须听我的，我们一定打过长城，亲手杀了那个陕西总督！"

仰华寺是在东克寺旧址上建立起来的。钟金八岁随师父阿兴活佛在这里学艺，十三岁时，东克寺被烧成废墟。阿拉坦汗生前布施了无数金银重建该寺，明朝赐名仰华寺。就是在这里，阿拉坦汗赐索南嘉措为达赖，索南嘉措认定阿拉坦汗是忽必烈汗转世，钟金是多罗菩萨转世；也就是在这里，阿拉坦汗以宗教形式统一了青海、西藏以及蒙古草原，其意义非比寻常。不仅右翼蒙古人把这座庙看得十分重要，钟金哈屯对仰华寺的感情更为深厚。

钟金哈屯把奏报反复看了几遍，文中对陕西新任总督火烧仰华寺的经过写得很详细。还说，当地的蒙藏汉军民无不愤慨，人们自发组织起来，杀明朝官吏，围攻附近的明军。信的最后写道：宁夏副总兵哱拜表示，如果扯力克和钟金哈屯出兵，哱拜将率全部人马响应。

钟金哈屯思忖，陕西总督刚刚上任，没有朝廷授意，他怎么可能有这么大胆子？可朝廷这么干，又将我这个忠顺夫人置于何地……不对呀，哱拜怎么对这件事这么积极？钟金哈屯猛然想到三个月前的那张纸条，瞬间她就冷静下来，哱拜火上浇油，仰华寺事件会不会和他有关？

扯力克不以为然："我说哈屯，那张小纸条能说明什么？一个连面都不敢露的人，你怎么能轻易相信？再说哮拜，他当了二十年副总兵，总兵走了一个又一个，就是不提拔他，他有点儿意见难道不正常吗？发点牢骚不正常吗？说两句怨言就诋毁人家造反，这是别有用心！何况哮拜也是佛门弟子，明军烧了仰华寺，每个佛门弟子都不会答应。这有什么奇怪的？"

钟金哈屯眉头紧皱："可是，陕西总督不能无缘无故就烧仰华寺吧？我觉得此事还是先跟朝廷沟通一下，让朝廷把事情调查清楚。如果是朝廷的主张，我不但不拦你，还会提刀上马，和你一同冲锋陷阵。如果是陕西总督个人所为，就让朝廷把他交给我们。"

扯力克虽然不满，但大权在钟金哈屯手中，他也无可奈何。

钟金哈屯写了一道折子，派人八百里加急送往北京。可她还不放心，随即飞身上马，出归化城王宫，直奔大同。

如今，大同巡抚吴兑已经升任宣大总督，宣府和大同一线全部归他统辖。

吴兑喜欢书法，一有时间就写几笔。

一见钟金哈屯，吴兑满面春风，他放下笔："女儿呀，爹知道你喜欢汉人的服饰，特意让人在杭州府给你定做了一套凤凰裙，还托人在京城给你做了一顶珍珠冠……"

钟金哈屯心不在焉："爹，我有要事对你说。"

吴兑见钟金哈屯脸色严峻，他忙问："女儿，出了什么事？"

钟金哈屯把仰华寺事件从头到尾说了一遍，吴兑大吃一惊："火烧仰华寺？这可是关系蒙藏汉几十万佛教信徒的大事，一个新任总督敢冒天下之大不韪吗？"

钟金哈屯一脸疑惑："我也是这么想，所以才来找爹。爹为官多年，门生遍及天下，请爹打听打听，到底是怎么回事？"

吴兑暗道不好，如今辽东女真人虎视中原，哮拜和扯力克遥相呼应，如果不尽快平息仰华寺事件，大明的北方就要爆发全面战争，那国家岂不危矣！

吴兑点点头："好，我一定想办法把这件事了解清楚。"

辞别吴兑，钟金哈屯回到归化城，她每天跪在释迦牟尼佛像前祷告，希望这件事尽快水落石出，给蒙藏汉百姓一个交代。

"哈屯，朝廷钦差来了，可汗请你过去。"侍女花丹轻声说。

传统的蒙古包门都朝东方，无论是大汗还是部落首领，全是面东背西而坐。而归化城王宫的银安殿却坐北朝南，大殿的正门对着一张红漆长桌，桌子宽三四尺，长七八尺。桌子后是一把双人椅子，椅子背后是个屏风，屏风上用蒙汉两种文字写着：皇图巩固，帝道咸宁，万民乐业，四海澄清。

大殿之中，雕梁画栋，彩绘细腻，全部是佛家的壁画，虽然说不上金碧辉煌，可也称得上美轮美奂。

钟金哈屯身着中原朝服，步入大殿。扯力克已经坐在长椅的右侧，钟金哈屯挨着扯力克坐下。蒙古人以右为上，钟金哈屯虽然手握大权，但名义上扯力克还是可汗，是明朝的顺义王。

坐在下面的钦差起身施礼："下官拜见忠顺夫人。"

钟金哈屯摆手道："大人乃圣上的钦差，代表的是当今万岁，我应当拜大人才是。"

钦差道："使不得，下官只是三品，夫人贵为一品，又是顺义王妃，下官岂敢受哈屯之礼！"

扯力克急于知道朝廷的调查结果："好了，都不要客气了，请钦差大人说说，仰华寺事件到底是怎么回事？"

钦差道："回顺义王，朝廷从不干涉各地寺庙的佛事活动，更不允许有人纵火烧庙。事发之时，陕西总督到任还不满三个月，这件事与他没有直接关系。"

扯力克话中带有不满："这可就怪了，难道是天火不成？"

钦差马上说："圣上已经下旨，责成刑部专门负责此案，一有消息，朝廷马上向顺义王和忠顺夫人通报。"

钦差只是说朝廷正在调查此事，至于什么时候能查出来，如何向蒙藏汉信教百姓交代，都没有细说。最后，钦差安抚扯力克和钟金哈屯，要他们以明蒙和平为重，安心等待。

送走钦差，扯力克气哼哼地对钟金哈屯说："仰华寺是藏传佛教的圣地，这么几句话就把我们打发了？我再等十天，十天之后，他们要是还没有令人信服的说法，哼！我就与哱拜商量。"

扯力克的口气中带有威胁的成分，钟金哈屯当然听得出来，可她对钦差也很失望。

五天、八天、十天，还是没有消息。扯力克虽无权调动右翼的军队，可他手中仍有数千卫队。第十一天清早，扯力克披挂整齐，立于军前。

扯力克高声道："英勇无敌的蒙古勇士们，明军火烧仰华寺，这是对佛法的践踏，是对蒙藏汉佛教徒的蔑视，是对祖父阿拉坦汗的侮辱，是对达赖喇嘛的亵渎，我们必须誓死捍卫佛法！誓死捍卫我们的信仰！"

军兵高呼："誓死捍卫佛法！誓死捍卫我们的信仰！"

王宫后殿的佛像前，钟金哈屯盘腿而坐，手里不停地捻着佛珠。

刘四疾步而来："启禀哈屯，宣大总督吴大人来了。"

钟金哈屯忙道："快请！"

吴兑见面便道："女儿，仰华寺事件查清了。此事与陕西总督没有关系，完全是哱拜所为。他为了激起蒙藏汉百姓对朝廷的仇恨，暗中派自己手下人潜入仰华寺，推倒佛像，纵火烧了寺庙。"

钟金哈屯一拉吴兑："爹，快跟我走！"

钟金哈屯和吴兑飞马来到校军场。扯力克正要率军出发，钟金哈屯急忙拦住他："可汗，仰华寺事件有结果了……"

钟金哈屯把吴兑的话重复了一遍，扯力克并不相信："吴大人，你有什么证据？"

吴兑忙道："顺义王，我的一个门生在哱拜手下当参军，他派人给我送来一封信。顺义王请看。"

吴兑把信交给扯力克。这封信的大意是说，几年前哱拜就想造反，但一直没有机会，这次哱拜贼喊捉贼，嫁祸明军，目的就是要煽动佛教徒对朝廷的不满，这样一来，他正好趁机叛乱。

吴兑道："顺义王，哱拜一直想当总兵，可朝廷对他不放心，因此，哱拜常怀不臣之心。"

扯力克半信半疑："就算吴大人说的话是真的，可烧庙那是要引起蒙藏汉百姓公愤的,一旦这件事公之于众,蒙藏汉众多佛教徒还不得把他当成魔鬼,剥了他的皮。他真敢这么做?"

钟金哈屯把话接了过去:"可汗,爹提供的线索非常重要。我们先不要妄加猜测,马上派人秘密潜往宁夏,暗中彻查哱拜。"

扯力克也不想被哱拜利用,他权衡利弊,最终还是同意了钟金哈屯的主张。

钟金哈屯长长地出了一口气。

送走吴兑,钟金哈屯又跪在佛像前,眯起眼睛。"啪"不知什么东西落到了她的脚上,钟金哈屯迅速睁开眼睛,见是一个纸团。

钟金哈屯的心不由得一动,她捡起纸团打开一看,上面是一行汉字:

今夜哱拜派人来会庄秃赖

这样的纸团已经出现多次了,事后验证,无一不是事实。钟金哈屯深信不疑,哱拜派人来找庄秃赖,难道庄秃赖与哱拜勾结在一起了?

钟金哈屯又想到投掷纸团的人,这个人每每给我送信,却一直隐而不露,他到底是谁?谁能有这么大的能力?谁又能有这么好的功夫——投掷纸团,却又瞬间消失?难道是师兄?钟金哈屯猛然想到铁木尔。满珠喇嘛就是师兄铁木尔,铁木尔师兄就是满珠喇嘛,送信的人肯定是他!

大板升城的佛堂里香烟缭绕,众喇嘛都在打坐念经。满珠喇嘛来到释迦牟尼佛像前,他撩起僧袍,盘腿而坐,两眼微闭,双唇翕动。

钟金哈屯步入佛堂,来到满珠喇嘛身边。她看了又看,无论是前身还是后影,无论是左侧还是右边,满珠喇嘛都与铁木尔师兄一般无二。

钟金哈屯突然大声道:"铁木尔!"

满珠喇嘛睁开眼睛,一回头,目光正好与钟金哈屯撞在一起。见钟金哈屯的眼神跟篝火一样炽热,满珠喇嘛忙低下了头:"是钟金哈屯哪……"

钟金哈屯一把拉住满珠喇嘛的手:"师兄,告诉我,你为什么不肯认小师妹?"

第二十八章

女人流泪并不奇怪，可一个男人流泪，钟金哈屯哪能受得了？她的心像被揪了一下。

钟金哈屯拉住满珠喇嘛的手，满珠喇嘛像触电一般，他急忙把胳膊缩了回去："阿弥陀佛，罪过，罪过。钟金哈屯，你认错人了，我不是铁木尔，我是满珠。"

钟金哈屯的口气十分坚定："不！你就是铁木尔师兄。"

满珠喇嘛站起身来："阿弥陀佛，此是佛门圣地，哈屯如果上香，这里有；如果找师兄，请另到他处。"

钟金哈屯只得压抑胸中的激情，她稳了稳心神："好吧，那我问活佛一件事。"

"哈屯说吧。"

"活佛会写汉字吧？"

"这，噢，照葫芦画瓢。"

"请活佛给我写几个字。"

"写什么？"

"就写'今夜哼拜派人来会庄秃赖'。"

满珠喇嘛顿时紧张起来:"哈屯这是什么意思?"

见满珠喇嘛的神态,钟金哈屯更坚信了自己的判断:"没有什么意思,只求活佛写字。"

满珠喇嘛双手合十:"哈屯,贫僧才疏学浅,字迹潦草,只怕哈屯见笑,请一个弟子写吧。"

见满珠喇嘛要走,钟金哈屯挡住他的去路:"不!就请活佛本人写。"

满珠喇嘛被逼得汗都下来了:"哈屯,还是赶紧回王宫吧!"

见满珠喇嘛着急,钟金哈屯倒坦然了:"我回去干什么?"

满珠喇嘛低着头:"哈屯身系明蒙和平大计,此处不宜久留啊。"

钟金哈屯往蒲团上一坐:"活佛不写,我就不走了。"

满珠喇嘛不再理钟金哈屯,他把两腿一盘,念起经来。

钟金哈屯见熬不过满珠喇嘛,她把那张写有"今夜哼拜派人来会庄秃赖"的纸条拿到满珠喇嘛面前:"出家人不打诳语。我只问活佛一句话,这字是不是你写的?"

满珠喇嘛未置可否:"事关明蒙和平,哈屯快回去准备吧。"

"这么说,活佛是承认了?"

"佛法无边……阿弥陀佛。"

钟金哈屯眼中含泪:"难道你就不能像当年那样,叫我一声小师妹吗?"

满珠喇嘛也不看钟金哈屯:"阿弥陀佛,哈屯,贫僧还要诵经,恕贫僧不能奉陪。"

满珠喇嘛闭起眼睛,又念起经来。

夜风轻拂,星光时隐时现。

归化城庄秃赖府中,庄秃赖坐在桌前自斟自饮,门开了,一个人走了进来。

"庄秃赖台吉!"

庄秃赖一口肉刚到嘴边,听到这个人叫他,他把肉往桌上一扔,立刻迎了上去:"承恩,你可来了!"

承恩的全名叫哱承恩，他是哱拜的长子。

哱承恩急切地说："我阿爸全都准备好了，台吉，扯力克可汗到底什么时候起兵？"

庄秃赖脸上的肌肉直跳："事情不妙啊！几天前，扯力克可汗正要起兵，可宣大总督吴兑突然来到归化城，他把你们父子火烧仰华寺嫁祸明军的事，全告诉了可汗，可汗虽然没有完全相信，可钟金哈屯已经派人去查了。"

哱承恩慌道："台吉，火烧仰华寺可是你的主意，你不能见死不救啊！"

庄秃赖斥道："这叫什么话？我什么时候说不救了？"

哱承恩觉得自己失言："承恩一时着急，还请台吉宽恕，要不，我们马上起兵吧？"

庄秃赖挠着他的大脑袋："马上起兵不难，关键是要把扯力克可汗拉上，只有拉上扯力克可汗我们才有希望。"

哱承恩连连点头："是啊是啊！只要扯力克可汗突袭明军，我们就成功了一半。"

庄秃赖一下子站了起来："我现在就去见扯力克。"

扯力克与明廷若即若离，前些年他还曾寻找机会入主中原，试图统治八方，重振大元朝，只是苦于手中没有兵权，受制于钟金哈屯。庄秃赖对扯力克了如指掌，他绞尽脑汁帮助扯力克从钟金哈屯手中夺取兵权。可有了上次的西宁之变，钟金哈屯把兵符大印看得很紧，扯力克的意志正随着岁月一天天远去。庄秃赖非常着急，趁扯力克雄心未泯，他必须在明蒙之间点起一把火，使扯力克跟随他的马鞭奔跑。可扯力克不是辛爱黄，他有谋略，有智慧，不会轻易受制于人。庄秃赖反复思索之后，打起了仰华寺的主意。

仰华寺是蒙藏汉百姓的朝佛圣地，其地位仅次于达赖喇嘛西藏的蜇蚌寺。庄秃赖思量再三，这才蛊惑哱拜父子火烧仰华寺，嫁祸于明军，试图以此激怒扯力克，从而东西呼应，燃起明蒙战火。

扯力克被蒙在鼓里，钟金哈屯却没有失去理智，在吴兑的帮助下，事情的真相逐渐浮出水面。

庄秃赖走后，哱承恩坐在桌前，一看满桌的酒肉，他肚子饿得叫起来。从宁夏到归化城，他没吃过一顿饱饭，现在看见这么多好吃的，他恨不能从嗓子眼里伸出一只手来。

哱承恩狼吞虎咽地吃了几口，"吱——"门开了，一个侍女打扮的人端着一盘手扒羊肉走进来。

哱承恩挺警觉："你是谁？"

侍女道："我是庄秃赖台吉的侍女，台吉走前吩咐，让我给你上一盘手扒羊肉。"

一见手扒羊肉，哱承恩更觉得饿了。侍女刚把羊肉放下，哱承恩伸手就抓，可没等他吃到嘴里，侍女突然拔出尖刀，一下子顶在他的咽喉上。

哱承恩还想反抗，侍女斥道："别动！动我就宰了你。"

哱承恩结结巴巴地问："你，你，你是什么人？"

侍女正颜厉色："我是钟金！"

听说眼前之人就是钟金哈屯，哱承恩一下子瘫了。

与此同时，刘四带人冲了进来，几个军兵把哱承恩捆了起来。

钟金哈屯押着哱承恩回到王宫，她坐在椅子上，刘四命两个大汉把哱承恩往下一摁："跪下！"

哱承恩跪倒在地。

钟金哈屯脸色阴沉："我佛慈悲，如果你说出火烧仰华寺的实情，我就饶你不死。不然，把你交给朝廷，那是什么后果，你比我清楚。"

哱承恩浑身颤抖："我说，我说……阿爸虽然对朝廷不满，可从没想火烧仰华寺。都是庄秃赖，他说如果把火烧仰华寺安在明军头上，不但会激怒扯力克可汗，也可能会逼反哈屯。只要哈屯和可汗举起反明大旗，我和阿爸就兵出西宁，进攻长安。明廷首尾难顾，重振大元帝国就有希望了。"

钟金哈屯就觉得热血往上直涌，她努力使自己保持平静："庄秃赖还说了什么？"

哱承恩道："他说，大元帝国复兴后，保我阿爸当宁夏王。"

扯力克还没睡，连日来，他也在反复思考仰华寺被烧的事。正在这时，庄秃赖来了。扯力克很想听听庄秃赖对这件事的看法。

庄秃赖煽风点火："可汗，要分析这件事，就得分析朝廷。朝廷怕什么？怕的就是我们蒙古强大，横在我们面前的长城就是最好的说明。这二百多年来，朝廷几乎每年都在修长城，试图把我们永远挡在长城之外。如今右翼富足，雪山草原连为一体，蒙古帝国兵强马壮，明朝能不担心吗？能不采取措施吗？所以，他们纵火烧毁仰华寺。烧仰华寺不是目的，目的是投石问路，他们想以此来试探可汗的反应。钟金哈屯偏袒朝廷，朝廷并不担心，如果可汗软弱可欺，那明军必然得寸进尺，说不定很快就要占领大板升城，夺取可汗的归化城王宫啊！"

扯力克倒吸了一口凉气，他沉思片刻："再等几天，钟金哈屯已经派人去了宁夏，如果此事确实与哱拜没有关系，我就起兵！"

庄秃赖的身子一阵阵发冷，他的两只金鱼眼一转："可汗，吃谁的向着谁。吴兑当的是明廷的官，拿的是明朝的俸禄，他能不向着明朝吗？能不为明朝开脱吗？再说哱拜，他是个虔诚的佛教徒，他能烧仰华寺吗？我敢断定，吴兑一定在诬陷哱拜。可汗不要犹豫了，机会比黄金还要宝贵。趁明军还没有准备，我们出其不意，攻其不备。如果时间一长，明军集结完毕，我们再进攻可就难了，可汗！"

扯力克未置可否："我去找钟金哈屯商量商量。"

庄秃赖拦住扯力克："可汗，钟金哈屯只听吴兑的，跟她商量，她不但不会答应，反而会把此事泄露给吴兑，那就坏了我们的大事。"

扯力克的眉头拧在一起："可是，我手中只有几千卫队，她不同意，我调不了右翼的大军哪！"

庄秃赖决意要把扯力克拉下水："有这几千人就够了。仰华寺是佛门圣地，信徒达几十万，只要可汗振臂一呼，无论是雪山还是草原，必然应者云集，可汗要多少人马没有？"

扯力克的眼睛渐渐睁大了。就在这时，钟金哈屯走进来。

扯力克一愣："哈屯！"

钟金哈屯微微一笑："哟！庄秃赖台吉也在，那正好，我带来一满珠喇嘛露出一丝歉意："当年，我多次向师父请求来丰州滩，师父一直没有同意。师父说，小师妹肩负明蒙和平的重任，草原上，任何人都不能取代小师妹的作用。师父担心我会把小师妹从黄金家族中拉出来，那样，小师妹所做的一切都将功亏一篑。师父圆寂之前，他老人家让我在佛祖前发誓，今生不得走进小师妹的感情世界。我按师父说的做了，师父方才闭上眼睛。"

原来，师兄不愿承认自己是铁木尔是因为自己的誓言。钟金哈屯百感交集，泪水像断了线的珍珠一般滚落下来。

满珠喇嘛望着钟金哈屯："小师妹，师兄还有一件事不放心。"

"说吧，师兄。"

"如果师兄没看错，扯力克可汗可能不会与小师妹相伴到白头啊。"

"这……"

"小师妹还需确定一次汗位的继承人。"

"扯力克的长子晁兔已经过世，师兄以为应该立谁？"

"按祖制，应该是扯力克的长孙卜石兔。"

钟金哈屯没有反应。

满珠喇嘛道："当初在立扯力克时，如果我断了布塔失里的非分之想，布塔失里台吉就不会竭尽全力去争汗位。希望之大，失望之深啊！他的死与我有不可推卸的责任。在下一任可汗的继立上，我们都不要犯从前的错误了。"

钟金哈屯不想立卜石兔，因为卜石兔不学无术，甚至有点儿愚钝。她想到了自己的孙子素囊，素囊从小在她身边长大，可以说，素囊是她培养起来的，素囊虽然有几分任性，可学识要比卜石兔高很多。

钟金哈屯含糊地说："师兄，我会认真考虑的。"

满珠喇嘛喘了几口气："小师妹，该说的师兄都说了，师祖和师父都在向师兄招手，师兄不能陪小师妹了……"

212

第二十九章

　　钟金哈屯的心一紧，素囊这不是指桑骂槐嘛！我忍辱负重几十年，到头来却成了乱伦，成了天下间最见不得人、最无耻、最下贱的行径。

　　满珠喇嘛圆寂后，土伯特的噶丹、色拉、蚕蚌三大寺院派代表来到土默特，迎请达赖喇嘛的转世灵童——四世达赖喇嘛云丹嘉措入藏区主持佛事。

　　蒙古地区没有了宗教领袖，应钟金哈屯之请，公元1604年（万历三十二年）迈达哩活佛奉四世达赖法旨，到土默特大板升城坐床，掌管蒙古草原佛事。迈达哩活佛道德高深，广受教徒敬仰，正因如此，人们把大板升城尊称为迈达哩召。随着时间的推移，"迈达哩召"演变成一个好听的名字——美岱召。美岱召之名一直传到今天，并作为内蒙古的著名旅游景点矗立在大青山下。

　　公元1607年（万历三十五年）四月，第三代顺义王扯力克病故，在日月山驻牧的卜石兔，风风火火地赶往归化城王宫。

　　卜石兔来见钟金哈屯，他说话连个弯儿也不拐："按照祖制，我是可汗的继承人。哈屯已经嫁了三次，虽然你比我大二十八岁，可我不嫌你老，你要是同意，我们就合婚。"

钟金哈屯跟吃苍蝇一般恶心，但这么多年礼佛，她像草原一样包容："我都五十七岁了，头发也白了，牙也掉了，只想一个人了此残生。"

卜石兔有个毛病，一着急就使劲挤眼睛："我不在乎。我们合婚后，你还管兵权，我什么都听你的。"

钟金哈屯的脸色很平和："这不可能了。"

卜石兔并不知趣："你不用害怕，谁要敢胡说八道，我就把他抓起来！"

钟金哈屯的声音不高："当可汗就能为所欲为吗？"

卜石兔嘿嘿一笑："我，我这不是为哈屯好嘛！哈屯，我是真心的，你就答应了吧。"

说着，卜石兔"扑通"一声跪下了。

钟金哈屯望着天花板："扯力克可汗刚刚赴西天陪伴佛祖，现在还不是谈这件事的时候，你起来吧。"

卜石兔还挺倔："哈屯不答应，我就不起来。"

钟金哈屯站起身来："那你就跪着吧。"她拂袖而去。

回到后殿，钟金哈屯犯愁了，不错，卜石兔继承汗位名正言顺，可他这个样子怎么能当可汗？要不立素囊？可想到师兄圆寂前的遗言，钟金哈屯又犹豫不决。

这是一个难熬的夜晚，钟金哈屯翻来覆去怎么也睡不着。第二天一大早，素囊来了。

素囊的眼睛红红的，似乎一夜没睡似的，他嘴里喷着酒气："额嬷格，昨天卜石兔找你了？"

一闻到酒气，钟金哈屯就有几分反感："他来过。"

素囊的声音很高："额嬷格，我阿爸是怎么死的你不会忘记吧？你还是放弃那个想法，我们那些旧的传统早就不合时宜了。现在丰州滩上有好几万汉人，汉人的风俗你也知道，他们把这事称为乱伦。在汉人眼里，最见不得人、最无耻、最下贱的就是乱伦。"

钟金哈屯的心一紧，素囊这不是指桑骂槐嘛！自己最初嫁给阿拉坦汗，阿拉坦汗死后二嫁阿拉坦汗的长子辛爱黄，辛爱黄死后三嫁辛爱黄的长子扯力克。我这是为什么？还不是为了把阿拉坦汗的事业发扬光大？还不是为了明蒙和平？还不是为了右翼各部百姓能过上安乐的日子？我忍辱负重几十年，到头来却成了乱伦，成了天下间最见不得人、最无耻、最下贱的行径。素囊怎么这么跟我说话？我从小疼他、宠他、爱他，甚至还想立他为可汗，他居然用如此恶毒的语言诋毁我！"

钟金哈屯的脸跟板子打得一般，火烧火燎地难受。

素囊又说："卜石兔的目的像雪地里的死牛一样清楚，他就是想通过合婚把汗位弄到手。什么对你好，什么收继婚，那都是幌子！"

素囊越说声音越高，他连额嬷格也不叫了："他还不到三十岁，可你都快六十了，既不能生，也不能养。说白了，他看中的是你手中的权力，看中的是你在右翼三个万户中的地位。你们不要脸，我还要脸；你们不知羞耻，我还要做人！"

素囊的学识很高，可往往学识越高的人，骂起人来越让你痛彻骨髓。素囊的话句句都像刀子在剜钟金哈屯的心，花丹过来拉素囊："素囊台吉，哈屯没有答应卜石兔，哈屯也不会答应卜石兔。"

"你是什么东西？竟管到我的头上！"

素囊猛地一推花丹，花丹"噔噔噔"倒退三四步，后脑勺"咣"撞在柱子上。她身子一软，瘫倒在地，鲜血"刷"就下来了。

钟金哈屯扑上前抱起花丹："花丹！花丹！你怎么样？快传医官！传医官！"

医官跑到殿上，他和人们七手八脚地把花丹抬到另一间房中。

钟金哈屯忍无可忍，她手指素囊："来人！把这个畜生拉出去，重打三十七鞭子。"

素囊这下害怕了："额嬷格，我，我不是故意的，我不是故意的……"

侍卫把素囊拖出宫外。钟金哈屯微闭二目，手里捻着佛珠，"啪"的一声，穿佛珠的细绳断了，佛珠一颗颗落在地上。

近四十鞭子，把素囊打得皮开肉绽。素囊被抬回家，他咬着牙："想嫁给卜石兔，想把汗位传给他，除非把我打死！"

素囊不顾伤痛，他吩咐几个侍卫："你们给我监视王宫的一举一动，有什么情况马上回来报告。"

钟金哈屯的头跟针扎一样疼，素囊只认汗位，不认亲人，这样的人如何统治蒙古右翼？他连额嬷格都骂，朝廷如何能约束他？看来卜石兔和素囊都不是合适的人选，汗位该传给谁呢？

连日来，钟金哈屯一直躺在炕上，一个侍女来报："哈屯，卜石兔台吉来了。"

钟金哈屯把脸一扭："不见。"

几个月过去了，钟金哈屯没见卜石兔一面。

卜石兔有点儿泄气了，他把自己手下的头领召集到一起，有人道："台吉，你就不用费心了，钟金哈屯是不会嫁给你的。"

卜石兔的眼睛发直："她不嫁给我，那汗位还能传给我吗？"

这个人道："恐怕没有什么希望。"

卜石兔不停地挤眼睛："那怎么办？"

另一个人道："现在只有一条路，就是去朝廷讨封。"

"怎么讨封？"

这个人慢条斯理地说："台吉，可汗就是顺义王，顺义王就是可汗。钟金哈屯对朝廷的话从来不打折扣，如果朝廷封台吉为顺义王，钟金哈屯一定会把汗位传给你的。"

卜石兔高兴了："这个办法好，我现在就去京城。"

卜石兔往外走，这个人又把他拦住了："台吉，你这么去不行。"

"那怎么去？"

"你得带些奇珍异宝，献给当朝的内阁大人，让他们替你说话。"

卜石兔刚离开归化城，素囊就带一千骑兵追上来了。

素囊立马在卜石兔面前，他皮笑肉不笑，半笑不笑："卜石兔，你这是去哪儿呀？"

卜石兔也不正眼看他："你管我去哪儿？我想去哪儿就去哪儿！"

素囊哼了一声："你不是去京城吧？"

"去京城怎么了？"

"老太太同意吗?"

"你管不着!"

"老太太不同意你就不能走。"

卜石兔又开始挤眼睛了:"腿长在我身上,我想走就走。"

素囊立刻把枪摘下来:"那就别怪我不客气了!"

卜石兔的眼睛一瞪:"你还敢和我玩家伙?"

说着话,卜石兔一伸手把大铁棍绰了起来。卜石兔举棍就砸,素囊往旁边一闪,摇枪就刺,两个人马打盘旋战在一处。卜石兔常年在外,习武打仗那是必修课,可素囊从小就养尊处优,虽然在钟金哈屯的指导下也练过武,可毕竟没有实战经验。

两个人打了五六个回合,素囊的枪正碰在卜石兔的棍上,枪"嗖"就飞了。素囊拨马便走。卜石兔马往前蹿,眨眼间到了素囊身后,他把大棍高高举起:"我砸死你!"

眼看素囊性命难保,忽听远处有人高声断喝:"住手!"

卜石兔一看,见钟金哈屯带一队人马赶来。

卜石兔忙收住大棍,他来到钟金哈屯面前:"哈屯,素囊不让我走!"

素囊把马圈了回来:"他进京行贿,妄图讨封顺义王。"

钟金哈屯看了卜石兔一眼,她的声音不高:"你走吧。"

卜石兔没反应过来:"我去哪儿?"

钟金哈屯看了看天:"去你想去的地方。"

素囊急了:"不能让他进京!"

钟金哈屯并不理会素囊,她转身就走。

素囊催马拦住钟金哈屯:"额嬷格,不能让他去呀!"

钟金哈屯瞥了素囊一眼:"我还是你的额嬷格吗?"

说完,钟金哈屯策马而去。

归化城王宫内,钟金哈屯坐在桌前,她回想自己这一生不禁感慨万千……

自己从小喜欢汉文,对"四书"、"五经"爱不释手,阿爸、额吉因势利导，把我送到日月山东克寺，我与师兄铁木尔一起跟师父阿兴活佛习文练武。本来在日月山清清静静，谁知有人纵火烧庙。也就是那场大火，改变了自己的一生。

日月山无法安身，师父带我回到土尔扈特。在师父的精心教导下，自己通晓蒙藏汉三种文字，十八般兵刃无一不精。那时，自己也曾想入非非，甚至还想女扮男装去明朝考状元。后来，阿拉坦汗西征，自己被他的雄才大略所折服，并嫁给了他。谁知师兄铁木尔大难不死，他一路跟踪，为了我，他三次行刺阿拉坦汗，以致后来出家当了喇嘛。师兄来到丰州滩后，帮我化解了一次次危机。当初师兄爱我，后来我爱师兄，我们之间就这样阴差阳错，就这样有缘无分……

把汉那吉也是个痴情男子，一克哈屯银英虽然给他娶了五兰，可他偏偏钟情于塔娜，尽管五兰聪明贤惠，出类拔萃，可还是不能拴住把汉那吉的心。阿拉坦汗把塔娜嫁给切尽，把汉那吉怒而降明，一克哈屯以泪洗面，阿拉坦汗大兵压境，明蒙大战一触即发，自己临危受命，赴大同与朝廷谈判。谈判中，自己的谈吐和学识深深地打动了宣大总督王崇古，促成了明蒙互市通贡，阿拉坦汗三十年的夙愿得以实现，从此塞上偃甲息兵，两族百姓其乐融融。

此后，我又协助阿拉坦汗朝佛，在仰华寺阿拉坦汗赐封索南嘉措为达赖喇嘛，以宗教形式统一了雪山和草原。阿拉坦汗去世，为继承他的遗志，为维护明蒙和平大业，我嫁给阿拉坦汗的长子辛爱黄。事情是那么巧，在昭君墓前，我意外结识了吴兑，认他为干爹。辛爱黄死后，在干爹的劝说下，我又嫁给了辛爱黄的长子扯力克。本以为可以和扯力克白头偕老，了此残生，可他也离我而去。

表面上看，自己拥有决定汗位继承的权力，可权力是什么？权力首先是责任哪！布塔失里不懂，素囊不懂，卜石兔更不懂。他们一味争夺可汗的权力，却抛弃可汗的责任，抛弃为百姓造福的责任。权力就是一把剑，练好了可以防身，对别人产生威慑；练不好，就常常伤到自己。如果自己手中没有掌握右翼的大权，儿子布塔失里就不可能与扯力克争夺汗位，也就不可能被冻死。布塔失里死了，现在他的儿子素囊又是如此。为了这个权力，他竟出口伤害疼他、爱他、宠他的额嬷格……

既然卜石兔想进京讨封，那就由他去吧，让朝廷来决定汗位的人选，自己既可少操点儿心，又可堵住人们的嘴。我老了，精力不够了，顺其自然吧。

钟金哈屯长叹一声，不禁悲从中来，她提起笔写了一首绝句：

宠冠穹庐第一流，
自矜娇小不知愁。
谁知黑水阴山下，
别有胡姬叹白头。

钟金哈屯刚放下笔，就听宫门外有人大吵："让我进去！让我进去！"
"素囊台吉，你不能进去。"
"不要拦我，滚开！"
素囊气呼呼地闯进后殿，他手指钟金哈屯："你放卜石兔进京是什么目的？你想让朝廷封他为顺义王是不是？你想嫁给他是不是？"

第三十章

　　为了明蒙和平，为了阿拉坦汗的事业，为了塞上的蒙汉百姓，钟金哈屯三嫁顺义王，失去了亲生儿子，又放弃了唯一的孙子。

　　由于多年礼佛，钟金哈屯的心能装下整个草原。然而，面对孙子素囊一次又一次的指责和辱骂，她忍无可忍。

　　"啪——"钟金哈屯一巴掌打在素囊脸上。素囊就地转了三圈，半边脸上立刻出现了五个手指印，鲜血从鼻孔中流了出来。

　　素囊急了，他大叫："你嫁给扯力克，逼死我阿爸，现在又要嫁给比你小近三十岁的卜石兔。你打死我吧，打死我就没人管你了。你想嫁谁就嫁谁，想跟谁睡就跟谁睡……"

　　"啪——"又一巴掌打在素囊脸上，这一声比前一声还响、还脆，素囊"扑通"一声摔在地上。

　　钟金哈屯两眼冒火："滚！给我滚出去！"

　　素囊爬起来，捂着腮帮子，一溜烟跑出了王宫。

　　钟金哈屯就觉得心一个劲地狂跳，眼前金星乱窜，她身子一软，倒在地上。

"哈屯！哈屯！"

几个侍女把钟金哈屯扶到炕上，好半天，钟金哈屯这口气才上来："佛祖，你为什么这样惩罚我……"

卜石兔进京一去就是好几个月，原因只有一个，朝廷只认钟金哈屯的大印，没有钟金哈屯的印，内阁大员谁也不见他。

眼看身上的银子一天比一天少，卜石兔只得返回丰州滩。

卜石兔跟霜打的茄子似的蔫头耷脑。出了杀虎口长城，眼前来到九龙沟。

九龙沟位于今天的内蒙古和林格尔县东。

卜石兔正走着，"嗖"一点寒星奔他的咽喉而来。

卜石兔急忙把脑袋一歪，"噗"这支箭正中他的左肩。卜石兔顿时疼得一咧嘴，他往土坡上一看，见素囊手持弯弓，朝他冷笑："卜石兔，此处就是你的葬身之地！"

卜石兔一把拔出肩头上的箭，他大叫："素囊，你敢向我放冷箭！"

素囊得意地说："这是你自找的！"

素囊一摆手，坡上立刻出现二十几个军兵，这些人持弓在手，都对准了卜石兔。

素囊盼咐一声："放！"

"嗖嗖嗖……"箭似飞蝗，卜石兔挥动大铁棍，拨打雕翎。虽然卜石兔无所畏惧，可他的随从哪受得了，眨眼间倒下七八个。

卜石兔大怒："素囊，我要你的命！"

卜石兔使劲地挤眼睛，他一提马的丝缰，这匹马三蹄两蹦就到了素囊面前。素囊吓坏了，再想举箭已经来不及了，卜石兔一把揪住素囊的衣领，把他往怀里一带，素囊两脚就离镫了。

素囊手下这帮人大惊失色，一个个面面相觑，射箭怕伤到素囊，不射只能眼睁睁地看着。

卜石兔真有股憨劲，他单手把素囊举过头顶，吼道："我摔死你！"

素囊吓得面无人色，两腿在半空中乱蹬。

突然，背后有人高声叫道："且慢！"

卜石兔回过头，见是庄秃赖。

当年庄秃赖勾结哱拜父子火烧仰华寺，试图叛乱。事发后，钟金哈屯没有杀他，而是让他出家当了喇嘛。可是，庄秃赖并不死心。扯力克辞世，素囊和卜石兔为汗位争得不可开交，庄秃赖脸上的肌肉直蹦，钟金哈屯老了，没几年活头了，如果我把他们其中一个扶上可汗之位，那我就可以扬眉吐气了。扶谁呢？素囊？不行，钟金哈屯把他从小带大，捧在手中怕掉了，含在嘴里怕化了。哈屯这样爱他，他不但不感恩，反而谩骂污辱哈屯，这是一条忘恩负义的白眼狼啊！可卜石兔有点儿愚钝……愚钝好啊，他愚钝才能听我的。对，就立卜石兔！

庄秃赖虽在庙中，但一直留意素囊和卜石兔的动向，听说素囊带人去了九龙沟，他的心一动，九龙沟是卜石兔往返京城的必经之路，看来素囊要对卜石兔下手了！于是，庄秃赖悄悄地奔九龙沟而来。

卜石兔受伤，庄秃赖看得一清二楚。他想出来劝阻，可转念一想，素囊这小子跟个活驴似的，连自己的额嬷格他都骂，我算个啥？万一弄不好，我把自己的命赔进去，那可犯不上。

然而，眨眼间卜石兔像抓羊一般擒住了素囊。庄秃赖眼睛一转，这才走上前："卜石兔台吉，快把素囊放下来，放下来。"

卜石兔一个劲儿地挤眼睛："他想杀我，我不能放他！"

素囊听庄秃赖为自己说话，他惊呼："庄秃赖台吉救我！"

庄秃赖对卜石兔说："卜石兔台吉，你要把素囊台吉摔死了，钟金哈屯是不会让你当可汗的！"

这话触到了卜石兔的软肋："我放了他，钟金哈屯就能让我当可汗吗？"

庄秃赖看了素囊一眼，他对卜石兔道："能，能，一定能……你先把素囊台吉放下来。"

卜石兔把素囊放了下来。庄秃赖向素囊使了个眼色，素囊身形一转，飞身上马，鞭子一扫马的后胯，他跑了。

卜石兔刚要追，庄秃赖阻拦道："卜石兔台吉，你想当可汗吗？"

卜石兔粗声粗气地说："怎么不想？我都想死了。"

庄秃赖诡秘地说："我有一个办法，保你当可汗。"

卜石兔道："那快告诉我。"

庄秃赖在卜石兔耳边嘀咕了一阵，卜石兔乐得眉开眼笑："那我就听你的！"

回到归化城，卜石兔叫人搭了一顶高大的灵篷，他把被素囊射死的那些随从摆在灵篷内，又请来归化城各召庙的喇嘛为死者念经超度。不但如此，卜石兔还把城里城外的郎中大夫都请来为他治伤。

卜石兔府外人山人海，这些人都成了卜石兔的义务宣传员，一夜之间，素囊箭射卜石兔的事家喻户晓。

人们纷纷谴责素囊——

"素囊的心太黑了！"

"素囊有什么本事跟卜石兔争汗位？"

"卜石兔身为台吉，却亲自为随从举行葬礼，真是好人哪！"

"这样体恤下情的人可不多了。"

钟金哈屯心如刀绞，素囊心黑手狠，一意孤行，他这些年的佛经都白念了，我白教他《三字经》、《弟子规》了，原指望他把阿拉坦汗的事业发扬光大，把明蒙和平友好地延续下去，他能行吗？

钟金哈屯一天天老了，身体日渐虚弱。朦胧中，师兄铁木尔向她走来，钟金哈屯立刻迎上去："师兄！你可来了，快帮我拿个主意，素囊和卜石兔到底立谁当可汗？"

铁木尔双手合十："小师妹，师兄曾说过，立卜石兔。素囊任性、骄横、暴躁、残忍，如果他当可汗，右翼蒙古必毁其手。卜石兔虽然愚钝，可如果有贤人在他身边辅佐，右翼现状尚可维持。"

钟金哈屯激动地说："我听师兄的，你等着我，我这就召集各位台吉、各部首领，宣布汗位的继承人，然后和师兄远走高飞，抛开尘世的烦恼，找个没有人烟的地方，我们永远也不分开……"

钟金哈屯刚走几步，铁木尔却飘飘悠悠地飞了起来，她不顾一切地追，可怎么也追不上，她拼命地叫："师兄，等等我，等等小师妹……"

"哈屯，哈屯，你怎么了？"几个侍女惊呼。

钟金哈屯睁开眼睛，原来是个梦。

见钟金哈屯脸上汗水直淌，侍女关切地问："哈屯，用不用传医官？"

钟金哈屯轻轻地摇了摇头。

钟金哈屯呆坐着，一言不发，直到夕阳西下，她才对侍女道："去，把五兰比姬请来。"

要说五兰命运多舛，一点儿也不夸张。当年，把汉那吉玩儿命地要娶五兰的双胞胎姐姐塔娜，可塔娜怎么瞅把汉那吉都不顺眼。阿拉坦汗为了不让把汉那吉纠缠塔娜，把五兰嫁给了把汉那吉。可人就是这样——得不到的，总是最好的。目睹塔娜与切尽成亲，把汉那吉失去理智，他一怒之下投降了明朝。五兰跟在把汉那吉身边，关心他，照顾他，开导他。钟金哈屯临危受命，不但把汉那吉和五兰接回了丰州滩，还促成了明蒙通商、明蒙和平。把汉那吉意外死亡之后，五兰与布塔失里钟情，可庄秃赖施诡计，使五兰的阿爸达云恰误解了钟金哈屯，致使五兰嫁给了扯力克。扯力克继承汗位，为了袭封顺义王，又把五兰赐给了布塔失里。然而，就在钟金哈屯与扯力克合婚之夜，布塔失里因醉酒被冻死在宫外。此后，苦命的五兰一直独守空房。

五兰进宫，她往炕上一看，见钟金哈屯眼窝深陷，脸色蜡黄，当年那娇媚的容颜已经被皱纹切割得支离破碎。

五兰扑到炕边："哈屯，五兰来了。"

钟金哈屯挣扎着坐了起来："五兰，我想了很久，只有把这件事托付给你，我才能放心哪。"

五兰眼中含泪："哈屯尽管吩咐，五兰一定照办。"

钟金哈屯甚感安慰："你也知道，可汗之位空了这么长时间，我并不想独揽大权，只是没有合适的人选。现在我就要到西天朝佛了，我想把汗位传给卜石兔。可卜石兔憨厚有余，能力不足。别人我都不放心，只有你，你在他身边帮助他，提醒他，辅佐他，我才能闭上眼睛。答应我，嫁给他，嫁给卜石兔，好吗？"

五兰一点儿心理准备也没有："哈屯，这，这……"

钟金哈屯用乞求的目光看着五兰："你不愿意？"

五兰心潮翻滚，为了明蒙和平，为了阿拉坦汗的事业，为了塞上的蒙汉百姓，钟金哈屯三嫁顺义王，失去了亲生儿子，又放弃了唯一的孙子，她付出这么多，我还能说什么呢？

五兰使劲地点头："哈屯，我愿意，我愿意尽全力协助卜石兔……"

钟金哈屯叫侍女把兵符和顺义王大印交给五兰："收好，慎重啊！"

五兰捧着兵符和大印，如同捧着两座山："哈屯，五兰记住了！"

钟金哈屯满意地笑了："这就好，这就好，这就好……"

钟金哈屯的头一歪，再也没有了声息。五兰惊呼："哈屯！哈屯……"

钟金哈屯脸上的笑容凝固了。

公元1612年（万历四十年）阴历六月，钟金哈屯与世长辞，享年六十三岁。归化城内外，家家举哀，户户挂孝，蒙汉百姓一片悲声。

几天后，卜石兔继承汗位。十月，卜石兔袭封为第四代顺义王。为了纪念钟金哈屯，五兰在大板升城，也就是今天的美岱召，为钟金哈屯修了一座"太后庙"。此后，太后庙香火不断，蒙汉百姓常来祭祀。

钟金哈屯被汉人尊称三娘子，因为钟金哈屯后半生在归化城（呼和浩特）度过，长城内外的汉人为缅怀这位杰出的蒙古族女性，称归化城为三娘子城。时至今日，一些塞上的老人仍然这样亲切地称呼这座美丽的城市。

明蒙和平在钟金哈屯手中落地生根，钟金哈屯生前保持了四十一年，死后又延续了二十年，前后达六十余载。钟金哈屯奠定了明蒙和平，促进了蒙汉、蒙藏人民的友好交往，推动了呼和浩特、包头一带的经济发展，为中华民族的团结作出了不可磨灭的贡献。

钟金哈屯辞世不久，北元蒙古帝国整体分裂、局部统一的局面进一步恶化，草原的最后一个统治者林丹汗急于统一各部。可是，他只知杀戮，不知收拢人心，形势发展与他的意愿背道而驰，科尔沁四部率先投降后金（也就是后来的清朝）。在与后金的决战中，林丹汗大败，八旗铁骑乘胜追击。公元1634年（明崇祯七年，后金天聪八年）阴历十月，林丹汗在甘肃西部的大草滩抑郁而终。作为元朝的延续，北元蒙古帝国彻底灭亡。十年后，清兵入关，明朝覆灭，草原的历史又翻开了新的一页，中国的历史也进入了一个新的阶段。

这正是：

> 朔风一抹草木低，
> 黄沙漫漫掩珠玑。
> 汉家昭君传千古，
> 蒙女钟金更称奇。

图书在版编目（CIP）数据

佳人三嫁 / 胡刃著. —北京：中国国际广播出版社，2013.8
（成吉思汗子孙秘传）
ISBN 978-7-5078-3242-6

Ⅰ.①佳… Ⅱ.①胡… Ⅲ.①长篇历史小说－中国－当代 Ⅳ.①I247.5

中国版本图书馆CIP数据核字（2013）第172593号

成吉思汗子孙秘传之佳人三嫁

著　　者	胡　刃
责任编辑	杜春梅
版式设计	国广设计室
责任校对	徐秀英
出版发行	中国国际广播出版社（83139469　83139489[传真]）
社　　址	北京复兴门外大街2号（国家广电总局内）邮编：100866
网　　址	www.chirp.com.cn
经　　销	新华书店
印　　刷	北京艺堂印刷有限公司
开　　本	710×1000　1/16
字　　数	150千字
印　　张	14.5
版　　次	2013年8月 北京第一版
印　　次	2013年8月　第一次印刷
书　　号	ISBN 978-7-5078-3242-6 / I · 434
定　　价	25.00元

欢迎关注本社新浪官方微博
官方网站 www.chirp.com.cn

版权所有
盗版必究